Diana Wynne Jones

Le Terrible Seigneur des ténèbres

Livre premier

Traduit de l'anglais (Royaume-Uni)
par Magali Mangin

ROMANS
YNNIS

Cet ouvrage est paru aux éditions Gollancz, sous le titre original de *Dark Lord of Derkholm* en novembre 1998.
La présente édition est une publication Romans Ynnis, un label d'Ynnis Éditions.

c/o Ynnis Éditions
38 rue Notre-Dame-de-Nazareth
75003 PARIS
https://ynnis-editions.fr
Facebook : Ynnis Éditions
Twitter : @YnnisEditions

Traduit de l'anglais (Royaume-Uni) par Magali Mangin

Président : Cedric Littardi
Direction éditoriale : Sébastien Rost
Édition française : Philippe Vallotti
Correction : Eugénie Michel
Couverture : Sébastien Rost
Maquette : Charlotte Cauly
Fabrication : Céline Antoine
Communication et marketing : Camille Nogueira
Coordination : Jeanne Bucher

Illustration de couverture : Diekyers

SOMMAIRE

À Robin McKinley

CHAPITRE 1

« Mais est-ce que vous allez vous taire ! » glapit la présidente Querida.

Elle fit de gros yeux à l'assemblée et regarda autour de la table.

« Je voulais juste dire… entonnèrent en chœur un roi, un empereur et plusieurs sorciers.

— Silence ! ordonna Querida. Ou le prochain sera transformé en serpent jusqu'à la fin de ses jours ! »

À ces mots, le Comité d'urgence de l'université se tut. Querida était la plus puissante sorcière du monde et avait un penchant particulier pour les serpents. Elle ressemblait elle-même à un ophidien : petite, à la peau luisante et verdâtre, et très âgée. Personne ne mit en doute sa parole. Mais deux personnes continuèrent de parler. Le lugubre roi Luther murmura à l'autre bout de la table :

« Être un serpent serait peut-être un soulagement. »

Quand les yeux de Querida se braquèrent sur lui, il la défia d'un regard sinistre.

Le sorcier Barnabas, vice-président de l'université, poursuivit : « … essayais de dire, Querida, c'est que vous ne comprenez pas ce que c'est. Vous êtes une femme. Tout ce que vous avez à faire, c'est être la Séduisante Enchanteresse. M. Chesney ne laissera jamais une femme être Seigneur des ténèbres. »

Querida le poignarda du regard, sans le moindre effet. Barnabas lui lança un sourire jovial et s'esclaffa discrètement. Son visage semblait conçu pour la bonne humeur. Ses cheveux et sa barbe encadraient son visage de cascades de boucles argentées. Il plongea dans les yeux globuleux de Querida son regard bleu injecté de sang et ajouta :

« Nous n'en pouvons plus, les uns comme les autres.

— Il a raison ! marmonnèrent précautionneusement plusieurs voix autour de la table.

— Je le sais bien ! aboya Querida. Et si vous m'écoutiez au lieu de vous plaindre, vous m'entendriez dire que j'ai organisé cette réunion pour trouver un moyen de mettre un terme aux Pèlerinages. »

Cette phrase fut accueillie par un silence stupéfait.

Un petit sourire aigri fit naître des fossettes sur les joues de Querida.

« Oui, répondit-elle, je ne sais que trop bien que vous m'avez élue présidente parce que vous me considérez comme étant la seule personne assez impitoyable pour s'opposer à

M. Chesney et que vous êtes tous très déçus que je ne lui aie pas immédiatement sauté à la gorge. J'ai, bien évidemment, étudié la situation. Préparer une campagne contre un homme qui vit dans un autre monde depuis lequel il planifie ses voyages organisés est loin d'être une mince affaire. »

Ses petites mains d'une pâleur verdâtre se dirigèrent vers les montagnes de papier, de bouts d'écorce et de parchemins devant elle et entreprirent de les réarranger en nouvelles piles, dans des bruissements secs.

« Mais il me paraît clair, poursuivit-elle, que la situation s'est dégradée jusqu'à devenir intolérable et constitue maintenant une crise. Nous devons agir. J'ai ici 46 pétitions de tous les sorciers rattachés à l'université et 22 d'autres pratiquants de la magie – tous des hommes – se plaignant de surmenage chronique. Cette pile-là comprend les trois lettres signées par plus d'une centaine de sorcières se déclarant victimes de discrimination de genre. À juste titre. M. Chesney estime que les femmes ne peuvent pas pratiquer la sorcellerie. »

Elle posa les mains sur une imposante pile de parchemins dont dépassaient de grands sceaux rouges.

« Celle-là, ajouta-t-elle, nous vient des rois. Chaque monarque de la planète m'a écrit au moins une fois pour se plaindre des dégâts causés à son royaume par les voyages organisés. Il me semble suffisant de n'en citer qu'un.

Roi Luther, peut-être aimeriez-vous nous résumer la lettre que vous m'adressez tous les mois ?

— Tout à fait », répondit le roi.

Il se pencha en avant et empoigna la table de ses puissantes mains qui bleuirent aux jointures.

« Mon royaume se fait ravager, déclara-t-il. J'ai été choisi comme Roi maléfique 15 fois en 20 ans, ce qui attire au moins une fois par semaine une visite guidée qui envahit ma cour et pendant laquelle on essaie de nous assassiner, moi ou mes courtisans. Ma femme m'a quitté en emmenant les enfants pour les mettre à l'abri. Les villes et les campagnes sont mises à sac. Quand ce n'est par l'armée du Seigneur des ténèbres qui marche sur ma cité et la pille, ce sont les Forces du bien qui s'en chargent. Certes, je suis payé royalement pour cela, mais l'argent que je gagne sert à réparer les catastrophes dans la capitale avant le prochain Pèlerinage, et il n'en reste presque plus pour aider les fermiers. Ils ne font quasiment plus rien pousser ces temps-ci. Vous devez le savoir, madame la présidente… »

La main de Querida se posa sur la pile suivante, où s'amoncelaient des papiers de toutes formes et tailles.

« Je le sais, merci, Votre Majesté. Ces lettres sont un florilège de celles que je reçois des fermiers et des citoyens ordinaires. Elles mentionnent toutes qu'avec les intempéries magiques, les armées qui piétinent les cultures, les soldats qui volent le bétail, les incendies déclenchés par les sbires du Seigneur des ténèbres et autres calamités, ils ont de forts risques de mourir de faim dans un futur proche. »

Elle se saisit d'une autre pile de papiers plus petite.

« C'est à croire que les seuls à prospérer sont les aubergistes, mais ils se plaignent de la pénurie d'orge qui les empêche de brasser assez de bière.

— J'en ai mon petit cœur qui saigne, répondit le roi Luther amèrement. Qu'adviendrait-il de nous si un Pèlerinage arrivait dans une auberge à court de bière ?

— M. Chesney ne serait pas content, murmura un grand prêtre. Que les dieux nous protègent, qu'Anscher nous en préserve !

— Chesney n'est qu'un homme, marmonna le délégué de la Guilde des voleurs.

— Qu'il ne vous entende pas ! l'avertit Barnabas.

— Évidemment que ce n'est qu'un homme, rétorqua Querida. C'est juste l'homme le plus puissant du monde et j'ai pris des précautions pour qu'il ne puisse pas nous entendre à l'intérieur de la chambre du conseil. Et maintenant, pouvons-nous continuer ? Je vous remercie. Nous subissons des pressions de plusieurs organismes pour trouver une solution. J'ai ici entre les mains, dit-elle en saisissant un grand parchemin magnifiquement enluminé, un ultimatum de l'école des bardes. Ils se plaignent du fait que M. Chesney et ses agents semblent considérer tous les bardes qui accompagnent les groupes comme sacrifiables. Plutôt que de perdre davantage de musiciens prometteurs, comme ils le disent ici, ils ne participeront à aucun voyage organisé cette année, à moins que nous ne puissions garantir la sécurité de…

— Mais nous ne pouvons pas ! objecta un sorcier à deux sièges de Barnabas.

— C'est vrai, renchérit Querida. J'ai bien peur que les bardes ne doivent s'expliquer tout seuls avec M. Chesney. J'ai également ici des lettres du même acabit, quoique plus modérées, de la part des devins et des guérisseurs. Les devins protestent d'avoir à prédire des événements imaginaires, ce qui va à l'encontre des statuts de leur guilde, et les guérisseurs, comme les sorciers, se plaignent de surmenage chronique. Au moins, ils se contentent de menacer de faire la grève cette année. Et là, ponctua-t-elle en soulevant une petite pile de feuilles irrégulières, j'ai des lettres des capitaines de mercenaires. Ils sont nombreux à dire que les remplacements de main-d'œuvre, de matériel et d'armures leur coûtent plus cher que les honoraires qu'ils perçoivent pour les Pèlerinages. Et celle-ci sur le dessus, adressée par… le Gantelet noir – il me semble que c'est le nom de ce monsieur –, explique avec beaucoup d'émotion qu'il veut prendre sa retraite dans une ferme, mais qu'en 20 ans, il n'a pas gagné assez d'argent pour une bâche…

— Une quoi ? s'enquit le roi Luther.

— Une vache. Il ne sait pas bien écrire, répondit Barnabas.

— Même s'il y avait une ferme où il serait à l'abri des groupes », ajouta Querida.

Elle agita d'autres feuilles en poursuivant :

« Des lettres larmoyantes de nonnes, de moines et de loups-garous. Mais où est-ce que… ? Ah oui, ici. »

Elle prit une feuille blanche scintillante et une grande tranche nacrée de ce qui ressemblait à un coquillage, recouverte de discrètes marques.

« Probablement une ancienne écaille, remarqua-t-elle. J'ai ici les doléances des elfes et des dragons.

— De quoi peuvent-ils bien se plaindre ? s'insurgea un autre sorcier.

— Ils sont obscurs les uns comme les autres, confessa Querida. Si j'ai bien compris, le roi des elfes parle de chantage, tandis que les dragons déplorent la diminution de leurs trésors, mais les deux mentionnent aussi leur taux de natalité, donc rien n'est sûr. Vous pourrez tous les lire dans un moment, si vous le souhaitez, ainsi que toutes les lettres que vous voudrez. Pour l'heure, ai-je été claire ? »

Ses yeux cernés se braquèrent sur chacun des membres qui se trouvaient autour de la longue table.

« J'ai demandé à tous ceux à qui j'ai pensé de m'informer de la façon dont les voyages organisés les affectent. J'ai reçu plus d'un million de réponses. Mon bureau déborde de lettres que je vous invite tous à éplucher. Je n'ai ici que les plus importantes. Et toutes disent, avec des mots différents, la même chose. Tout le monde veut mettre un terme aux Pèlerinages de M. Chesney.

— Et avez-vous une idée sur la façon de les arrêter ? demanda Barnabas avec enthousiasme.

— Non, répondit Querida. Il n'y a aucun moyen.

— Quoi ?! s'écrièrent en chœur les membres du conseil.

— Il n'y a aucun moyen, à ma connaissance, répéta Querida. Dois-je vous rappeler que les décisions de M. Chesney sont soutenues par un démon extrêmement puissant ? Tout semble indiquer qu'il a conclu un pacte avec ce démon quand il a commencé ses voyages organisés.

— Mais c'était il y a 40 ans, objecta le jeune Empereur du Sud. Certains d'entre nous n'étaient même pas nés. Pourquoi devrais-je continuer ce que ce démon a obligé mon grand-père à faire ?

— Ne soyez pas bête, l'interrompit Querida. Les démons sont immortels.

— Mais M. Chesney ne l'est pas, argumenta le jeune Empereur.

— Il se peut qu'il ne le soit pas, mais j'ai entendu dire qu'il formait ses enfants pour prendre sa suite », déclara Barnabas tristement.

Les yeux de Querida lancèrent sur l'Empereur un avertissement acerbe.

« Ne parlez jamais comme cela en dehors de cette pièce. M. Chesney ne supporte pas le moindre manque d'enthousiasme en ce qui concerne ses Pèlerins, et pas un mot au sujet du démon. Ai-je été claire ? »

Le jeune Empereur déglutit et s'enfonça sur sa chaise.

« Bien, décréta Querida. Et maintenant, passons à l'ordre du jour. Les tour-opérateurs sont dans notre monde depuis plus d'un mois et la planification des voyages organisés de cette année est quasiment terminée. M. Chesney doit venir ici en personne demain pour donner au Seigneur des ténèbres et aux Guides-Sorciers ses dernières instructions. L'objectif de cette réunion est de désigner le Seigneur des ténèbres de cette année. »

De lourds soupirs retentirent autour de la table.

« D'accord, lança l'un des sorciers au milieu de l'abattement général. Qui s'y colle ? Pas moi, je l'ai fait l'année dernière. »

Querida gratifia l'assemblée de son petit sourire amer, croisa les mains sur son ventre et se cala dans son fauteuil.

« Je n'en ai aucune idée, rétorqua-t-elle d'un ton plat. Je ne sais pas plus qui désigner comme Seigneur des ténèbres que je ne sais comment stopper les voyages organisés. Je propose de consulter les Oracles. »

Un long silence pensif s'ensuivit. Des mouvements de soulagement prirent corps autour de la table à mesure que même les personnes les moins futées comprenaient que Querida essayait, après tout, de trouver une échappatoire. Enfin, le grand prêtre intervint, perplexe :

« Madame la présidente, si je ne m'abuse, les Oracles ont été créés pour M. Chesney par les sorciers de l'université...

— Et par un ancien grand prêtre qui avait demandé aux dieux de s'exprimer à travers les Oracles, confirma Querida. Y a-t-il une raison pour qu'ils ne fonctionnent pas, révérend Umru ?

— C'est-à-dire, répondit le grand prêtre, euh... n'est-il pas possible, dans ce cas, que les Oracles soient... comment dire... partiaux ?

— Probablement, consentit Querida. C'est pourquoi je propose de consulter l'Oracle blanc et l'Oracle noir. Ils donneront deux augures différents et nous suivrons les deux.

— Euh… deux Seigneurs des ténèbres ? interrogea le révérend Umru.

— S'il le faut, oui, répondit Querida. Quoi qu'il en coûte. »

Elle repoussa sa chaise et se leva. Elle était si petite que même debout sa tête restait à la même hauteur. Elle embrassa la tablée du regard, avec son petit menton de lézard saillant.

« Nous ne pouvons pas tous aller consulter les Oracles, ajouta-t-elle, et certains d'entre vous ont l'air exténués. J'emmènerai une délégation. Le roi Luther, je dirais, et Barnabas, vous m'accompagnerez. Et vous, grand prêtre Umru… »

Ce dernier se leva et s'inclina, les mains croisées sur son imposant estomac.

« Madame la présidente, je ne saurais être choisi sur des prétextes fallacieux. Je suis probablement l'une des rares personnes ici à ne pas avoir d'objection aux Pèlerinages. Grâce à eux, mon temple a considérablement prospéré au fil des années.

— Je le sais, répliqua Querida. Vous me prenez vraiment pour une idiote. Je vous veux comme représentant du point de vue opposé, bien sûr. Et je vous prendrai vous aussi pour cette même raison. »

Sa main surgit comme la langue d'un serpent pour désigner le délégué de la Guilde des voleurs.

C'était un jeune homme mince, beau et à l'air intelligent. La surprise se lut sur son visage.

« Moi ? s'assura-t-il. Vous êtes sûre ?

— En voilà une question, rétorqua Querida. Votre guilde doit s'être fait une fortune sur le dos des Pèlerins, d'une manière ou d'une autre. »

Une étrange expression traversa le visage du voleur, qui se leva sans dire un mot. Il était aussi richement vêtu que le grand prêtre. Ses longues manches en soie ondoyaient tandis qu'il faisait le tour de la table d'un pas gracieux.

« Les Oracles ne sont-ils pas dans le Lointain Désert ? s'enquit-il. Comment pouvons-nous y aller ?

— Par un sort de téléportation que j'ai déjà arrangé, répondit Querida. Vous quatre, suivez-moi. »

Elle prit les devants jusqu'à la partie vide de la pièce, où l'on pouvait voir que les bords de l'une des grandes dalles du sol portaient de discrètes marques.

« Vous autres, commencez donc à lire ces lettres pendant notre absence, lança-t-elle. Et je vais avoir besoin de votre nom, déclara-t-elle au jeune voleur.

— Euh... Regin, répondit-il.

— Mettez-vous ici », lui indiqua Querida en le poussant vers un coin de la dalle.

Elle disposa le roi Luther, Barnabas et le grand prêtre Umru chacun dans un coin restant et se glissa entre Umru et le roi Luther pour se tenir au centre de la pierre. Pour ceux qui étaient assis autour de la table, elle disparut entièrement derrière le ventre d'Umru. Puis, sans un bruit ni un avertissement, tous les cinq s'évaporèrent, laissant derrière eux une dalle vide.

Pour les quatre hommes qui accompagnaient Querida, c'était comme rentrer tout à coup dans un four – *un four qui devait être en feu*, se dit le roi Luther en se protégeant les yeux de son épaisse manche en laine. De la sueur dégoulinait de sous les boucles de Barnabas. Le souffle coupé, Umru chancela et essaya désespérément de retirer du sable de ses mules brodées tout en desserrant ses habits.

Seule Querida était comme un poisson dans l'eau. Elle lança un « ah ! », s'étira et offrit son visage à un soleil de plomb avec un sourire béat.

Ses yeux, remarqua le jeune voleur, étaient grands ouverts et fixaient directement le soleil. *Ah, ces sorciers !* se dit-il. Il était aussi mal à l'aise que les trois autres, mais il était entraîné à donner le change et à garder ses esprits. Il embrassa le paysage du regard. Les Oracles n'étaient qu'à quelques mètres. On pouvait voir deux petits dômes : celui de gauche, si noir qu'on aurait dit un trou dans l'univers, et celui de droite, d'un blanc si éclatant que le voleur sentit la brûlure de la sueur qui lui coulait dans les yeux et dut détourner le regard.

En attendant que les trois autres ne se remissent de leurs émotions, Querida prit le bras de Regin et le traîna à travers le sable en direction du bâtiment blanc.

« Pourquoi avez-vous eu l'air si bizarre quand j'ai dit que votre guilde devait s'être fait une fortune avec les voyages organisés ? lui siffla-t-elle. Dois-je comprendre que vous voulez y mettre un terme, vous aussi ? »

Évidemment qu'elle l'a remarqué ! pensa le voleur avec amertume.

« Pas exactement, madame la présidente. Mais si on y pense, après 40 ans, il ne reste plus grand-chose à voler. Nous envisageons de nous voler les uns les autres… mais même si nous le faisions, il ne reste pas vraiment de quoi dépenser notre butin. En fait, on m'a envoyé pour vous demander la permission de piller les Pèlerins.

— Vous ne le faites pas déjà ? » l'interrogea Querida.

Lorsqu'il fit non de la tête, un sourire d'extase s'afficha de nouveau sur la petite face de lézard de Querida.

« Eh bien, vous savez quoi, je dirais que c'est quelque chose que M. Chesney a oublié de mentionner dans son règlement. N'hésitez pas à piller les touristes ! »

Son visage se braqua sur Umru, qui essuyait sa tête de sa cape brodée.

« Mais venez ! Ne restez pas planté là ! Venez tous avant de frire. Nous commencerons par l'Oracle blanc. »

Elle prit les devants jusqu'au dôme blanc. Regin la suivit d'un pas léger dans ses bottes souples, même si de la sueur dégoulinait le long de ses oreilles. Le roi Luther et Barnabas avancèrent péniblement derrière eux. À la traîne, Umru s'empêtra et eut du mal à passer par l'étroite porte blanche.

À l'intérieur, la pièce était sombre et agréablement fraîche. Ils se tinrent en rang, à regarder des ténèbres qui semblaient beaucoup plus vastes que la contenance d'un si petit bâtiment.

« Qu'est-ce qu'on fait ? demanda le roi Luther.

— Attendez, lui intima Querida. Regardez. »

Ils attendirent. Au bout d'un moment, comme quand on regarde le noir total, ils étaient tous persuadés de voir des points, des traînées et des spirales. *L'éblouissement dû au soleil*, se dit le roi Luther. *Une illusion d'optique*, pensa Regin. *N'y fais pas attention. Cela ne veut rien dire.*

Tout à coup, les traînées se rassemblèrent comme un seul homme. Il était impossible de penser qu'elles étaient arbitraires. En l'espace d'une seconde, elles formèrent quelque chose qui aurait pu être humain, mais qui était trop grand et qui tourbillonnait, composé de lueurs rouges et bleu pâle et de petits éclairs verts. Une voix douce et caverneuse dit avec beaucoup d'écho :

« *Posez votre question, mortels.*

— Merci, répondit Querida sans attendre. Notre question est la suivante : que devons-nous faire pour mettre fin aux Pèlerinages et nous débarrasser de M. Chesney une bonne fois pour toutes ? »

La forme tourbillonnante plongea et grandit de six mètres avant de rétrécir jusqu'à la taille de Querida, en serpentant d'un côté et de l'autre. Elle semblait agitée. Mais quand elle parla de nouveau, la voix caverneuse était égale à elle-même :

« *Vous devez nommer Seigneur des ténèbres la première personne que vous verrez en sortant d'ici.*

— Merci infiniment », répondit Querida.

Soudain, le petit temple n'était plus sombre du tout. C'était un minuscule espace, à peine assez grand pour eux cinq, avec des murs blancs immaculés et un sol jonché de sable dans lequel on voyait des détritus, de toute évidence jetés par d'autres personnes venues consulter l'Oracle blanc. Il y avait des bouts de papier, une petite chaussure, des boucles, des sangles et des noyaux de prunes. Quelque chose brilla, à moitié enfoui dans le sable à côté de la pointe des bottes de Regin. Tandis que tout le monde faisait demi-tour pour sortir, il s'accroupit et ramassa l'objet subrepticement, avant de s'arrêter net avec les autres quand ils découvrirent que la porte n'était plus étroite. Elle était désormais assez large pour que tous les cinq pussent sortir de front. Ils retrouvèrent la chaleur, clignant des yeux devant des kilomètres vides de désert éblouissant.

« Il n'y a personne ici, lança Querida.

— Je suppose qu'il faut choisir la première personne que nous verrons en rentrant », suggéra Barnabas.

Regin regarda ce qu'il avait ramassé. C'était une bande de tissu. Dessus, des lettres imprimées en noir indiquaient : « Attention à ce que vous demandez, vous pourriez l'obtenir. » Il la passa en silence au roi Luther, qui était le plus proche de lui.

« Nous voilà mis en garde, déclara le roi Luther avant de donner la bandelette à Umru.

— C'est quelque chose que je dis souvent à mes fidèles, ajouta le grand prêtre.

— Les sorciers le savent aussi », renchérit Barnabas. Il prit le tissu, qu'il tendit à Querida.

« Nous avons été mis en garde, Querida. Voulez-vous toujours consulter l'Oracle noir ?

— Bien sûr. Et je fais toujours très attention à ce que je demande », rétorqua la présidente.

Elle les devança sur la courte distance qui les séparait du temple noir. Les autres se regardèrent avec un haussement d'épaules avant de la suivre.

Un air froid se dégageait de la surface du dôme noir. Umru soupira de soulagement en s'approchant de ses murs, mais il claqua légèrement des dents lorsqu'ils durent se serrer pour passer l'étroite entrée. À l'intérieur, il geignit misérablement car il faisait aussi chaud que dehors dans le désert. Il soufflait et haletait dans l'obscurité profonde, tandis que, comme la fois précédente, des traînées et des taches apparaissaient devant leurs yeux.

Attendons qu'elles se rassemblent, se dit Regin avec sagesse. Mais cette fois-ci, au lieu de converger, les traînées tourbillonnantes battirent en retraite sur les côtés, de plus en plus brillantes. Il fallut aux spectateurs une minute pour se rendre compte que l'obscurité qu'elles avaient laissée derrière elles avait désormais la forme d'une immense figure presque humaine.

« Oh, je vois ! marmonna Querida.

— *Ah bon ?* » s'exclama une grosse voix grave.

Elle était profonde comme une mine de charbon.

« *Alors, demandez.*

— Merci », répondit Querida.

Comme avec l'Oracle blanc, elle demanda :

« Que devons-nous faire pour mettre fin aux Pèlerinages et nous débarrasser de M. Chesney pour de bon ? »

Il s'ensuivit un très long silence. Les ténèbres restèrent parfaitement immobiles, puis se mirent tout à coup à trembler et se dissipèrent dans des jets de lumières faisant irruption de chaque côté. Lorsqu'elle parla de nouveau, la voix grave tremblait légèrement.

« Vous devez nommer comme Guide-Sorcier du dernier voyage organisé la deuxième personne que vous verrez en sortant d'ici. »

Puis, comme dans le temple blanc, l'espace se fit petit et vide et ils se retrouvèrent collés les uns aux autres, debout au milieu des détritus. Il faisait un peu moins chaud.

« Je jurerais que cette chose riait ! » décréta Barnabas tandis qu'ils faisaient demi-tour pour se rendre compte, une fois de plus, que la porte était devenue assez grande pour eux tous.

Quelque chose scintilla dans le sable aux pieds de Regin. Cette fois, il ne le ramassa pas. Il passa la pointe de sa botte dessous et le poussa jusqu'à voir qu'il s'agissait d'un morceau de papier avec un bord doré. Comme on pouvait s'y attendre, il portait l'inscription : « Attention à ce que vous demandez, vous pourriez l'obtenir. » Il décida de ne rien dire aux autres.

« Eh bien, le désert est toujours vide, déclara le roi Luther. Oh ! »

Un homme sortait du temple de l'Oracle blanc. Il était grand, corpulent, à l'air affable et habillé comme un fermier. Il sortait de l'étroite porte de côté, en se protégeant les yeux de son bras, mais ils pouvaient tous voir son visage nettement.

Barnabas lança un « oh non ! » tandis que le roi laissa échapper un « sacrebleu ! » Umru faisait non de la tête. « Attention à ce que vous demandez », soupira-t-il. Querida prit une inspiration sifflante.

« Que se passe-t-il ? demanda Regin. Qui est-ce ? Enfin, qui sont-ils ? » ajouta-t-il quand une autre personne s'extirpa par la porte à la suite de l'homme.

C'était un garçon d'environ 14 ans qui ressemblait beaucoup à l'homme, à ceci près qu'il était aussi maigre que celui-ci était large. Au moment où Regin posa la question, l'homme se tourna vers le garçon.

« Eh bien, tu l'as ta réponse, lança-t-il. Tu es content ?

— Non ! répliqua le garçon. Je n'ai jamais entendu parler de cette personne. C'est qui ?

— Dieu seul le sait, lui répondit l'homme. Mais ce qui est sûr, c'est qu'il ne travaille pas à l'université, ce qui veut dire que tu n'iras pas y étudier la sorcellerie. J'avais raison. »

Le menton du garçon se crispa de colère.

« Pas la peine d'avoir l'air aussi réjoui. Tu essaies toujours de m'empêcher de faire ce que je veux ! »

Tous deux restèrent dans le sable à s'invectiver.

« Qui sont-ils ? demanda de nouveau Regin.

— Je ne connais pas le garçon, répondit Querida, mais je ne connais l'homme que trop bien. Il s'appelle Derk. Et il a décroché un diplôme de sorcier à l'université. Il ne fait aucun doute que M. Chesney l'accepterait comme Seigneur des ténèbres.

— Le garçon, c'est son fils, précisa Barnabas. Il s'appelle Blade. Querida, je ne peux pas lui faire ça. Derk est un homme bon et un ami à moi. Il est vraiment très doué…

— Tout le monde n'est pas de cet avis, rétorqua Querida. Le garçon a-t-il du talent ?

— Des tonnes, reconnut Barnabas tristement. Il tient de sa mère.

— Oh… Mara, je me rappelle, répondit Querida. Je dois parler à Mara. Alors, c'est décidé. Nous avons notre Seigneur des ténèbres et notre Guide-Sorcier, conformément aux deux Oracles.

— Nous pourrions toujours faire comme si nous ne les avions pas vus et choisir les deux personnes suivantes, suggéra le roi Luther.

— Les dieux nous en gardent ! » laissa échapper Umru en tamponnant son visage de la doublure de sa cape.

Querida lança au roi Luther un regard de crotale avant de se diriger vers le tandem devant le temple blanc. Quand elle arriva à sa hauteur, Derk était penché en avant pour hurler sur le visage de son fils, avec un air on ne peut plus raisonnable, comme s'ils discutaient tranquillement :

« Je te dis que ce n'est pas à l'université que tu apprendras quelque chose. Ça fait 30 ans qu'ils n'ont rien fait de novateur. Ils se contentent de ramper devant M. Chesney. »

Querida aurait très bien pu faire semblant de ne pas l'avoir entendu, car Blade hurlait en même temps :

« Je ne veux pas le savoir ! Ce ne sont que des excuses pour m'empêcher de faire ce que je veux ! Tu as laissé Shona aller à l'école des bardes, pourquoi ne veux-tu pas que j'apprenne la magie ?

— HUM ! » leur lança Querida en amplifiant sa voix par magie.

Derk et Blade se retournèrent comme un seul homme.

« Tyran ! » lui hurla Blade avant de faire une révérence, mort de honte.

Derk scruta la minuscule femme luisante en tenue de présidente. Ses yeux se posèrent ensuite sur l'imposante silhouette morose et transpirante du roi Luther puis sur l'immense forme d'Umru et sur les perles de sueur qui dégoulinaient sur ses énormes joues écarlates. Il les salua de la tête et sourit à Barnabas, dont les boucles étaient trempées et le visage encore plus rouge que celui d'Umru. Enfin, il regarda le jeune homme à l'arrière, qui lui était inconnu et faisait semblant de ne pas avoir chaud.

« Oh, bonjour, leur lança-t-il. Que faites-vous tous ici ? Y a-t-il une raison pour que vous n'utilisiez pas un sort de réfrigération ?

— Non, j'ai oublié, quelle plaie ! répondit Querida. J'aime la chaleur. »

Derk donna un petit coup de coude à son fils. Blade se remit assez de sa gêne pour faire un petit geste. Une fraîcheur incroyable se déversa sur les quatre hommes, qui l'accueillirent comme le messie.

« Des tonnes de talent, pour sûr, murmura Regin.

— Merci, jeune homme », lui dit Umru reconnaissant.

De toute évidence, Blade faisait tout son possible pour prouver qu'il n'avait pas pour habitude de hurler sur les gens. Il fit une courbette :

« Tout le plaisir est pour moi, Votre Révérence, répondit-il avec déférence. Et, excusez-moi, mais l'un de vous connaît-il un sorcier du nom de Deucalion ? demanda-t-il en regardant le groupe avec espoir tandis que les quatre hommes haussèrent les épaules en faisant non de la tête. Un pratiquant de la magie, alors ? ajouta-t-il d'une voix qui trahissait le désespoir.

— Non, je n'ai jamais entendu ce nom, Blade, répondit Barnabas. Pourquoi ?

— D'après l'Oracle blanc, c'est lui qui va assurer ma formation de sorcier, expliqua le garçon. Papa n'en a jamais entendu parler non plus », ajouta-t-il dans un soupir.

Querida changea de sujet :

« Nous avons consulté les Oracles, nous aussi, déclara-t-elle. Ils vous ont désignés, vous, Derk le sorcier, Seigneur des ténèbres de cette année, et vous, jeune Blade, Guide-Sorcier du dernier voyage organisé.

— Écoutez-moi bien… rétorqua Derk.

— On ne discute pas les Oracles, Derk, lui souffla Barnabas calmement.

— Mais… objecta Blade.

— Vous non plus, jeune homme, l'arrêta Querida. Vous allez être très occupés tous les deux pendant les six mois à venir. »

En entendant ces mots, Derk se redressa avec force mais avec une légère hésitation, et surplomba Querida :

« Je ne pense pas que vous ayez le droit de faire ça, déclara-t-il.

— Mais bien sûr que si, répliqua-t-elle. Et maintenant, rentrez chez vous et préparez vos affaires. Demain à midi pile, M. Chesney, tous les Guides-Sorciers et moi-même vous retrouverons à votre domicile pour vous mettre au fait des projets pour cette année. »

Comme Derk restait planté là, elle le toisa comme un cobra prêt à attaquer avant d'ajouter :

« Et au cas où vous projetteriez de ne pas être chez vous demain, je vous rappelle que vous êtes dans de très sales draps, Derk le sorcier. Vous n'avez pas payé votre cotisation à l'université depuis 15 ans. Cela me donne donc le droit d'appliquer des pénalités.

— Je vous ai envoyé un œuf de griffon, répondit Derk.

— Il était pourri, rétorqua Querida, mais vous deviez le savoir.

— Et je n'ai rien pu vous envoyer d'autre, renchérit Derk avec sérieux. Tous les produits de ma magie sont encore vivants. Ce serait criminel de les enfermer dans les coffres de l'université. Vous les tueriez et les embaumeriez. De toute façon, mon épouse a payé assez de cotisations pour nous deux.

— M. Chesney n'a que faire des univers miniatures de Mara, déclara Querida. Vous voilà prévenu, Derk le sorcier. Soit vous vous présentez à M. Chesney et à nous autres à Derkham demain, soit vous aurez tous les pratiquants de magie de ce monde à vos trousses pour faire de vous le Seigneur des ténèbres. Suis-je bien claire ? »

Blade tira son père par le bras :

« Tu ferais mieux d'y être, Papa.

— Et vous aussi, jeune homme, ajouta Querida, vous feriez mieux de faire acte de présence. »

Blade réussit à faire faire un quart de tour à son père, mais Derk regardait toujours Querida par-dessus son épaule :

« Personne ne devrait avoir autant de pouvoir, lança-t-il.

— De qui parlez-vous, sorcier ? s'enquit-elle, en le toisant toujours tel un cobra.

— De Chesney, évidemment », s'empressa de répondre Derk.

Blade tira plus fort et tous deux disparurent dans un nuage de sable cinglant.

« Pff, lança Barnabas. Ce pauvre vieux Derk !

— Rentrons à la maison plus lentement, décréta Querida, je suis un peu fatiguée. »

Le voyage du retour ressembla davantage à une balade au cours de laquelle ils foulèrent tantôt une étendue de sable chaud, tantôt un tapis d'herbe desséchée, tantôt des pierres ou de la mousse. Regin se plaça aux côtés de Querida :

« Qui est ce Derk le sorcier ? » lui demanda-t-il.

Querida soupira :

« Un désastre ambulant. Le pire sorcier du monde, si on me demande.

— Voyons, Querida, l'interrompit Barnabas. Il est excellent dans ce qu'il fait, juste un peu original, c'est tout. Quand nous étions étudiants ensemble, je le trouvais deux fois plus intelligent que moi. »

Querida frémit.

« Original, c'est une façon polie de le dire. J'étais professeure titulaire à l'époque. De tous ses ratages, mon pire souvenir est d'avoir été sortie du lit en plein milieu de la nuit pour affronter le gigantesque démon bleu que Derk avait invoqué et dont il n'arrivait plus à se débarrasser. Vous vous en souvenez ? »

Barnabas acquiesça en se mordant la langue pour ne pas rire :

« Personne ne savait comment il s'appelait, aucun des exorcismes habituels ne fonctionnait. Il a fallu que tout le personnel de l'université s'y mette pour s'en dépêtrer. Cela a pris toute la nuit. Derk n'a jamais été très doué pour la magie classique, je vous le concède. Mais vous utilisez souvent ses services, n'est-ce pas, Révérend ? »

Ayant recouvré sa bonhomie tranquille grâce à la fraîcheur, Umru les gratifia d'un sourire aimable :

« J'ai recours aux services de Derk le sorcier presque à chaque fois qu'un groupe visite mon temple. Personne d'autre que lui ne peut transformer un âne mort en un cadavre humain aussi convaincant. »

Regin le regarda avec des yeux ronds. Umru sourit encore plus gentiment :

« Ou une brebis, ajouta-t-il. On nous choisit toujours comme temple maléfique et les Pèlerins s'attendent à ce que nous exposions un sacrifice horriblement torturé. Derk le sorcier nous évite d'avoir à utiliser des gens.

— Oh », s'exclama Regin.

Il se tourna dans la direction du roi Luther, qui marchait péniblement à l'arrière.

« Et vous, Votre Majesté ? Vous connaissez aussi ce sorcier ?

— Nous l'utilisons parfois pour les pendaisons et les têtes empalées, répondit le roi Luther. Mais je l'engage le plus souvent pour les banquets une fois que ces satanés Pèlerins sont partis. Il a des animaux de spectacle. Surtout des cochons.

— Des cochons ? l'interrogea Regin

— Oui, des cochons, confirma le roi Luther. Des cochons volants.

— Oh », lança une fois de plus le voleur.

À ce moment même, ils se retrouvèrent à nouveau sur la dalle de la salle du conseil. Regin claquait des dents, Barnabas grelottait, Umru tremblait de partout. Querida était égale à elle-même. Tout comme le roi Luther, dont le royaume du Nord ne connaissait pas la chaleur.

« Que se passe-t-il ? » s'écria Umru.

Les membres du conseil se détournèrent des tas de lettres qu'ils étaient en train de lire pour braquer leurs yeux sur lui. Il tendit les mains d'un air pitoyable.

« Regardez, elles sont bleues !

— Oh… euh… j'ai bien peur que ce ne soit la faute du jeune Blade, expliqua Barnabas. Les garçons de cet âge ne maîtrisent pas leur force. Je vais voir ce que je peux faire, mais cela peut prendre une heure. »

CHAPITRE 2

Derkham était sens dessus dessous. Shona, la sœur de Blade, se trouvait dans les écuries. Elle était occupée à seller deux chevaux pour que Derk pût l'emmener à l'école des bardes dès qu'il serait rentré de la consultation de l'Oracle, quand Elda arriva en courant, ses ailes déployées, les battant pour lui donner plus de vitesse, criant que Derk allait être Seigneur des ténèbres. Elda piaillait d'excitation, d'après Don qui galopait derrière elle pour essayer de la calmer, et Shona ne comprit pas ou ne la crut pas tout de suite. Une fois rendue à l'évidence, Shona dessella les chevaux et les conduisit dans l'enclos.

Aux dires de Don, Shona prit une pose majestueuse – ce qu'elle faisait depuis qu'elle était barde stagiaire, ce qui agaçait particulièrement Don, et Kit, presque autant – avant de déclarer :

« Je n'irai pas à l'école tant que Papa aura besoin de moi. Nous sommes une famille, nous devons nous serrer les coudes. Solidarité familiale ! »

Malgré sa pose, Shona était on ne peut plus enthousiasmée par la nouvelle. Lorsqu'elle courut jusqu'à la maison en portant ses sacoches et son étui à violon, avec Don et Elda bondissant devant, tous les animaux s'en rendirent compte, même les gentilles vaches. Le reste de la journée ne fut qu'une cacophonie de cris d'oiseaux, de meuglements et du galop de toutes sortes de pattes et sabots.

À part cela, Blade se dit amèrement qu'il ne voyait pas beaucoup de solidarité familiale. Quand Shona fit irruption dans la maison, exaltée et terriblement belle, leurs parents étaient au milieu d'une violente dispute. Derk tonnait :

« Il doit forcément y avoir un moyen d'y échapper ! Il est hors de question que je touche de l'argent de Chesney ! »

Bien qu'il ne fût pas très enclin à faire étalage de sa magie, Derk était si véhément qu'il projetait des flammes magiques dans toutes les directions. L'un des tapis du hall d'entrée était en feu.

« Papa ! s'écria Shona. Tu vas mettre le feu à la maison ! »

Aucun de ses deux parents ne lui répondit, mais Mara lui jeta un regard furieux. Mara était protégée à l'intérieur de la lumière bleu acier d'un bouclier magique, et elle semblait aussi enthousiaste que sa fille.

« Arrête de faire l'idiot, Derk ! vociférait-elle. Si l'Oracle dit que tu dois être le Seigneur des ténèbres, tu ne peux rien y faire ! »

Des flammes assaillaient le bouclier de Mara lorsque Derk beugla :

« L'Oracle n'a qu'à aller se faire voir ! C'est hors de question ! Et tu devrais m'aider à trouver un moyen d'y échapper au lieu de soutenir ce système pourri jusqu'à la moelle !

— Je ne soutiens rien du tout ! hurla Mara. J'essaie simplement de te dire que c'est inévitable. Tu le saurais aussi si tu n'étais pas aveuglé par la colère ! »

Blade tentait d'étouffer les flammes en piétinant les tapis quand Colette, leur grande griffonne, entra calmement par la porte en portant le tonneau qui servait à recueillir l'eau de pluie et le renversa sur le tapis. Dans un sifflement, le hall se remplit de fumée et d'une odeur nauséabonde.

Shona s'empressa de sauver ses bagages des eaux.

« Papa, lui dit-elle, sois raisonnable. Nous allons tous t'aider. Nous trouverons bien un moyen. Réfléchis. Tu as cinq griffons, deux sorciers et une barde pour t'épauler dans ta tâche. Je parie qu'aucun autre Seigneur des ténèbres n'a eu autant d'aide que toi. »

Shona sait décidément y faire, se dit Blade. Elle s'entendait bien mieux avec leur père que lui. En quelques minutes, Derk était assez calme pour arpenter la maison de long en large, avec un air perplexe et effondré, répétant « Il y a forcément un moyen d'y échapper ! », avec Shona dans son sillage qui essayait de le réconforter. Elda se joignit à eux en suivant Derk, elle aussi, adorable, dorée et câline.

Blade réussit enfin à parler à sa mère. Il la trouva assise à la table de la cuisine, pâle mais visiblement soulagée, pendant que Lydda préparait le dîner. Lydda était la seule des griffons à aimer cuisiner. C'était même une véritable passion. Elle inventait constamment de nouveaux plats. Blade n'arrivait pas à la comprendre. À la place de Lydda, il se serait senti comme Cendrillon, mais de toute évidence, la griffonne ne partageait absolument pas ce point de vue. Tournant son bec jaune et un gros œil perçant vers Blade, elle lui dit :

« Tu es obligé de venir te coller dans mes pattes ? »

Mara leva les yeux en direction de Blade :

« Oui, rétorqua-t-elle, il est obligé. »

Lydda donna un coup de queue, mais ne répondit pas. Les plumes dorées de ses ailes et de sa crête semblaient hurler « Sans commentaire ».

« Qu'a dit l'Oracle ? demanda Mara à son fils.

— “Ton maître sera Deucalion” », cita le garçon d'un ton morose.

Il vit les fins sourcils blonds de sa mère se froncer.

« Laisse-moi deviner. Toi non plus, tu n'as jamais entendu parler de lui.

— Non, non ! répondit Mara. Ce nom me dit quelque chose, mais je ne connais aucun sorcier qui s'appelle Deucalion. Cela doit être un autre pratiquant de la magie. Sois patient. Il – ou elle – finira bien par apparaître, Blade. L'Oracle blanc a toujours raison. »

Le jeune garçon soupira.

« Qu'est-ce qu'il y a d'autre ? lui demanda sa mère.

— Pourquoi Papa ne comprend pas ? explosa Blade. Il a laissé Shona aller à l'école des bardes. Pourquoi ne veut-il pas que j'aille à l'université ? Je lui ai dit et redit que je devais y aller maintenant et suivre les cours préparatoires si je voulais avoir de bonnes bases. Mais tout ce qu'il me répond c'est qu'il m'apprendra. Mais il ne peut pas, Maman ! Et toi non plus ! Ce que je peux faire est très différent de ce que toi et Papa faites. Alors pourquoi ?!

— Il y a deux raisons à cela, lui expliqua Mara. La première, c'est que l'université n'a pas compris Derk et ne l'a pas bien traité du tout quand il y était. J'y étudiais avec lui et je sais qu'il y était très malheureux. Ton père regorgeait de nouvelles idées – créer les griffons, par exemple – et tout ce qu'il voulait, c'était qu'on l'aide à les concrétiser. Mais au lieu de cela, ils ont essayé de le forcer à suivre leur méthode. Ils n'en avaient rien à faire qu'il soit génial à sa manière. Ils lui ont répété que la magie devait désormais avoir pour but d'améliorer les voyages organisés, et ils lui ont dit avec dédain que la recherche fondamentale ne servait à rien. Je l'ai retrouvé en pleurs à plus d'une reprise, Blade.

— Oui, mais ça c'était *lui*, objecta le garçon. Je suis différent. J'ai beaucoup d'idées, mais je ne veux pas les essayer pour l'instant. Je veux commencer par apprendre les choses *normales*.

— Je comprends, dit Mara. À l'époque, je ne partageais pas mes idées sur les micro-univers. Mais tu peux sûrement comprendre la seconde raison pour laquelle Derk ne veut pas que tu ailles à l'université. Ils n'y font rien aujourd'hui qui ne serve aux voyages organisés. Ils n'ont pas le temps d'aller plus loin. Et ils n'osent probablement pas. Et ton père pense, à tort ou à raison, que tu y seras aussi malheureux que lui, ou que tu te retrouveras à t'occuper exclusivement des Pèlerins, comme tous les autres. Cela lui fendrait le cœur, Blade. »

Le garçon voulait répondre un certain nombre de choses – de « Je comprends » à « Mais ce n'est pas sa vie, c'est la mienne ! » –, mais il réussit seulement à marmonner, d'un ton boudeur :

« Eh bien, nous allons quand même devoir nous occuper des voyages organisés tous les deux. »

Avant que Mara ne pût riposter, Lydda l'interrompit :

« Ce M. Chesney… est-ce qu'il mange comme nous ? Il est d'un autre monde, n'est-ce pas ? »

Mara sauta sur ses pieds.

« Oh oui, j'en suis sûre. Cela me fait penser…

— Parfait, répondit Lydda. Je vais préparer des amuse-bouche divins.

— Et moi je dois tout organiser, ajouta Mara. Voyons voir, il y aura près de quatre-vingts sorciers, plus deux personnes avec M. Chesney, et nous. Blade, viens m'aider à essayer d'agrandir la salle à manger. Et voilà les vêtements de ton père… »

À partir de là, tout ne fut plus qu'agitation et va-et-vient. Derk passa le plus clair de son temps à faire les cent pas en marmonnant « Il y a forcément un moyen d'y échapper ! » tout en vaquant à ses activités quotidiennes, comme nourrir ses animaux et les faire s'entraîner, arroser ses caféiers, traire les gentilles vaches et jeter un coup d'œil à ses expériences, tandis que tous les autres s'affairaient. Blade se dit avec colère que leur père semblait avoir pris la proposition d'aide de Shona un peu trop au pied de la lettre. Derk ne s'approcha de la maison que lorsque Blade et Mara essayèrent de déplacer le jardin.

Il faisait presque nuit. Avant cela, Blade et Mara avaient essayé d'allonger la maison de façon à faire assez de place pour abriter une grande salle au milieu. Shona décréta qu'ils avaient aussi besoin d'escaliers en marbre qui conduiraient jusqu'à la salle, et elle s'assit sur leur escalier en bois ordinaire pour dessiner des rampes sculptées et les vêtements que Derk devrait porter. Mais avant que la maison n'arrivât à la moitié de son extension, des craquements inquiétants retentirent de toutes parts. Kit rugit un avertissement, tandis que Don et Elda se précipitaient à l'intérieur pour prévenir que le milieu du toit penchait vers l'arrière et que les tuiles se décollaient comme les écailles d'une pomme de pin. Au même moment, Lydda s'écria que la cuisine s'effondrait et Shona hurla que le nouvel escalier en marbre se balançait. Blade et Mara durent remettre la maison d'aplomb et réfléchir à nouveau.

« Installez tout le monde sur la terrasse, suggéra Kit, et assurez-vous qu'il ne pleuvra pas. Comme ça, les griffons pourront aider pour le service. »

C'était pratiquement toute l'assistance qu'avait prêtée Kit, se dit Blade, morose, et il savait que ce n'était que parce que celui-ci était devenu bien trop gros pour se mouvoir à l'intérieur. Au moins, Don et Elda aidaient en cuisine. Quoique… Blade savait qu'il était injuste envers Kit. Après qu'il eut agrandi la terrasse pour en faire une grande plateforme en pierre qui couvrait la moitié de la distance jusqu'au portail, avec le concours de sa mère, Kit avait entrepris de transporter toutes les tables et les chaises de la maison dehors. Si Blade était contrarié, c'était parce qu'il était sûr que les griffons tramaient quelque chose. Il les avait vus tous les cinq, même Lydda et Colette –

laquelle, par principe, ne faisait quasiment jamais ce que Kit voulait –, se regrouper secrètement autour de Kit dans la lumière du crépuscule. Blade se sentait blessé et exclu. Les griffons étaient, après tout, ses frères et sœurs. La plupart du temps, c'était ainsi que cela fonctionnait. Mais parfois, comme maintenant, et presque toujours à l'initiative de Kit, les griffons ignoraient le reste de la famille. Blade détestait cela.

Tu parles d'une solidarité familiale ! pensa-t-il avant de se tourner pour aider Mara à plier et pousser les arbustes et tous les massifs de fleurs pour leur donner une forme autour de l'immense terrasse nouvellement créée.

« Si nous envoyons la petite forêt dans ce coin… lui dit Mara. Non, même comme ça, on sera obligés de redresser l'allée. Je sais que ton père déteste les lignes droites dans un jardin, mais il n'y a vraiment pas assez de place. »

Don recula jusque sur la terrasse en portant une extrémité du tabouret de piano, avec Shona accrochée de l'autre côté hurlant : « Je t'ai dit de me le rendre ! J'en ai besoin pour m'entraîner ! »

Kit laissa tomber la table de la cuisine et vociféra aussi fort que six clairons :

« LAISSE-LE-LUI. NOUS EN AVONS BESOIN. TU POURRAS T'ENTRAÎNER À L'ÉCOLE.

— Mais non, je ne peux pas ! Je n'irai pas à l'école tant que tout cela ne sera pas terminé ! J'ai promis à Papa, s'égosilla Shona.

— Tu vas quand même le laisser ici. »

Kit se mit à quatre pattes, en battant de la queue, et s'avança vers Shona. Même à quatre pattes, il était beaucoup plus grand qu'elle.

« Tu n'es qu'une brute, lui répondit Shona, on ne peut moins impressionnée. Tu veux que je te crève un œil ?

— Je ferais mieux de les séparer », s'exclama Mara.

Ce fut alors que Derk apparut, traversant au pas de course la terrasse d'un demi-hectare pour contempler avec horreur le jardin au coucher du soleil.

« Mais qu'est-ce que tu fais, femme ?

— J'essaie de tout faire rentrer, tu pensais quoi ? » l'interrogea Mara.

Derrière Derk, Kit et Shona s'empressaient de feindre une discussion amicale.

« Arrête. Je vais m'en occuper, lui dit Derk. Comment se fait-il que personne à part moi n'ait une once de sens artistique en matière de jardinage ? »

Tout le monde alla se coucher éreinté.

CHAPITRE 3

Les sorciers commencèrent à arriver dès 11 h 00 le lendemain matin. Quand Querida et Barnabas passèrent les portes de Derkham, ils furent reçus en silence par deux griffons. C'étaient Don et Lydda. Pour une raison que l'on ignorait, Kit avait insisté pour que les deux fussent assortis. Don et Lydda avaient le même âge (13 ans) et presque la même superbe couleur sable, et ils avaient une taille identique, à ceci près que la silhouette de Lydda était plutôt ronde, pour dire les choses poliment, tandis que celle de Don était élancée. Sous les grosses plumes dorées de ses ailes, on voyait toujours ses côtes, ce qui inquiétait Mara.

Les deux griffons précédèrent Querida et Barnabas dans l'allée droite – car, bien qu'il eût travaillé après minuit, Derk n'avait pas trouvé la place pour la faire serpenter comme il le voulait – et jusqu'à l'immense terrasse, où ils s'inclinèrent en une révérence polie pour inviter les deux sorciers à monter les marches. Ce n'était peut-être pas idéal que le réagencement du jardin eût fait atterrir le massif d'orchidées carnivores juste à côté des marches. Celles-ci se lancèrent sur Querida à son passage, les 12 fleurs jaunes en même temps. La présidente se retourna et les fusilla du regard. Les orchidées battirent en retraite sur-le-champ.

Sur la terrasse, plusieurs tables avaient été transformées en une longue table recouverte d'une nappe blanche – qui une heure plus tôt était deux douzaines de torchons à vaisselle – et les chaises assorties étaient devenues d'élégants fauteuils dorés tous identiques. Mara se sentait assez fière de l'effet d'ensemble quand elle alla à la rencontre des nouveaux arrivants dans une somptueuse robe en brocart – Shona avait cousu avec beaucoup de talent deux tabliers et une nappe pour confectionner la base de la robe – pour les conduire à leurs places.

Derk se tenait aux côtés de Mara dans des vêtements sur lesquels Shona et elle avaient travaillé jusque tard dans la nuit. Il portait une tenue en velours indigo – une idée de Colette – surmontée d'une cape qui tournoyait pour révéler un ciel étoilé. C'était un vrai ciel et de vraies étoiles, petites comme dans le lointain. Querida ignora royalement cette incroyable doublure.

« Je suis heureuse de vous voir raisonnable, Derk le sorcier, lui dit-elle.

— Pas raisonnable, répliqua-t-il, résigné. »

Tandis qu'il s'occupait du jardin dans le noir, Derk était arrivé à l'évidence que la seule manière de relever ce défi était de se promettre à lui-même qu'à la seconde où tout serait terminé, il commencerait à travailler sur une toute nouvelle espèce animale.

Comme tous les sorciers qui arrivaient, Barnabas était subjugué par la doublure de sa cape.

« C'est du vrai ciel ? demanda-t-il. Comment avez-vous fait ? »

Derk agaça Mara, comme il l'avait fait à chaque fois qu'un sorcier l'avait interrogé à ce sujet, levant un bras pour observer la doublure miraculeuse qu'elle avait eu tant de mal à fixer, en disant :

« Oh, c'est juste l'un des petits univers astucieux de Mara. »

Il vit sa femme lui tourner le dos, irritée, et conduire Querida jusqu'à la chaise qui lui était réservée. Toutes deux semblaient avoir beaucoup à se dire. Il maudit l'Oracle. Ce n'était pas simplement qu'il n'aimait pas Querida. Mais cette histoire de Seigneur des ténèbres faisait déjà naître des différends entre lui et Mara et il avait le sentiment qu'elle pourrait bien finir par les séparer totalement. D'un ton morose, il dit à Barnabas :

« Nous vous avons assis, Querida et toi, en bout de table, là où M. Chesney s'installera. »

Tandis que Barnabas prit place sur une chaise dorée qui était en fait le tabouret de piano de Shona, Colette gravit les marches pour déposer un autre fût de bière. Barnabas y jeta un coup d'œil joyeux :

« Ah ! s'exclama-t-il. S'agit-il de la nouvelle cuvée de Derk ? »

Colette le scruta d'un gros œil noir et gris et acquiesça brièvement avant de se retirer.

Pourquoi ne parlent-ils pas ? se demanda Blade lorsqu'il mit un pied sur la terrasse en portant leur plus grosse cafetière. Devant lui, Elda poussait une desserte remplie de vin, de verres et de tasses. Elle avait passé une demi-heure dans la cuisine avec lui sans prononcer un mot. Il supposa que cela devait faire partie du plan de Kit. C'était stupide. Il se sentait fatigué et nerveux. Et il avait été réveillé bien trop tôt ce matin-là par des grincements et des craquements du toit distendu. Personne n'avait eu le temps de le réparer et c'était trop tard. Blade avait pour mission de veiller à ce que chacun des 80 sorciers autour de la table eût sa boisson préférée. *Ils ont l'air fatigués,* se dit-il en faisant sa tournée avec la desserte et la cafetière. Le fait qu'ils fussent tous dans leur robe officielle, rouge, blanche ou noire, faisait ressortir la pâleur de leur teint et leurs traits tirés. Et les barbes n'arrangeaient rien. Des sorciers qu'il avait rencontrés sans barbe s'en retrouvaient tout à coup affublés.

« Oh, c'est dans le règlement, lui expliqua un jeune sorcier du nom de Finn. M. Chesney ne veut pas entendre parler du moindre sorcier qui guiderait un Pèlerinage sans barbe. Du café, s'il te plaît. Comment vous procurez-vous le vôtre ? Je ne reçois le mien que par les voyages organisés. J'aime tellement cela que j'ai demandé à être payé en café l'année dernière.

— Mon père le fait pousser, répondit Blade.

— C'est vrai ? s'enquit Finn avec empressement. Il pourrait m'en vendre ?

— Je dirais que oui, répondit Blade. Mais alors, cela veut dire que je dois porter la barbe ? Je suis censé être Guide-Sorcier. »

Finn le regarda d'un air surpris.

« Euh... balbutia-t-il. Tu aurais l'air un peu bizarre... voyons voir ce qu'en pense M. Chesney. »

J'ai trop hâte ! se dit Blade. *On dirait que M. Chesney est le maître de l'univers.*

Une fois chaque sorcier assis et avec un verre, Shona sortit par les portes-fenêtres au bout de la terrasse, avec son violon, dans sa robe de barde verte. Elle lui allait à ravir. La chevelure de Shona était plus foncée que celle de Mara, brillante et ondulée. Hormis cela, elle avait hérité de la beauté de sa mère. Plusieurs sorciers laissèrent échapper des sons admiratifs quand elle cala le violon sous son menton.

Shona piqua un fard qui la rendit plus charmante que jamais. Consciente des regards émerveillés, elle prit la pose et se mit à jouer divinement.

« Tu ne peux pas l'empêcher de frimer ? murmura Derk à Mara tandis qu'il remplissait les verres de vin.

— Ça lui passera, lui répondit sa femme dans un chuchotement.

— Elle a *17 ans* ! pesta Derk, furieux. Il est temps que ça lui passe.

— Elle est belle. Elle joue magnifiquement bien. Elle a le droit ! marmotta Mara fermement.

— Bah ! » lança Derk.

Et voilà, un autre désaccord. Quel type d'animaux créerait-il une fois tout cela terminé ? Il n'avait pas beaucoup travaillé sur les insectes.

Au moment où il envisagea cela, il sentit la magie de Derkham réagir avec celle de quelqu'un d'autre. On aurait dit Barnabas. Il lança à son ami un regard perplexe.

« Ce n'est rien, lui dit Barnabas. J'ai fabriqué une voiture sans chevaux – un engin avec un moteur à l'avant – pour M. Chesney, il y a des années. Il ne se déplace jamais sans. Ça doit être lui qui arrive. »

Alors, c'est parti, se dit Derk. Comme toute l'assemblée, il fixa nerveusement le portail. De la terrasse, on ne voyait rien d'autre que le ciel par-delà les portes, mais il sentit une autre magie traverser la vallée jusqu'à Derkham, puis s'arrêter. Lydda et Don ne tardèrent pas à remonter l'allée, ondulant tranquillement de la queue. Derrière eux arrivait à grands pas un groupe de personnes à l'air résolu, quatre en tout, dans des tenues noires près du corps. Quatre ! Derk lança un regard inquiet à Mara, qui se leva comme un ressort pour libérer une chaise. Elle prit une bouteille de vin et alla rejoindre Blade à côté de la desserte.

« Va chercher les amuse-bouche maintenant, lui chuchota-t-elle.

— Une seconde. »

Blade était fasciné par les personnes qui gravissaient l'allée. Elles avaient toutes les cheveux coupés affreusement court, même celle qui fermait la marche, une femme dans une jupe rayée moulante. L'homme le plus petit marchait devant, les mains vides. Les deux autres hommes étaient grands et portaient chacun un petit attaché-case. La femme tenait une serviette et un bloc où étaient accrochées des feuilles. Ils avançaient en regardant droit devant et en arborant un air affairé. Tout à coup, Blade se sentit blessé et furieux qu'ils ne prissent même pas la peine de regarder le jardin sur lequel son père avait travaillé si dur pendant la nuit. Derk en avait fait une merveille. Ils ne prenaient pas la peine non plus de remarquer Don et Lydda, qui étaient tout aussi splendides. Leur poil avait été brossé jusqu'à le rendre luisant et leurs plumes dorées scintillantes contrastaient avec les massifs rouges, verts et bleus qui bordaient l'allée.

Peut-être que je ressens une sorte de solidarité familiale, après tout ! se dit Blade en espérant que les orchidées croquassent l'un de ces visiteurs. Il voyait bien que Shona partageait son sentiment. Elle jouait une marche, saccadée, au rythme des quatre paires de pieds.

Ils gravirent l'escalier. Au grand dam de Blade, quelque chose sembla intimider les orchidées. Elles tentèrent mollement de chiquer la femme, qui ne s'en rendit même pas compte. Elle se contenta de suivre les autres. L'homme qui marchait devant se comportait comme s'il était attendu tous les jours par 80 sorciers autour d'une immense table. Il se dirigea droit vers le siège vide en tête de table et s'y assit, comme s'il était évident que c'était sa place. Les deux autres hommes s'installèrent de part et d'autre. La femme prit place sur la chaise laissée vide par Mara et la recula de manière à pouvoir s'asseoir presque derrière le premier homme. Celui-ci tendit une main et la femme y glissa la serviette sans qu'il eût besoin de la regarder. Il la posa sur la table d'un geste vif et actionna les serrures dans un claquement sec.

« Bonjour à tous, déclara-t-il d'une voix froide et monocorde.

— Bonjour, monsieur Chesney », répondit l'assistance en chœur.

Shona passa d'une marche à une ballade sentimentale, pleine d'envolées lyriques.

M. Chesney avait des cheveux ternes gris souris et une tonsure à moitié cachée par quelques-uns de ces cheveux ternes peignés de côté. Son petit visage blafard semblait quelconque, jusqu'à ce qu'on se rendît compte que sa bouche était à l'envers par rapport à celle de la plupart des gens. Une lugubre courbe tombante entre son nez pointu et son petit menton en forme de caillou, qui s'ouvrait comme un piège à loup. Une fois que l'on avait vu cela, on remarquait ses yeux, comme deux billes d'un gris froid.

Des veuves noires, se dit Derk désespérément, *si je leur donnais des ailes vertes transparentes.*

Lydda boucha la vue de Blade avant qu'il ne pût observer davantage, le fusillant du regard. Elda et lui sautèrent de manière coupable et se précipitèrent dans la cuisine. Ils revinrent en portant de grands plateaux qui embaumaient les divins amuse-bouche de Lydda, juste à temps pour entendre la voix monocorde de M. Chesney exiger :

« Que quelqu'un fasse taire l'esclave au violon, s'il vous plaît. »

Un « boing » sonore retentit quand l'une des cordes de Shona se cassa. Elle blêmit, avant de devenir rouge comme une tomate.

Des fourmis, se dit Derk, *avec toutes sortes de nouvelles habitudes intéressantes.*

« Vous voulez parler de ma fille, monsieur Chesney ? demanda-t-il sur un ton plaisant.

— C'est votre fille ? s'enquit M. Chesney. Alors vous devriez la tenir. Je n'aime pas le bruit lors d'une réunion de travail. Et en parlant de tenir, je dois dire que je ne suis pas ravi du village au fond de votre vallée. Vous l'avez laissé devenir bien trop prospère. On dirait même que certaines maisons ont l'éclairage électrique. Vous devez ordonner de le faire détruire.

— Mais… » protesta Derk en déglutissant tout en pensant que les fourmis pourraient avoir des aiguillons géants.

Il ne répondit pas qu'il n'avait aucun droit de raser le village et n'ajouta pas non plus que tous les habitants étaient ses amis. Il voyait bien que cela ne servirait à rien.

« Est-ce qu'une illusion suffirait ?

— Débrouillez-vous comme vous voulez, répondit M. Chesney. Mais gardez à l'esprit que quand les Pèlerins y arriveront, ils s'attendront à voir des taudis, une pauvreté abjecte et de la misère à la pelle, et je veux qu'ils aient tout cela.

Je veux aussi que vous fassiez quelque chose au sujet de votre maison. La citadelle d'un Seigneur des ténèbres doit être un château noir avec un intérieur labyrinthique éclairé par des torches lugubres – vous trouverez toutes ces spécifications dans le cahier des charges que vous remettra M. Addis –, et ce serait bien si vous pouviez ajouter des prisonniers émaciés et des serviteurs sinistres pour rendre un peu plus solennelle l'atmosphère frivole que donnent vos monstres. »

L'aiguillon des fourmis pourrait peut-être transmettre des maladies, se dit Derk.

« Vous voulez parler des griffons ?

— Si c'est comme cela que s'appellent ces créatures, répondit M. Chesney. Vous devez également fournir une meute de chiens, noirs avec les yeux rouges, quelques chevaux aux dents de fer, des volatiles aux ailes parcheminées, etc. Je le répète, vous trouverez toutes les informations détaillées dans le cahier des charges. Nos Pèlerins payent pour voir le mal dans toute son atrocité, et ils ne doivent pas être déçus. De la même manière, vous devez arracher ces jardins et les remplacer par une cour lugubre et des fossés enflammés. Et il vous faudra assez de place pour être protégé par un démon convenable.

— Je me charge de fournir le démon », s'empressa de glisser Querida.

Derk se souvenait du démon bleu aussi bien que la présidente. Il se retourna vers elle, les yeux pleins de reconnaissance et aperçut Mara, debout derrière Querida, qui semblait aux anges. *Quoi encore ?* s'interrogea-t-il. *Elle sait que je ne peux pas invoquer les démons. Qu'est-ce qui la rend si joyeuse ?* Il se concentra sur six maladies qu'une fourmi pourrait transmettre et demanda à M. Chesney :

« Autre chose ?

— Oui, vous, répondit M. Chesney. Vous avez un aspect humain bien trop agréable. Vous devrez prendre des mesures pour apparaître sous la forme d'une ombre noire de trois mètres de haut. Mais puisque nos Pèlerins ne s'attendent à vous voir qu'à la fin de leur circuit, vous n'aurez pas besoin de vous montrer très souvent. En revanche, quand ils tomberont nez à nez avec vous, ils doivent être terrifiés comme il se doit. Votre apparence actuelle est totalement inadaptée. »

Des maladies ! pensa Derk. Mais il ne put s'empêcher de dire :

« Mais le Seigneur des ténèbres ne devrait-il pas apparaître d'une beauté divine et maladive ?

— Pas aux Pèlerinages, rétorqua M. Chesney. Et puis, cela perturberait la nouveauté que nous avons choisie. Cette année, j'ai décidé que l'un de vos dieux devrait se manifester au moins une fois devant chaque groupe. »

Un murmure nerveux parcourut la table d'un bout à l'autre.

La tête de M. Chesney se dressa et sa bouche se serra comme un piège à loup autour d'une jambe :

« Cela pose-t-il un problème ? »

Querida fut la seule personne assez courageuse pour répondre :

« Effectivement, monsieur Chesney. Les dieux n'apparaissent pas comme cela. Et je dirais même qu'aucun dieu n'a fait une apparition quelconque depuis au moins 40 ans.

— Je ne vois pas le problème », répondit M. Chesney.

Il se tourna vers Derk.

« Touchez-en deux mots au grand prêtre Umru. Dites-lui que je tiens à ce que sa divinité fasse une apparition. »

Il sortit une liasse de feuilles bleues impeccables de sa serviette et compulsa les pages.

« La non-fourniture de la nouveauté de cette année est visée par l'article 29 de notre contrat initial. Voilà, c'est ici. Je cite : "En cas de non-fourniture, toute rémunération destinée au règlement en contrepartie de services offerts pendant la ou les visite(s) sera retenue par Pèlerinages Chesney pour ladite année et les individus responsables seront soumis à une amende s'élevant à un montant ne pouvant excéder 100 pièces d'or." Cela veut dire que personne ne sera payé tant qu'un dieu n'aura pas fait son apparition. Voilà. Je ne vois pas de problème », conclut M. Chesney.

Il rangea ses papiers et s'appuya contre le dossier de son siège.

« Et maintenant, je vais laisser M. Addis diriger la réunion. »

Dans le silence qui s'ensuivit, le grand homme à droite de M. Chesney posa son attaché-case sur la table en lançant un sourire jovial aux personnes réunies. Pendant ce temps, M. Chesney refusa le vin que Mara lui offrait et la bière que servait Elda, mais accepta la tasse de café proposée par Blade, qu'il laissa de côté sans la goûter. Il prit un amuse-bouche sur le plateau que Lydda lui présentait, le renifla avant de le poser à côté de son café avec un léger air de dégoût. La femme derrière lui refusa tout. *Au moins*, se dit Blade, *les sorciers mangent et boivent de bon cœur.* Le fût de bière était vide quand il le testa.

« Dis à Colette d'en apporter un autre », souffla-t-il à Elda au milieu d'un effroyable silence.

Les fourmis n'ont pas besoin de piquer les gens pour répandre des maladies, pensa Derk. *Elles pourraient le faire en grouillant entre leurs orteils.*

Le colossal M. Addis sortait des liasses de prospectus de toutes les couleurs de son attaché-case. Le silence était tel que Blade entendait distinctement les craquements et les grincements de l'endroit où le toit allongé s'affaissait. Il leva les yeux avec inquiétude. Il aperçut une rangée de groins et de petits yeux intéressés qui scrutaient la scène par-dessus la gouttière tordue. *Alors, c'était ça, le bruit !* Blade manqua d'éclater de rire. Les cochons avaient découvert que la pente du toit était toute chaude et leur donnait une vue imprenable de la terrasse. On aurait dit que tout le troupeau était là-haut. Certains sons étaient sans l'ombre d'un doute ceux d'un goret qui se grattait le dos contre une tuile lâche. Blade avait hâte de montrer les cochons à Mara au moins, mais tout le monde avait l'air si choqué et solennel qu'il n'osa pas.

« Eh bien, mes amis, commença M. Addis d'un ton joyeux, nous avons prévu pour cette année 126 Pèlerinages. Les visites commenceront dans quinze jours et s'effectueront par trois, à partir de trois emplacements différents, pendant deux mois. Au vu de ces chiffres inhabituels, nous limiterons les visites à ce continent, mais cela nous laisse une grande marge de manœuvre. Cela veut dire que certains des Guides-Sorciers vont devoir s'occuper de deux groupes, mais vous devriez y arriver sans problème si vous expédiez votre premier circuit en six semaines environ. Nous partirons des trois auberges de Gna'ash, Bil'umra et Slaz'in…

— Où ça ? l'interrompit Derk.

— Alors, répartissez-vous comme il se doit, conclut M. Addis. Pardon ?

— Je n'ai jamais entendu parler de ces endroits, déclara Derk.

— Ils sont tous indiqués sur notre plan, rétorqua M. Addis. Ici. »

Il prit la première feuille de sa pile, couleur crème, et la tendit à Derk. À l'autre bout de la table, Barnabas fit un geste las qu'il connaissait par cœur et un plan apparut devant chaque invité. Il y en avait même un pour Blade, sur le plateau d'amuse-bouche qu'il tenait. Ce dernier posa le plateau sur la table et déplia la carte. Il fut inquiet de constater qu'il n'y comprenait rien.

« Ah, je comprends, déclara Derk. Vous voulez dire Greynash, Billingham et Sleane.

— Nous aimons rebaptiser nos sites, monsieur le Seigneur des ténèbres, pour ajouter une touche d'exotisme, expliqua aimablement M. Addis. Comme vous pouvez le voir, afin que chaque Pèlerinage puisse bénéficier de ses aventures planifiées, nous devons lui faire suivre un itinéraire précis, chacun indiqué par un code couleur sur vos plans. Certains d'entre vous auront la scène du temple assez tôt dans le séjour, d'autres, au milieu, et d'autres encore, à la fin. Cela est également vrai pour l'aventure orientale exotique. Puis nous diviserons les groupes en deux pour l'épisode d'esclavage. La moitié d'entre vous ira vers le nord pour y être capturés par des pirates, tandis que l'autre moitié ira vers le sud, à Costamara, pour être convertis en gladiateurs. Au vu de cette division, nous avons sélectionné dix villes à piller cette année. Monsieur le Seigneur des ténèbres, nous vous serions reconnaissants de négocier avec vos elfes des ténèbres sur ce point et de faire en sorte que tous les Pèlerins réussissent à s'échapper avant que les villes ne soient réduites en cendres. Après quoi, tous les Pèlerinages se retrouveront pour la bataille hebdomadaire sur les terres d'Umru. Les Guides-Sorciers devront s'assurer que chaque groupe ne remarquera pas la présence des autres. Nous voulons que nos clients pensent que leur circuit est unique. Vous retrouverez tout le programme des tours dans le planning rose. »

Il se saisit d'un prospectus rose. Barnabas fit à nouveau un geste et un exemplaire se matérialisa cette fois encore devant chacun des convives. Page après page, Blade déroula des listes et des listes et déglutit avec contrariété.

« Et voici vos exemplaires à code couleur », ajouta M. Addis.

Cette fois, Blade reçut un papier vert qui semblait un peu plus simple. Les autres sorciers se virent remettre des listes bleues, jaunes ou vertes.

Dans une confusion vaporeuse, Blade entendit M. Addis poursuivre :

« Je vous prie de bien vouloir noter que la structure des voyages organisés de cette année est construite sur la seule et unique faiblesse du Seigneur des ténèbres. Au cours de son périple, chaque groupe devra rassembler des indices à ce sujet, pour finir par s'emparer d'un objet contenant cette faiblesse – qui sera gardé par un dragon dans le nord – puis, après la bataille, par tuer le Seigneur des ténèbres. Monsieur le Seigneur des ténèbres, je peux bien sûr compter sur vous pour disséminer un indice à chacun des 126 emplacements marqués sur le plan d'un astérisque. Et il vous faudra évidemment le même nombre d'objets à faire garder par le dragon. »

Derk concentra toute son attention sur des fourmis grouillant entre les orteils des gens pour répandre des maladies. C'était tout ce qu'il pouvait faire pour ne pas pleurer :

« À quelle sorte d'objets pensez-vous ? demanda-t-il.

— N'importe quel objet, vous pouvez choisir, répondit M. Addis en souriant, même si nous préférons ceux à caractère romanesque, comme une coupe ou un globe. Mais il faut juste qu'il puisse contenir la faiblesse de votre choix.

— Un pied d'athlète ? demanda Derk en pensant à ses fourmis.

— Nous préférons une faiblesse magique ou même morale », le corrigea M. Addis avec un sourire aimable.

Derk le fixa du regard, incapable de se concentrer. Le problème n'était pas simplement qu'il pensait à ses fourmis tout en recevant une avalanche d'instructions et de feuilles de couleur. Mara tramait quelque chose. Il sentait sa magie et cela l'inquiétait au plus haut point.

« Une faiblesse morale ? s'enquit-il. Comme la paresse ? Colette aime fabriquer des objets. Je peux lui demander… »

Ce fut alors que Colette apparut, ses serres noires griffant la terrasse, traînant avec effort un autre fût de bière. Elle le laissa tomber avec fracas, au mauvais endroit, entre M. Chesney et la femme au bloc-notes. Boum ! Le couvercle était ouvert. Un liquide rouge vif jaillit dans toutes les directions en répandant une odeur nauséabonde.

Les chaises raclèrent le sol tandis que tout le monde sauf M. Chesney s'écartait. La femme bondit de son siège en hurlant :

« Oh, monsieur Chesney ! C'est du sang ! »

Du sang dégoulinait d'un côté du visage de M. Chesney et gouttait sur son costume. Il se tourna et adressa un regard désapprobateur au fût en sortant son mouchoir.

Derk se demanda comment Colette pouvait être aussi stupide. Son esprit avait toujours été un mystère pour lui, mais tout de même !

« Colette, lui dit-il, ce n'est pas de la bière. »

L'immense tête de la griffonne se redressa. Elle regarda le liquide rouge ondoyer d'un air ahuri. Chacun de ses traits semblait dire innocemment « Comment ça, ce n'est pas de la bière ? »

« Ce n'en est pas, lui dit Derk. C'est l'un des bacs de mon atelier et il était scellé par un sort de stase. Je ne comprends pas comment il a pu s'ouvrir. Je suis terriblement désolé », dit-il à la femme.

Celle-ci était encore debout, geignant en tapotant les taches rouges sur sa jupe serrée à rayures avec un mouchoir en papier.

« Je vais vous enlever cela... à tous les deux. Ce n'est que du sang de cochon. »

Les porcins sur le toit l'entendirent. Les mots « sang de cochon » provoquèrent instantanément un tollé, des cris et des grognements de protestation. Des corps roses se redressèrent là-haut et l'on entendit le crépitement des pieds de cochons sur les tuiles.

« Oh, la ferme ! leur hurla Derk. C'est un cochon du village. Vos ancêtres venaient des marais. »

Cela ne tranquillisa en rien les porcs. Ils continuèrent leur remue-ménage, hurlant leur mécontentement, jusqu'à ce que Tire-Bouchon, l'une des plus grandes truies, glissât, basculât à la renverse et tombât du toit. Lorsque son lourd corps rond se précipita vers le sol entre des hurlements de peur, tout le monde était sûr qu'elle allait s'écraser au beau milieu de la table. La moitié des sorciers se réfugièrent dessous par précaution, certains disparurent. Des chaises se renversèrent, ainsi que des tasses et des verres. Même M. Addis se protégea nerveusement la tête de ses mains. Mais Tire-Bouchon, qui hurlait toujours à pleins poumons, se débattit assez dans les airs pour se redresser à temps et déployer ses petites ailes blanches et dodues. Battant des ailes de toutes ses forces et poussant des cris hystériques, elle reprit le contrôle à quelques centimètres de la table, qu'elle survola en rase-mottes d'un bout à l'autre en couinant, s'éleva juste à temps pour ne pas percuter M. Chesney et reprit de la hauteur pour retourner sur le toit. Le troupeau tout entier décolla des tuiles avec joie pour aller à sa rencontre, battant des ailes, grognant et braillant comme une colonie d'oiseaux roses perturbés.

Shona frôla Blade et franchit la porte d'entrée. Il la voyait dans le hall, avec Elda, agrippées l'une à l'autre et secouées de rire. Il n'en revenait pas que Colette pût se tenir là, assise sur son arrière-train, avec un air si solennellement innocent – il lui tira son chapeau. Il avait envie de rire, lui aussi, jusqu'à ce qu'il vît M. Chesney. Ce dernier n'avait pas bougé, hormis pour nettoyer les taches de sang qui le maculaient. Il restait assis, attendant que l'interruption fût finie.

« Débarrasse-moi de ça et rapporte un vrai fût de bière », ordonna Derk à Colette.

Elle souleva le tonneau et l'emporta péniblement sans dire un mot.

« Je suis désolé, lança Derk, tandis que les sorciers ressortaient prudemment de sous la table ou réapparaissaient et redressaient les chaises.

— Nous acceptons vos excuses, mais que cela ne se reproduise plus, décréta M. Chesney. Monsieur Addis ?

— Effectivement. »

M. Addis se para de nouveau de son sourire amical.

« Je vais passer à présent à la mise à jour de notre règlement, que vous trouverez dans ce livre noir. »

Il tendit un lourd petit volume à Barnabas.

Ce dernier leva la main. Il marqua une pause, encore essoufflé d'avoir sauté sous la table.

« Il me semble, se lança-t-il, que puisque nous avons un nouveau Seigneur des ténèbres cette année, il vaudrait mieux que je me nomme sbire en chef, en tant que sorcier le plus expérimenté ici. Tout le monde est d'accord ? »

Un soupir retentit autour de la table tandis que les sorciers voyaient le poste de favori leur passer sous le nez, mais la plupart acquiescèrent.

« De toute façon, cette année, ce ne sera pas une planque comme d'habitude », murmura quelqu'un.

Barnabas sourit d'un air triste en faisant un signe de la main. Blade et Derk se retrouvèrent à tenir un épais livre brillant, sur lequel était écrit en lettres d'or *La Bible du sorcier*.

« Gardez-le avec vous et consultez-le en cas de questions, expliqua M. Addis, et rappelez-vous que le règlement est fait pour être respecté. Nous avons eu quelques faux pas l'année dernière, qui nous ont poussés à apporter des modifications. Cette année, tous les Guides-Sorciers doivent s'assurer qu'un guérisseur habite à trois jours de marche d'eux. Les guérisseurs ont été prévenus. Et les Guides-Sorciers doivent désormais s'assurer également que tous les Pèlerins marqués comme "sacrifiables" sur la liste connaîtront une fin valeureuse et honorable à laquelle assisteront d'autres Pèlerins. L'année dernière, quelqu'un est rentré chez lui en vie. Dans un autre cas, l'absence de témoin a entraîné une enquête de la part du Bureau des personnes disparues. Nous allons faire mieux cette année, n'est-ce pas ? Et maintenant, je donne la parole à mon collègue spécialiste des finances, M. Bennet. »

Colette revint et lâcha un autre fût sur la terrasse. Les convives le regardèrent avec défiance, mais quand Blade en retira le couvercle, c'était bien de la bière.

M. Bennet se racla la gorge et ouvrit son attaché-case. On avait du mal à l'écouter. Il avait ce genre de voix ennuyeuse dont on faisait abstraction. Derk était assis, feuilletant le recueil noir, se demandant comment il allait bien réussir à apprendre toutes ces règles. *Des fourmis qui construisent de vraies villes, peut-être ?* Blade s'activait en servant de la bière fraîche, surpris du nombre de sorciers penchés en avant pour boire les paroles de M. Bennet. Le terme « prime » semblait les intéresser au plus haut point. Tout ce que Blade comprit, c'était que le Seigneur des ténèbres recevrait une prime s'il trouvait de nouveaux éléments maléfiques intéressants, mais son père n'avait pas l'air d'écouter. Après un long moment, M. Bennet dit :

« Sachant que, comme d'habitude, les Pèlerinages Chesney étudieront toutes les dépenses extravagantes, merci d'utiliser ces calculatrices pour enregistrer vos notes de frais. »

Barnabas fit un geste et Blade se retrouva avec un petit boîtier plat couvert de boutons dans la main. Il l'examinait d'un air dubitatif quand Colette réapparut en silence à l'autre bout de la terrasse et saisit la calculatrice entre ses puissantes serres.

« D'accord, tant que tu me la rends, lui dit Blade de façon automatique, et que tu m'expliques comment ça fonctionne », ajouta-t-il tandis que Colette l'emportait.

Elle s'y connaissait en gadgets. Elle acquiesça par-dessus son aile rayée de brun en s'éloignant d'un pas lent.

L'espace d'un instant, Blade crut que la réunion était terminée. M. Addis et M. Bennet se levèrent. Les sorciers se détendirent. Mais M. Chesney tendit sa serviette à la femme sans la regarder et ajouta :

« Juste une chose. »

L'assistance se raidit, y compris M. Addis et M. Bennet.

« Derk le sorcier, déclara M. Chesney, puisque mon costume est fichu à cause de votre monstre, je propose qu'au lieu de vous mettre à l'amende, votre épouse soit la Séduisante Enchanteresse de cette année. Sans rémunération, bien sûr. »

Se retournant sur sa chaise, Derk vit Mara, debout, exsudant d'un charme et la mine réjouie. *Elle n'a pas besoin de ça pour être séduisante*, se dit-il. *Elle est encore très belle. Alors c'était donc ça qu'elle tramait…*

« Êtes-vous d'accord ? lui demanda M. Chesney en se tournant vers Querida avant que Derk ne pût dire un mot. Vous allez quitter vos fonctions cette année.

— Avec plaisir », répondit Querida sèchement.

Mais Derk la garda à l'œil, tout comme Mara, et vit qu'elle était ravie. La présidente et sa femme échangeaient des regards. Il ne manquait plus qu'elles se prissent dans les bras.

Mais que se passe-t-il ? se demanda Derk, furieux.

Il fut surpris de voir M. Chesney et les autres partir. Ils descendaient les marches de la terrasse en procession derrière lui. Cette fois-ci, les orchidées eurent un mouvement de recul quand les quatre les passèrent dans l'allée. Derk partit derrière eux, sans se presser. Il se demandait s'il devait les raccompagner poliment jusqu'à la grille, comme il l'aurait fait pour des gens normaux. Il n'était encore qu'à mi-chemin quand ils atteignirent le portail.

Tout à coup, Kit était là, colossal, posé devant la grille, assis comme un chat en travers du passage. Il dominait M. Chesney et ses trois assistants. D'où se trouvait Derk, Kit lui semblait aussi haut que la maison. *C'est drôle,* se dit-il. *Je n'aurais jamais pensé que Kit était si grand.*

« Hors de mon chemin, créature », lui intima M. Chesney de sa voix monotone et monocorde.

Pour toute réponse, Kit déploya ses ailes, ce qui lui donna l'air plus gigantesque encore. Comme le griffon était presque tout noir et les plumes de ses ailes noir de jais, il semblait très menaçant. Même M. Chesney fit un demi-pas en arrière. Voyant cela, Kit se pencha en avant et fixa très attentivement le visage du petit homme.

M. Chesney toisa le bec beige affilé et démesuré qui dépassait entre ses yeux :

« J'ai dit hors de mon chemin, créature, déclara-t-il d'une voix grinçante. Si tu ne t'exécutes pas, tu le regretteras. »

Entendant cela, M. Addis et M. Bennet lâchèrent leur attaché-case et plongèrent la main à l'intérieur de leur veste d'un geste qui ne présageait rien de bon. La femme jeta son bloc-notes et chercha quelque chose au niveau de sa ceinture. Derk se mit à courir, freiné par sa cape étoilée qui tourbillonnait derrière lui.

« Kit ! lui cria-t-il. Arrête, Kit ! »

Mais à la seconde où l'entourage de M. Chesney fit un geste, Kit s'élança dans les airs. Ses immenses ailes battirent une fois, deux fois, faisant naître un vent qui fit tituber les quatre personnes. Il s'envola ensuite au-dessus d'elles, poussant des cris de dérision. Le griffon passa en rase-mottes au-dessus de Derk, l'enfouissant presque dans le tourbillon de sa cape.

« Kit ! lui cria Derk, furieux.

— Coua-couaa-couaaac-coua ! » répondit Kit en s'élevant jusqu'à l'endroit où le toit penchait, où les cochons redoublèrent d'allégresse dans une pluie de battements d'ailes et de cris, essayant de déguerpir avant que Kit ne leur atterrît dessus.

Ils s'en sont presque tous sortis, se dit Derk. Il sentit l'impact de l'atterrissage de Kit depuis le portail.

« Je vous présente toutes mes excuses, dit-il à M. Chesney. Kit n'a que 15 ans…

— Cela vous vaudra une amende de 100 pièces d'or, sorcier », répondit M. Chesney froidement avant de rejoindre sa voiture sans chevaux.

CHAPITRE 4

Après cela, Derk avait désespérément besoin d'être seul. Il voulait aller voir ses animaux, leur gratter le dos et leur caresser le groin en paix. Mais il savait qu'il devait parler à Querida, aussi antipathique la trouvât-il.

« Voulez-vous que je vous montre mes animaux ? » lui demanda-t-il pour allier l'utile à l'agréable.

Querida jeta un coup d'œil à la tablée. La plupart des sorciers étaient toujours là, occupés à manger et à boire, plongés dans de joyeuses discussions. Elle acquiesça et se leva. Elle arrivait à peine au coude de Derk.

« À la condition que je ne vous propose pas d'embaumer vos créatures, je suppose, lança-t-elle. Même si je pense que je réfléchirais à deux fois avant d'essayer d'embaumer un griffon. »

Elle fit un signe du menton en direction du toit. On n'y voyait qu'un tas de plumes noires là où se trouvait Kit, qui faisait, tant bien que mal, profil bas.

« Nous aurons une discussion à mon retour ! cria Derk au tas informe. Même si je dois grimper à l'échelle pour ça ! »

Kit ne donna aucun signe de l'avoir entendu. Derk se désintéressa de lui et conduisit Querida à travers la terrasse jusqu'à l'arrière de la maison. En chemin, elle remarqua :

« S'occuper d'un griffon adolescent doit être pire encore que de s'occuper d'un humain adolescent.

— Hmm », répondit Derk.

Repensant à ce que lui avait dit Blade la veille, il n'était pas sûr qu'elle eût raison. Mais il ne faisait aucun doute que Kit avait été très pénible récemment. Le sorcier soupira, submergé de souvenirs de Kit après son éclosion, des souvenirs vivaces d'une petite boule rabougrie de duvet doré, de la fierté qu'il avait ressentie à la naissance de son tout premier griffon, de Mara et lui tenant tendrement Kit dans les bras l'un après l'autre, de Shona à 2 ans se roulant par terre avec Kit, nez contre bec, riant. Kit avait été si petit, mince et doux qu'ils l'avaient appelé Kitten, un « chaton » en anglais. Personne ne pensait qu'il deviendrait si grand. Ou si caractériel.

Ils arrivèrent à l'arrière de la maison, là où les enclos et les plantations s'étendaient jusqu'en haut de la colline.

« Vous en avez, du terrain ! s'exclama Querida.

— Jusqu'au bout de la vallée », lui répondit Derk.

Les animaux sentirent la présence de leur maître. Pour la plupart, ils vinrent à sa rencontre au bout de leur enclos. Derk donna un épi de maïs à Poupoule – elle était de la taille d'une autruche et il avait utilisé la coquille de ses œufs pour ceux des griffons – puis supporta de se faire baver dessus et brouter par les gentilles vaches. Il commençait à se sentir apaisé. *Oublions les fourmis !* se dit-il. Après tout, il avait déjà fait des abeilles. Il lui fallait un animal auquel personne n'avait pensé avant lui.

« Des vaches ? s'enquit Querida en regardant les gros naseaux poisseux et leurs grands yeux rêveurs.

— Euh… en quelque sorte, admit Derk. Je les ai élevées pour qu'elles soient très bêtes. Les animaux se rendent compte, vous savez – vous avez vu la réaction des cochons quand ils ont vu du sang –, et je voulais une vache qui ne saurait pas quand on devrait la donner à manger aux griffons. Mais elles sont si gentilles que c'est parfois vraiment difficile.

— Je veux bien le croire. »

Querida alla jusqu'à l'enclos suivant, rempli de toutes petites brebis.

« Que pensez-vous du grand M. Chesney ?

— Si un jour je croise un piranha et une hyène, je l'appellerai Chesney, lui répondit Derk.

— Bien vu, confirma Querida. Pour lui, nous sommes comme vos gentilles vaches.

— Je sais, renchérit Derk.

— Et il pèse chacun de ses mots. Vous l'avez compris, n'est-ce pas ?

— Je l'avais compris », acquiesça Derk d'un air sombre.

Si je crée un Chesney un jour, se dit-il, *il devra avoir des branchies et être amphibie.*

« Bien, lança Querida. Vous n'êtes pas stupide, quoi que vous soyez. Vous saviez que vos moutons mangeaient de la viande ? Il y en a un là-bas en train de croquer un moineau.

— Oui, admit Derk. Je me suis trompé quelque part. »

Ils avancèrent jusqu'à l'enclos suivant, dont les occupants se tenaient en rang, leur long cou tendu, cacardant sur un ton sarcastique.

« On dirait qu'elles nous insultent, déclara Querida.

— C'est le cas, soupira Derk. Je les ai croisées pour qu'elles soient intelligentes, et j'espérais qu'elles parleraient… et j'ai l'impression qu'elles le peuvent, mais qu'elles ont leur propre langue.

— Hmm, je dirais que vos oies n'ont rien à craindre de l'université », lui dit Querida en passant à l'enclos suivant.

Elle voulait un griffon. Et elle en voulait un en particulier. Mais elle était prête à s'armer de patience et de ruse.

« Pourquoi cette cage est-elle vide ? C'est pour les cochons ?

— Non, les cochons sont élevés en liberté. Normalement, ce sont des chats, lui expliqua Derk. Je crois que ceux qui sont encore dedans sont invisibles, mais ils se sont presque tous échappés, je ne sais pas comment. »

Querida gloussa :

« Ça, c'est bien les chats ! Les miens font la même chose, et à ce que je sache, ce sont des chats ordinaires. Pourquoi les éleviez-vous ?

— Pour la couleur, lui répondit Derk. J'espérais avoir du rouge ou du bleu, mais l'idée ne leur a pas plu et ça n'a pas fonctionné. En revanche, ils ont bien aimé l'invisibilité. Et la vieille chatte qui est morte maintenant était très fière que j'aie prélevé quelques-unes de ses cellules pour Elda. Elle passait des heures à lui faire sa toilette quand elle venait d'éclore. »

Ils passèrent devant des cochons d'Inde géants et des singes de deux centimètres et demi qui s'amusaient dans de minuscules arbres que Derk avait fait pousser pour eux.

« Vous vous êtes servi de chats pour créer tous vos griffons ? lui demanda Querida, curieuse, alors qu'ils arrivaient à hauteur des chouettes diurnes.

— Bien sûr que non. »

Derk ouvrit l'enclos et laissa deux grandes chouettes des neiges se poser sur ses épaules, d'où elles toisaient sans cligner des yeux Querida, qui le leur rendait bien.

« J'avais trouvé une vieille lionne blessée, qui avait été abandonnée par son groupe. Je l'ai aidée à se requinquer et avant de partir elle m'a donné des cellules pour tous les griffons. Je me suis aussi servi de celles de l'aigle qu'avait Barnabas. Ah, et j'ai pris de mes cellules et de celles de Mara. Je voulais que les griffons aient une part d'humanité, vous voyez… mais je ne m'attendais pas à ce que Kit et Colette deviennent aussi grands. Je pense que Lydda et Don seront d'un gabarit plus raisonnable, mais je n'en mettrais pas ma main au feu. C'est pour ça que j'ai pris du chat pour Elda. Elle est nettement plus petite, comme vous avez pu le constater. »

Il caressa la tête des chouettes et continua sa route. Il y avait toujours des problèmes avec les griffons. Il espérait que Kit et Colette pourraient faire des petits, mais Kit méprisait Colette et cette dernière le détestait. Et maintenant, Kit avait fait tout ce cinéma avec M. Chesney. Derk se demandait comment il allait payer une amende de 100 pièces d'or sans vendre la moitié de ses bêtes.

Ils longèrent les ruches expérimentales – Derk fut soulagé que Querida ne l'interrogeât pas à leur sujet – et traversèrent la plantation de café. Ce fut alors que les chouettes quittèrent ses épaules et s'élevèrent tels deux fantômes pour chasser. Cela ne dérangeait pas le sorcier que Querida lui posât des questions au sujet du café. Il était prêt à lui dire en toute franchise que Barnabas avait été payé en café par ses Pèlerins quelques années plus tôt. Derk lui avait quémandé quelques grains et il faisait maintenant pousser du café qui n'avait pas besoin d'être torréfié. Mais il y avait des choses vers les étables et dans les cuves de son atelier qu'il n'avait aucune intention de mentionner à Querida.

La présidente ne posa aucune question. Elle huma le délicieux arôme qui s'élevait des caféiers et se demanda combien de choses du monde de M. Chesney Derk faisait pousser ici. Du thé ? Des légumes exotiques comme les pommes de terre et les tomates ? Des antibiotiques ? Cette matière dont on faisait les T-shirt que les jeunes sorciers aimaient tant ? Du coton, c'était comme ça que cela s'appelait. Quand elle lui ferait enfin payer sa cotisation à l'université, elle exigerait de lui des exemplaires de chaque culture s'il refusait de lui donner un griffon. Et elle était curieuse de savoir pourquoi il lui dévoilait certains de ses secrets. Il devait avoir quelque chose d'important à lui demander.

« Derk le sorcier, l'apostropha-t-elle. Je suis sûre que vous ne m'avez pas amenée jusqu'ici pour sentir du café et admirer vos splendides chouettes. Qu'est-ce que vous voulez me dire ? »

Derk se dit qu'il valait mieux y aller progressivement. Mais il avait plein de choses à demander.

« Je n'ai pas compris ce M. Addis, se lança-t-il, quand il a parlé des touristes sacrifiables. Que voulait-il dire ?

— Précisément ce qu'il a dit, répondit Querida. Je suspecte que c'est ce qui rapporte vraiment gros à M. Chesney. De nombreuses personnes qui participent aux voyages organisés sont soit un fardeau pour leur famille, soit très riches avec des parents pauvres désireux d'hériter de leur argent, etc. Ces familles payent des sommes colossales pour s'assurer que la personne en question ne reviendra pas de son circuit. »

Derk se redressa au milieu des caféiers et se retourna pour faire face à Querida devant l'enclos des chiens.

« Mais c'est ignoble ! Et nous cautionnons cela ?

— Ajoutons à cela que chaque Pèlerinage tue en moyenne 200 de nos concitoyens, rétorqua Querida, sèche comme un serpent dans le désert. Étant donné que M. Chesney demande à son démon de faire respecter ses souhaits, je ne vois pas comment nous pourrions ne pas cautionner cela. Vous, si ?

— Non. »

Derk se tourna vers l'enclos des chiens avec un air contrarié. La porte était ouverte. Il n'y avait plus que Bertha, la vieille chienne de chasse. Elle trotta vers lui d'un pas raide et gratta la jambe du sorcier de sa patte. Derk fronça les sourcils en se penchant pour lui caresser les oreilles. Il savait que les chiens avaient été enfermés avant l'arrivée des sorciers. *Et mince ! On dirait que Joli a appris à ouvrir les portes.* Joli faisait partie des nombreuses créatures que Querida ne devait pas voir. Maintenant qu'il y pensait, on entendait les autres chiens dans le lointain. Ils aboyaient et jappaient à côté des écuries, accompagnés des cris des cochons. Ils avaient l'air de bien s'amuser. Cela pouvait aller tant qu'ils restaient là-bas.

« Et comment suis-je censé mourir 126 fois ? demanda-t-il d'un ton distrait.

— Vous devrez faire semblant, lui répondit Querida. Barnabas vous le dira, c'est plus chronophage qu'autre chose, avec toutes les autres tâches dont doit s'acquitter le Seigneur des ténèbres. Ce spécimen de chien fait-il quelque chose en particulier ou est-ce juste un chien ?

— J'ai essayé de leur donner des ailes, confessa Derk, mais elles tombent quand les chiots perdent leurs dents de lait. Regardez. On voit encore où elles se trouvaient. »

Il montra à Querida les deux plis qui marquaient la robe tachetée derrière les omoplates de Bertha. La chienne se retourna, et dans un élan de sympathie, essaya de lécher le visage de Querida, qui se penchait pour regarder. Derk s'empressa de distraire Bertha en se dirigeant vers l'enclos des chevaux.

« Vous auriez mieux fait d'essayer de leur raccourcir la langue », lança Querida d'un ton aigre.

Ce à quoi Bertha lui lança un regard nerveux et se réfugia derrière Derk. *Il les croise donc aussi pour augmenter leur intelligence*, se dit la présidente.

« Ce n'est rien, mon chien. C'est juste que je déteste avoir le visage mouillé. Et ça, c'est quoi ?

— Ce sont les chevaux que nous montons », lui expliqua Derk.

Il était nerveux. Il allait devoir dire à Querida pourquoi il l'avait amenée jusqu'ici.

Elle lança un regard avisé de Derk aux chevaux, qui trottaient avec empressement jusqu'à la barrière. *Il fait n'importe quoi en créant ces monstres*, se dit-elle, *et pourtant, toutes ses bêtes l'adorent*. Puis elle se souvint des oies sarcastiques. *Peut-être pas toutes*. Et tous les chevaux semblaient on ne peut plus normaux : plusieurs vieux chevaux massifs aux jambes musculeuses, deux superbes pur-sang arabes et une magnifique poulinière, qui était pleine à en juger par ses flancs rebondis. Querida vit Derk chercher nerveusement des morceaux de sucre et se demanda ce qui faisait aboyer tous les chiens dans le lointain.

« Eh bien, Derk le sorcier ? »

Derk n'arrivait pas à le dire.

« M. Chesney était-il sérieux lorsqu'il a dit qu'un dieu devait se manifester ? lui demanda-t-il à la place.

— Vous l'avez entendu, répondit Querida. Et puisque aucun dieu ne l'a foudroyé sur place, j'en conclus que sa parole fait loi pour eux aussi. Vous allez devoir lui produire un dieu.

— Moi ? l'interrogea Derk.

— Oui, répondit Querida. Vous. Le Seigneur des ténèbres s'occupe toujours de la nouveauté.

— Mais je ne peux pas ! Personne ne peut dire aux dieux ce qu'ils doivent faire ! protesta Derk en donnant distraitement des poignées de morceaux de sucre à ses chevaux.

— Personne à part M. Chesney, reconnut Querida. J'imagine que pour cela aussi, vous allez devoir faire semblant. Le plus sûr serait d'inventer un dieu qui n'existe pas. Un simple sort d'illusion suffirait. Vous vous souvenez comment on fait ? »

Derk acquiesça, toujours distrait. *Bon, c'est déjà ça !* se dit Querida. Mais elle ne le pensait pas capable d'inventer une divinité convenable.

« Je réfléchirai à un dieu plausible et je vous dirai à quoi il ressemble.

— Merci », répondit Derk.

Tout son sucre avait disparu. Il ne savait plus quelle question poser à Querida. Il essuya ses mains sur son pantalon côtelé en réfléchissant à comment formuler sa demande.

« Accouchez, Derk le sorcier ! lança Querida, impatiente.

— Oui, dit-il. C'est un peu difficile. Je n'aime pas… enfin, Mara est une femme libre et ce n'est pas que ça me dérange qu'elle se pomponne pour séduire les touristes…

— Je l'ai fait pendant des années, rétorqua Querida. Là encore, on fait semblant, si c'est ce qui vous inquiète. Au moins, Mara n'est pas un vieux serpent desséché comme moi ; elle n'aura pas besoin de 20 charmes différents pour se rendre séduisante. »

Derk se retourna pour scruter son visage. Querida repensa, mal à l'aise, à la façon dont son grand griffon noir avait fixé M. Chesney.

« Quel dommage qu'elle ne soit pas rémunérée, ajouta-t-elle.

— Non, ce n'est pas ça, dit Derk. Mara et vous êtes en train de tramer quelque chose, n'est-ce pas ? Que se passe-t-il ? »

Pour une fois, Querida eut du mal à maîtriser l'expression de son visage. Cela ne lui était pas arrivé depuis des années. *Mara m'avait prévenue*, se dit-elle. *Il n'est pas aussi idiot que son allure de plouc pourrait le laisser penser.* Peut-être devrait-elle changer ses projets et tout lui avouer avant qu'il ne fasse capoter ses plans dans sa quête de vérité.

« C'est intéressant que vous disiez cela », commença-t-elle prudemment.

Les hurlements et le chahut des chiens grandirent tout à coup, mêlés aux cris, aux grognements, à des rires hystériques et au martèlement des pattes, des sabots et des pieds de cochons. Avant que Querida ne pût se retourner pour voir ce qui se passait, ou que Derk ne pût faire un mouvement, une foule confuse d'animaux surexcités déboula à l'angle de l'enclos et fonça au galop tout droit en direction de Querida.

Derk vit avec horreur le petit corps desséché de la présidente propulsé dans les airs par un troupeau bigarré d'animaux lancés à vive allure – et Joli, bien sûr. Il la vit se faire projeter sur le côté et atterrir dans un « crac » contre la barrière de l'enclos.

De son point de vue, Querida se retrouva tout à coup prise dans une avalanche de créatures en pleine course. En volant dans les airs, elle vit un tohu-bohu de queues, d'ailes, de crocs retroussés et un tourbillon de zigzags blancs qui la laissèrent perplexe. Puis quelque chose la percuta d'un côté et elle entendit un craquement provenant de son propre corps. À sa grande surprise, la vieille chienne Bertha bondit auprès d'elle comme pour la défendre. *Et moi qui n'aime pas les chiens !* se dit Querida, tandis que Bertha se faisait balayer de côté. Allongée par terre, la présidente se fit piétiner par les cochons qui lui passèrent dessus. Consternée, elle sentit autre chose craquer en elle, vers son extrémité.

Derk pestait contre ses bêtes. Dans l'enclos, les chevaux se rapprochèrent au galop, hennissant de désolation. Le bruit cessa en grande partie, à l'exception des grognements indignés de Bertha. En fait, la chienne avait empiré les choses en déviant les cochons, qui avaient piétiné Querida.

« Tais-toi, Bertha ! » lui lança Derk avec agacement en se précipitant aux côtés de Querida, qui gisait au pied de la barrière.

Il espérait qu'elle s'était évanouie. Il voyait que son bras gauche était cassé et il était assez inquiet pour sa cheville gauche également. Il s'agenouilla près d'elle pour voir ce qu'il pouvait faire.

Querida se redressa au moment où il approcha la main de sa jambe.

« Ah non ! » lui lança-t-elle.

Elle n'avait aucune confiance en Derk.

« Je m'y connais en os, lui fit remarquer Derk. En muscles aussi. »

C'est probablement vrai, se dit Querida, qui essayait de ne pas hurler de douleur, mais elle se méfiait de Derk. Son regard se perdit derrière lui dans une épouvantable brume lancinante. La chose noir et blanc qui l'avait renversée se dressait nerveusement un peu plus loin sur le chemin.

Il était tout en jambes, sous une joyeuse crinière à franges. Ses grandes pennes noires et blanches poussaient effectivement en zigzags, ce qui lui donnait le tournis. *Il a réussi à créer un cheval ailé*, se dit Querida. Derk tenta à nouveau de l'aider. Elle le repoussa de sa main encore valide :

« Hors de question que vous me fassiez pousser des ailes, comme à cette créature ! siffla-t-elle. Créature que vous auriez dû signaler à l'université. »

Sa remarque était injuste, mais elle souffrait horriblement.

« Joli, répondit Derk. Joli est tout juste sevré. Il jouait avec les chiens et les cochons. Laissez-moi ressouder vos os.

— Non ! » riposta Querida d'un ton sec.

C'était terrible de voir qu'on pouvait être une dame âgée parfaitement saine d'esprit un instant et la victime d'un accident celui d'après. Elle se sentait épouvantablement mal. Elle voulait être chez elle, elle voulait sa guérisseuse à elle, une tasse réconfortante de son thé à elle, et elle voulait tout cela maintenant.

« Je suis blessée, certes, dit-elle, mais je n'en suis pas moins une sorcière. Si vous voulez bien vous écarter, je vais me téléporter chez moi et appeler ma guérisseuse.

— Vous êtes sûre ? » lui demanda Derk.

Le visage de Querida avait l'air d'une feuille de papier gris-bleu froissée. À sa place, il ne serait certainement pas en état de se téléporter d'un centimètre – non pas qu'il parcourût des distances phénoménales même dans les meilleures conditions.

« Tout à fait sûre », rétorqua Querida.

Et à ces mots, elle disparut dans un petit courant d'air.

Derk fixa l'endroit qu'elle venait de quitter à côté de la barrière, en espérant que Querida eût atterri là où elle voulait. Il ferait bien de demander à Barnabas de la suivre pour s'en assurer. Mais avant cela, il se tourna vers Joli.

« Pour jouer », répondit Joli.

Mais il savait très bien ce qu'il avait fait.

« Je t'ai déjà dit de regarder devant toi quand tu cavales comme ça, le réprimanda Derk. Si tu provoques encore un accident, je vais devoir t'enfermer dans un box toute la journée. »

Joli secoua la tête et lança à son maître un regard plein de ressentiment par-dessus les plumes de son épaule. Puis, il partit à petits pas en crabe retrouver sa grand-mère gravide qui passait la tête à travers la barrière en regardant nerveusement dans sa direction. Derk se dit qu'il était dommage que la poulinière ne sût pas parler. Elle aurait pu mettre du plomb dans la tête de Joli. Mais elle se contenta de frotter son museau contre celui du poulain d'un geste protecteur. Joli lui dit :

« Aime pas Derk.

— Et je ne t'aime pas non plus, là, maintenant, rétorqua le sorcier. Je t'avais dit de ne pas te montrer aux visiteurs et toi tu ne trouves rien de mieux à faire que d'en renverser un. Allez viens, Bertha. »

La plupart des sorciers étaient partis quand Derk et la chienne retournèrent sur la terrasse. Mais Barnabas était encore là, ainsi que le jeune sorcier Finn, qui dégustait une tasse de café avec Shona et Mara. Derk s'apprêtait à prévenir Barnabas au sujet de Querida, quand il fut coupé dans son élan par le son de quelque chose qui se brisait sur le toit.

« Où est Kit ? demanda-t-il.

— Toujours là-haut », répondit Shona.

Derk recula jusqu'à un coin de la terrasse d'où il pouvait voir le tas de plumes noires couché en travers de la gouttière tordue. Il entendait les chevrons craquer sous le poids du griffon.

« KIT ! hurla-t-il. Kit, descends avant que le toit ne s'effondre ! »

Un grommellement éraillé retentit d'en haut. La version la plus polie de ce grognement aurait pu être : « Va voir ailleurs si j'y suis ! »

« Mais qu'est-ce qui lui prend ? demanda Mara, inquiète.

— Je ne sais pas, répondit Derk, et je ne veux pas le savoir. Il pourrait se blesser. Kit ! s'époumona-t-il. Kit, tu as trois secondes pour nous rejoindre. Après ça, je te fais descendre par magie. Un. Deux… »

Kit se redressa d'un air boudeur. Peut-être avait-il l'intention de se poser sur la terrasse. Mais Derk pensait plus probable qu'il projetât de s'envoler vers les collines et se demanda si le ramener à l'aide d'un sort ne risquait pas de blesser Kit dans son orgueil. Mais il n'eut pas le temps de le lancer, ni Kit de prendre son envol. Au moment où le griffon fléchit ses puissantes pattes arrière pour s'envoler, le toit s'effondra sous lui. Et Kit également. Il fut englouti avec la partie centrale de la maison. Il emporta dans sa chute un éboulement de tuiles, une cheminée, des chevrons cassés, des murs en miettes et des bris de fenêtres, dans un tourbillon de poussière de plâtre et de vieilles toiles d'araignées. Le tout dans un fracas assourdissant.

« Oh mon Dieu ! lança Mara. Il n'a même pas eu le temps de déployer ses ailes !

— Heureusement, il se les serait cassées », répliqua Derk.

Le sorcier s'élança vers la maison, suivi de sa fidèle Bertha, elle-même suivie de Finn et Barnabas.

« Derk, Derk, s'écria Mara. Les enfants ! Ils étaient tous à l'intérieur !

— Je vais aller voir, lui dit Shona. Maman, on dirait que tu vas tomber dans les pommes. Assieds-toi.

— Ne va pas à l'intérieur ! Regarde par les fenêtres, lui intima Mara. Nous avons étiré la maison. Elle risque de s'effondrer de partout. Sois prudente !

— Mais oui », lui répondit Shona pour la calmer, tandis que Derk déboulait par la porte d'entrée.

Aussi incroyable que cela pût paraître, la porte tenait toujours debout. Des tas de débris s'étaient formés au milieu et de chaque côté. Bertha bondit au-devant de Derk. Alors qu'il escaladait prudemment un imbroglio de poutres et de briques, le sorcier l'entendit lancer de brefs aboiements de triomphe.

Des entrailles du chaos émana la voix de Kit qui criait distinctement :

« Tais-toi, imbécile de clebs ! »

Pauvre Bertha. Ce n'était pas sa journée. Derk poussa un soupir de soulagement.

« Heureusement que nous sommes tous des sorciers, déclara Barnabas derrière lui. Finn, arrange-toi pour que les murs latéraux ne s'écroulent pas, pendant que Derk et moi voyons quoi faire. »

Alors qu'il rampait au milieu d'un enchevêtrement de poutres enveloppées de toiles d'araignées et des draps de l'armoire à linge du premier étage, il sentait de part et d'autre les murs grincer légèrement puis se stabiliser grâce au sort de Finn. Ils trouvèrent Kit un mètre plus loin, ramassé en un énorme tas noir et recouvert de plâtre et de crins, dans une sorte de cage faite de poutres tombées du toit et de bris de dalles en marbre. Il les fixait de ses immenses yeux noirs furieux.

« Rien de cassé ? » lui demanda Derk.

Kit trompeta :

« Rien à part le nouvel escalier en marbre.

— Il parle de tes ailes, tes pattes, etc., imbécile de griffon ! lança Barnabas.

— Euh… je ne crois pas, répondit Kit.

— Parfait, nous allons te sortir de là, assura Barnabas. Où est la chienne ?

— Elle est partie par l'arrière, répliqua Kit. Elle reniflait la cuisine.

— Oh mon Dieu ! laissa échapper Derk. Lydda devait s'y trouver !

— Une chose à la fois, déclara Barnabas. À mon avis, il va nous falloir un sort de lévitation pour chaque poutre et pour la plupart des dalles. Finn, tu peux nous donner un coup de main ? »

Finn se fraya avec enthousiasme un chemin à travers les décombres, couvert de poussière blanche.

« Ah oui, dit-il. Je vois. Pas de problème. Derk, tu vas voir certaines des techniques dont nous nous servons pour reconstruire les villes après les voyages organisés. Barnabas, occupe-toi du côté gauche. »

Derk s'accroupit contre une poutre et le regarda avec envie. C'était comme une démonstration devant des étudiants. Avec vitesse et précision, à l'aide d'un simple murmure de-ci, de-là, les deux sorciers insérèrent leurs sorts sous chaque débris de bois ou de pierre, puis autour de Kit. Une minute plus tard, Barnabas lança :

« Bien. Et maintenant, activation. »

Et l'enchevêtrement de poutres et de plaques de marbre se déploya comme un poing qui s'ouvre et se rangea impeccablement contre les murs.

« Tu peux bouger ? demanda Barnabas à Kit.

— Hmm. Oui », répondit ce dernier.

Puis, quand il se mit à genoux et commença à ramper :

« Aaaaaïe ouuuuuille ! »

Derk le regarda se frayer tant bien que mal un passage à travers les débris qui avaient été les murs. Au moins, les membres de Kit semblaient fonctionner.

« Vois le bon côté des choses, lança Finn. Tu as presque ta citadelle en ruine. Veux-tu que nous la stabilisions ?

— Oui, mais comment faire pour aller jusqu'aux chambres à l'étage ? l'interrogea Derk en regardant le trou béant dans le toit. Et le piano de Shona y était.

— Il y est toujours, remarqua Barnabas, ou nous serions déjà tombés dessus. Il vaudrait mieux recoller les escaliers, Finn, et remettre un toit, tu ne crois pas ? Derk, ça va te coûter gros.

— D'accord, merci », répondit le sorcier.

Il était concentré sur Kit. Celui-ci émergea par un trou à côté de la porte d'entrée et s'effondra sur le ventre, la tête en bas entre ses griffes de devant.

« J'ai mal à la tête, dit-il, et j'ai des douleurs partout. »

Il était en piteux état. Chacune de ses plumes et chacun de ses crins était gris de poussière et de toiles d'araignées. Il avait une petite entaille sur une jambe. À part cela, il s'en était bien sorti.

Derk regardait nerveusement autour de lui à la recherche d'un signe des autres. Mara avait disparu, elle aussi, mais sa voix résonnait quelque part. Au milieu du chœur de voix qui lui répondaient, il put reconnaître Elda, Blade, Lydda, Don et Colette.

« Dieu merci, s'exclama-t-il. Il semblerait que tu n'aies tué personne. »

Kit grogna.

« Et tu aurais pu, ajouta Derk. Tu sais que tu es très lourd. Viens dans ton antre, je vais te passer un jet d'eau chaude. »

Kit était devenu bien trop grand pour vivre dans la maison. Derk le devança jusqu'au grand abri qu'il avait construit pour Kit, qui rampait derrière lui en grognant. Il émit de longs gémissements poussifs pendant que Derk l'arrosait avec le jet en dehors de l'abri, mais c'était parce qu'il commençait à sentir ses contusions. Le sorcier s'assura qu'il n'avait rien de cassé, pas même les longues et belles pennes de ses grandes ailes. Le griffon grommela qu'il s'était brisé deux serres.

« Estime-toi heureux que ce ne soit pas plus, répliqua Derk. Et maintenant, tu préfères me parler ici ou à l'intérieur en privé ?

— À l'intérieur, gémit Kit. Il faut que je m'allonge. »

Derk poussa la porte de l'abri et y attira Kit. Il se sentit coupable, comme s'il fouinait dans les secrets du griffon. Kit ne laissait personne rentrer dans son antre. Il prétextait toujours qu'il y avait trop de désordre, mais, comme Derk l'avait souvent suspecté, il était mieux rangé que la maison. Tout ce que Kit possédait était remisé à l'abri des regards indiscrets dans un grand placard. Les seuls objets qui se trouvaient à l'extérieur du meuble étaient le tapis que Mara lui avait confectionné, les énormes coussins en crin de cheval sur lesquels il dormait et quelques-uns des tableaux de Kit accrochés au mur.

Ce dernier était trop contusionné pour s'inquiéter que Derk vît son abri. Il se contenta de ramper jusqu'à ses coussins, laissant dégouliner de l'eau partout par terre, trop endolori pour s'ébrouer, et s'installa dans un soupir.

« Allez. Dis ce que tu as à me dire. Réprimande-moi. Vas-y.

— Non, à toi de parler, répliqua Derk. À quoi tu jouais avec M. Chesney ? »

La queue ruisselante de Kit s'agita nerveusement. Il enfouit son bec entre deux coussins.

« Aucune idée, hasarda-t-il. Je suis désolé.

— Balivernes, rétorqua Derk. Avoue, Kit. Tu as convaincu les quatre autres de faire comme s'ils ne savaient pas parler et puis tu t'es assis en travers du portail. Pourquoi ? »

Kit prononça des mots désespérés étouffés par les coussins.

« Comment ? » l'interrogea Derk.

Kit redressa la tête et se tourna violemment vers Derk avec un regard noir.

« J'ai dit, j'allais le tuer. Mais je n'ai pas pu. Tu es content ? »

Il replongea son bec entre les coussins.

« Mais pourquoi ? lui demanda Derk.

— Il mène notre monde à la baguette ! » rugit Kit.

Il parlait d'une voix forte qui portait même à travers le crin.

« Il t'a donné des ordres. Il a traité Shona d'esclave. J'allais le tuer de toute manière pour nous en débarrasser, mais j'étais content qu'il le mérite. Et je me suis dit que si les gens pensaient que les griffons n'étaient que des bêtes sans cervelle, tu ne pourrais pas être accusé. Tu sais, comme si j'étais sorti de mon enclos par accident et que je l'avais massacré.

— Je suis content que tu ne l'aies pas fait, Kit, lui dit le sorcier. Ce n'est pas agréable de se considérer comme un meurtrier.

— Oh, je savais qu'ils m'auraient tué, rétorqua le griffon.

— Non, je veux dire que c'est un état d'esprit horrible, expliqua Derk. J'ai toujours pensé que c'était comme être fou sauf qu'on est sain d'esprit. Et qu'est-ce qui t'en a empêché ? »

Derk fut choqué d'entendre le regret dans sa voix quand il posa la question.

Kit redressa la tête.

« Quand je l'ai regardé en face. C'était horrible. Il pense que le monde entier lui appartient. Il est persuadé d'avoir toujours raison. Il n'aurait pas compris. C'est dommage. J'aurais pu le tuer en quelques secondes, même avec ce démon dans sa poche, mais il n'aurait été que de la nourriture. Il n'aurait ressenti aucune culpabilité, et moi non plus.

— Je suis heureux de t'entendre dire que tu aurais dû te sentir coupable, fit remarquer Derk. Je commençais à me demander si nous t'avions élevé correctement.

— Je me sens coupable. Je me suis senti coupable, protesta Kit. Et j'ai détesté cette idée. Mais j'ai des envies de sang depuis quelque temps, et sauver le monde me semblait une bonne manière d'allier l'utile à l'agréable. Sinon, j'ai l'impression de ne pas servir à grand-chose. Et maintenant, ajouta-t-il piteusement, je suis vraiment désolé pour la maison.

— Ce n'est pas grave. Il fallait tout refaire de toute façon, sur ordre de M. Chesney, répondit Derk. Alors comme ça, tu étais tapi dans les buissons le long de la terrasse pour assouvir ta soif de sang ?

— Tais-toi ! »

Kit essaya de se tortiller de honte et se redressa dans un cri quand ses bleus se rappelèrent à lui.

« D'accord. C'était une idée stupide. Je me hais, si ça peut te rassurer !

— Ne sois pas bête, Kit. »

Derk analysait la situation à la recherche d'une explication. Quelque chose démangeait Kit depuis des mois. Bien avant qu'il ne fût question que Derk devînt le Seigneur des ténèbres, Kit était irascible, d'une humeur exécrable – assoiffé de sang, comme il le disait – et Derk avait mis ça sur le compte du fait que Kit avait maintenant 15 ans. Mais et si c'était plus que cela ? Et si Kit avait une raison d'être malheureux… ?

« Kit, lui dit-il gentiment. Je ne t'avais pas vu du tout avant que tu n'arrives devant le portail, et une fois là-bas, on aurait dit que tu avais doublé de volume.

— Ah bon ? s'enquit Kit. Ça doit être parce que tu étais inquiet pour M. Chesney.

— Tu crois ? l'interrogea Derk. Et je suppose que c'était parce que j'étais juste inquiet que je t'ai entendu me dire que M. Chesney avait un démon dans sa poche ? »

Kit tourna à nouveau la tête et, l'espace d'un instant, ses yeux noirs luisaient d'inquiétude. Derk voyait que Kit s'efforçait de leur rendre leur couleur jaune doré habituelle et ce dernier essaya de lui répondre nonchalamment.

« On me l'aura dit. Tout le monde sait que c'est là qu'il le garde.

— Non, tout le monde ne le sait pas, rectifia Derk. Je pense que même Querida serait surprise de l'apprendre. »

Mince ! Il n'avait toujours pas informé Barnabas de l'accident !

« Kit, ne me mens pas. Tu es comme Blade, n'est-ce pas ? Cela fait combien de temps que tu sais que tu peux pratiquer la magie ?

— Seulement un an, admit Kit. À peu près en même temps que Blade – il pense que nous tenons cela de toi –, mais nous faisons des choses différentes.

— Parce que vous en avez discuté, en plus ! lança Derk.

Kit, mettons les choses au point une bonne fois pour toutes. Encore plus que Blade, il est hors de question que tu ailles à l'université… »

Kit laissa tomber sa tête en avant.

« Je sais. Ils feraient de moi une bête de foire. C'est pour ça que je n'en ai pas parlé.

— Mais tu dois être formé, poursuivit Derk, au cas où tu ferais une bêtise par accident. Mara et moi aurions dû t'apprendre en même temps qu'à Blade. Tu aurais dû nous en parler, Kit. Je vais te dire ce que j'ai dit à ton frère. Je te trouverai un vrai tuteur, j'en trouverai un pour tous les deux, mais tu dois être patient. Cela prend du temps de dénicher le bon mage. Et tu vas devoir attendre au moins un an, maintenant que je dois être Seigneur des ténèbres. Tu peux attendre ? Tu peux apprendre beaucoup en m'aidant dans ma tâche si tu le souhaites.

— Je ne comptais pas t'en parler, répondit Kit.

— Alors tu as préféré nous aboyer dessus sans raison », renchérit Derk.

Le bec de Kit était toujours enfoui dans les coussins, mais un grand sourire de griffon s'y dessinait de part et d'autre.

« Au moins je ne t'ai pas hurlé que tu étais un tyran jaloux, comme l'a fait Blade », ajouta-t-il.

Eh bien, je le suis un peu, se dit Derk. *Jaloux, tout du moins. Vous avez tous les deux votre carrière de magicien devant vous, et toi, Kit, tu as toute l'intelligence que j'ai réussi à faire entrer dans ta grande tête de griffon.*

« C'est vrai, concéda-t-il dans un soupir. Et maintenant, allonge-toi et repose-toi. Je te donnerai quelque chose pour tes contusions si tu as toujours mal ce soir. »

Il referma silencieusement la porte et regagna la maison. Shona alla à sa rencontre au bord de la terrasse, indignée, et cette fois-ci, ce n'était pas un numéro.

« Les petits vont bien, dit-elle. Ils étaient dans la salle à manger. Ils n'ont même pas remarqué que le toit s'effondrait.

— Quoi ? demanda Derk. Comment est-ce possible ? »

Shona les signala du pouce.

« Regarde-les ! »

Blade était assis à la longue table jonchée de détritus. Tout comme Mara, Finn et Barnabas. Lydda et Don étaient allongés sur des dalles au milieu des chaises vides. Colette était couchée en travers des marches qui conduisaient au jardin et remuait occasionnellement la queue pour faire battre les orchidées en retraite. Elda était accroupie à côté de la table. Chacun était penché sur l'une des petites machines plates à boutons, et pressait les touches d'un doigt ou d'une serre comme si rien d'autre n'avait d'importance.

« Colette a compris comment les utiliser, expliqua Don.

— C'est un génie, remarqua Barnabas. Je ne m'étais jamais rendu compte qu'elles faisaient autre chose qu'additionner des chiffres. Je lui en ai fait une centaine de copies au cas où certaines n'auraient plus de batterie. »

Elda releva brièvement les yeux quand Derk s'approcha pour regarder par-dessus son épaule plumeuse.

« Tu dois tuer les petits hommes descendus du ciel et ils te tuent, expliqua-t-elle. Et on a remarqué quand le toit s'est effondré ! Les écrans étaient pleins de poussière. Mince. Tu m'as distraite et maintenant je suis morte.

— Comment va Kit ? s'enquit Blade. Eh ! Je suis passé au niveau quatre. Qui dit mieux !?

— Niveau six, répondit Colette d'un air suffisant depuis les marches.

— Ça m'aurait étonné ! rétorqua Blade.

— Niveau sept, renchérit Finn d'une voix douce. On dirait que ça s'arrête quand on gagne ce niveau. La maison te convient comme ça, Derk ? »

Le centre de la maison était à nouveau à sa place, transparent comme de l'eau. Derk voyait l'escalier à travers le mur, qui avait été remis à sa place, lui aussi. Le bout de toit qui s'était effondré était également là, planant comme une montgolfière, fixé aux quatre coins. *Au moins, cela protégera la maison de la pluie jusqu'à ce qu'ils doivent transformer le tout en donjons en ruine*, se dit Derk.

« Oui, c'est bien, répondit-il. Merci. »

Il posa une main sur le bras de Barnabas.

« Désolé de vous interrompre, mais Querida a eu un accident il y a un bon moment, près de l'enclos. Je crois qu'elle s'est fracturé un ou deux os. Elle ne m'a pas laissé m'en occuper. Elle est rentrée chez elle.

— Bonté divine ! » lança Barnabas.

Mara et lui arrêtèrent d'appuyer sur les boutons, sortant de leur transe avec un air inquiet.

« Tu aurais dû l'amener à la maison tout de suite ! lui dit Mara.

— Elle ne m'a rien laissé faire, expliqua Derk. Elle s'est téléportée.

— Ce n'est pas la première fois, précisa Barnabas. Il y a cinq ans, l'un de ces imbéciles de Pèlerins lui a cassé le poignet et Querida nous a tous fait prendre une amende en se téléportant chez elle et en refusant de revenir. Nous avons dû nous débrouiller sans Enchanteresse jusqu'à la fin de la saison touristique. Je crois que c'est ce qu'elle fait quand elle est en état de choc. »

Finn se leva nerveusement :

« Nous ferions mieux d'aller à l'université pour vérifier. »

Barnabas poussa un soupir avant de se lever lui aussi :

« Oui, tu as raison. »

Finn et lui regardèrent Derk, pleins d'espoir.

« Oh pardon, lança Derk. Que vous devons-nous pour la restauration de la maison ? »

Les deux sorciers échangèrent un regard.

« J'ai cru que tu ne demanderais jamais, déclara Barnabas. Nous prendrons un sac de café chacun.

— Ouf ! lança Shona une fois les deux sorciers partis. Je crois que c'est la pire journée de ma vie. Et les circuits n'ont même pas encore commencé !

— Heureusement que non, répondit Mara. Il y a des milliers de choses à préparer avant. »

CHAPITRE 5

Blade avait l'impression que ces milliers de choses à faire consistaient toutes à retenir des informations par cœur : le règlement du livre noir, les itinéraires de la liste rose et du prospectus vert, ainsi que les lieux d'aventure. Il n'avait jamais rien vu d'aussi ennuyeux. Le garçon avait l'habitude d'apprendre les choses de manière intéressante avec ses parents, au milieu d'une foule de griffons qui étaient tous doués. S'il avait pensé que le moindre élément des listes était réel, il aurait été assez nerveux. Mais ce n'étaient que des voyages organisés, et comme son Pèlerinage était le dernier à partir, il avait huit semaines pour se préparer. Il n'était donc pas très inquiet. De plus, il faisait un magnifique temps d'été indien.

Derk, quant à lui, devait retenir les mêmes listes en à peine deux semaines, tout en s'occupant de toutes les tâches qui incombaient au Seigneur des ténèbres. Barnabas lui rendait visite presque tous les jours. Derk et lui s'entretenaient pendant des heures dans le bureau de Derk qui, en fin de journée, partait à la hâte, l'air épuisé, consulter le roi Luther ou des dragons à propos de ce que Barnabas lui avait dit. Entre-temps, il était occupé à écrire les indices qui conduiraient à la faiblesse du Seigneur des ténèbres ou à répondre à des messages. Des pigeons voyageurs lui arrivaient en permanence pour lui remettre des missives. Shona s'en chargeait quand elle le pouvait et réceptionnait également les messages destinés à Mara. Cette dernière ne savait plus où donner de la tête – aussi affairée que Derk – dans la maison qu'elle avait héritée de sa tante à proximité du Désert du milieu, qu'elle transformait en repaire de l'Enchanteresse.

Blade avait l'impression que ses parents avaient toujours deux fois plus d'énergie que leurs enfants et ne semblaient jamais s'ennuyer. C'était loin d'être reposant et il se tenait en retrait. Il passait la plupart de ses journées avec Kit et Don dans la vallée incurvée qui s'étendait en contrebas de Derkham, à se prélasser sous le splendide ciel bleu roi. Presque remis de ses ecchymoses, Kit lissait négligemment ses plumes, tandis que Don était affalé par terre, tenant le livre noir entre ses serres pour tester Blade sur les règles quand l'un d'eux se souvenait de le faire. Ils ne disaient pas à Lydda ou Elda où ils allaient, car elles risquaient de prévenir Shona. Ils évitaient cette dernière comme la peste. Si elle les voyait, elle leur dirait : « Don, fais travailler les chiens pendant que je m'exerce au piano. »

Ou « Blade, Papa veut que tu arroses les champs pendant qu'il va voir l'Émir. »

Ou « Kit, il faut que tu descendes quatre bottes de foin du grenier, et tant que tu y es, Papa veut que tu y fasses de la place pour six nouvelles cages à pigeons. »

Comme le faisait remarquer Kit avec ressentiment, le pire, c'était le « et tant que tu y es ». Ils se retrouvaient à trimer toute la journée. Shona était particulièrement douée pour les « et tant que tu y es ». Elle les lançait à la fin de ses ordres, comme des poignards en plein cœur. Ces jours-ci, quand ils voyaient Shona arriver, même Kit se recroquevillait pour se rendre invisible.

Shona en était consciente et ne se gênait pas pour se plaindre :

« J'ai retardé mon entrée à l'école des bardes, disait-elle volontiers, où je préférerais être, pour aider Papa, et les seules à lever le petit doigt sont Lydda et Colette.

— Mais elles aiment ça, fit remarquer Elda. Ce n'est pas ma faute si je ne suis bonne à rien.

— Tu es pire que Colette, rétorqua Shona. Je ne l'ai encore jamais vue exceller à quelque chose qu'elle n'aimait pas faire. Au moins, les garçons sont honnêtes. »

Il ne faisait aucun doute que Colette se délectait à ce moment précis. Elle fabriquait les 126 objets magiques à faire garder par le dragon du Nord. La plupart du temps, tout ce qu'on voyait d'elle était son imposante croupe couleur taupe dépasser de l'abri qui lui servait de tanière, tandis que la touffe à l'extrémité de sa queue se balançait avec agitation, exprimant ce que Colette ressentait envers chaque nouvel objet. Elle avait trouvé l'inspiration et faisait son autocritique. Elle essayait à présent de fabriquer des objets tous différents les uns des autres. Elle apparaissait sans cesse dans la vallée pour montrer à Blade, Kit et Don sa dernière collection et leur demander leur avis en toute franchise. En fait, ils étaient presque trop impressionnés pour critiquer. Colette avait commencé assez modestement par une dizaine de coupes assorties et plusieurs globes, mais Don avait demandé – sans aucune intention de provoquer Colette :

« Les objets ne devraient-ils pas s'éclairer lorsqu'un Pèlerin les attrape ou quelque chose de ce genre ?

— Bonne idée », avait répondu Colette d'un ton vif, avant de déployer ses ailes et de s'envoler, songeuse, avec son lot de globes.

La fournée d'objets suivante s'allumait, certes de façon assez voyante pour certains, mais Colette elle-même ne pouvait pas dire à quoi ils servaient.

« Je les appelle les bidules », déclara-t-elle, rassemblant le tas scintillant dans un drap pour l'emporter jusqu'à son abri.

Après cela, les bidules devinrent de plus en plus farfelus.

« Tu ne te serais pas un peu emballée ? » suggéra Blade en prenant une rose bleue étincelante dans une main et un objet pointu indescriptible dans l'autre.

Celui-ci émit une lumière rouge clignotante quand il le toucha.

« Probablement, répondit Colette. Je crois que je suis comme Shona quand elle ne peut pas s'arrêter de jouer du violon. J'ai un flux ininterrompu de nouvelles idées. »

Le 109e bidule suscita même des sons admiratifs de la part de Kit. C'était un maillage de formes blanches comme des flocons de neige qui carillonnaient doucement et se paraient d'une lumière laiteuse dès qu'on les touchait.

« Tu es sûre de ne pas être une sorcière ? » lui demanda Kit en faisant tourner l'objet entre ses serres avec déférence.

Colette lui lança un regard vexé par-dessus son aile rayée de brun.

« Bien sûr que oui. C'est de l'électronique. C'est ce qui fait fonctionner ces machines dont on pousse les boutons. J'ai demandé à Barnabas de m'en faire une centaine de copies et je les ai désossées pour faire les bidules. Rends-moi celui-ci. Je crois que je vais le garder. C'est de loin le plus réussi. »

Portant son bidule avec précaution, elle s'envola au-dessus de la vallée. À l'embouchure, elle dut s'élever soudainement pour éviter un troupeau de vaches qu'un villageois conduisait.

Cela mit fin à la paix dans cette vallée. Les vaches appartenaient au maire, qui les faisait parquer là-bas pour plus de sécurité jusqu'à la fin des voyages organisés. Dès lors, sa femme, ses enfants et lui faisaient le trajet plusieurs fois par jour pour s'occuper des bêtes. Don s'envola pour voir s'il y avait un autre endroit où ils pourraient aller, mais il revint avec un air morose après avoir constaté que tous les coins tranquilles étaient désormais remplis de vaches, moutons, cochons, poules ou chèvres. Les trois garçons furent obligés d'aller rôder derrière les écuries, ce qui était loin d'être aussi paisible.

Le visage de Derk s'était affaissé ; son inquiétude s'était transformée en une terrible souffrance. Il avait l'impression d'avoir passé sa vie entière à courir pour s'occuper de tâches aussi urgentes que désagréables. C'était peut-être la première de toutes qu'il détestait le plus, et il n'en vit le bout qu'en se concentrant sur le nouvel animal qu'il allait créer. Il devait descendre au village et informer les habitants que M. Chesney voulait que tout fût en ruine. Il détestait avoir à faire cela, à tel point qu'il répondit mal à Joli alors qu'il sellait sa mère, Beauté. Joli s'en alla en boudant et envoya les chiens attaquer les oies pour se venger. Derk devait résoudre cela avant de partir.

« Tu ne peux pas maîtriser ton poulain ? » demanda-t-il à Beauté.

La jument avait attendu patiemment pendant toute l'agitation, déployant ses immenses ailes noires luisantes à l'approche de Derk pour lui montrer qu'elle était prête à partir.

« Dvhient trhop dhur pr mhoi », confessa-t-elle.

Elle ne parlait pas aussi bien que Joli, même sans mors dans la bouche.

Beauté représentait pour Derk ce que le 109ᵉ bidule représentait pour Colette. Il aurait préféré mourir que de la laisser aller à l'université. Il sourit et tapota son cou noir brillant. *Pas des fourmis*, se dit-il. *Pas d'insectes du tout. Quelque chose d'encore plus magnifique que Beauté.* Quand il monta et que la jument plia ses jambes arrière pour prendre son envol avec plus d'aisance que Kit, son torse se gonfla d'amour et de fierté. Tandis qu'ils volaient au-dessus de la vallée, il envisagea l'idée d'une créature aquatique. Il n'en avait encore jamais fait. Il devait pouvoir se procurer des cellules de dauphin…

Il atterrit au milieu du village pour constater que presque toutes les maisons avaient été rasées.

« Mais que diable se passe-t-il ? » lança-t-il.

Le maire s'interrompit dans la démolition du magasin du village et vint s'appuyer sur sa masse à côté de l'aile droite de Beauté.

« Content de vous voir, Derk. Nous devons vous parler au sujet de la salle des fêtes. Nous aimerions ne pas la détruire, si possible, mais nous ne voulons pas que les Pèlerins ou les soldats y fassent n'importe quoi et y détériorent le matériel. Je me demandais si vous connaissiez un moyen de la faire passer pour des ruines.

— Bien sûr, répondit Derk. Pas de problème. »

La salle des fêtes avait été construite l'été précédent.

« Mais comment avez-vous su… Comment allez-vous vivre si toutes les maisons ont été démolies ?

— Tout le monde sait à quoi s'attendre quand les voyages organisés débarquent, répondit le maire. Ce n'est pas votre faute, Derk. Nous savions bien que vous alliez devoir vous y coller tôt ou tard. Nous avons fait creuser des fosses habitables il y a des années, avec toitures, canalisations, électricité. Les meubles et les vivres y ont été entreposés hier. Le village aura l'air abandonné d'ici demain, mais nous laissons la porcherie de Tom Holt et la laverie de Jenny Wellaby. Il paraît qu'ils s'attendent à trouver une ou deux masures. Mais je vais vous dire quelque chose, ajouta-t-il en passant une main dans ses cheveux recouverts de poussière de brique, je ne pensais pas que ces maisons démolies auraient l'air aussi neuves. Cela m'inquiète beaucoup.

— Je peux facilement les vieillir un peu, offrit Derk.

— Et les noircir avec quelques flammes ? lui demanda le maire avec inquiétude. Cela serait mieux. Et nous avons sollicité deux maigrichons – Fran Taylor et le Vieux Georges – pour farfouiller dans les ruines à chaque fois qu'un groupe arrive, pour jouer le rôle de survivants morts de faim, vous comprenez, mais j'aimerais bien que vous puissiez leur donner l'air un peu moins sain… un air émacié, si l'on veut. Un simple coup d'œil suffit à savoir que le Vieux Georges n'a jamais été malade de sa vie. Pouvez-vous me le rendre un peu plus souffreteux ?

— Pas de problème, répondit Derk. Je vois que vous avez pensé à tout !

— Encore une chose, ajouta le maire. Nous allons conduire tout le bétail en haut des collines qui bordent la vallée et les parquer pour leur sécurité – on ne veut pas qu'un animal soit tué –, mais si vous pouviez faire quelque chose pour les camoufler, je vous en serais très reconnaissant. »

Derk ne se sentait pas en droit de refuser. Il passa le reste de la journée à ajouter une touche de magie aux coups de masses et à disposer de la poussière de brique un peu partout comme si c'était de la suie. Au coucher du soleil, le village avait un aspect pitoyable.

« Que penses-tu de tout cela ? » demanda Derk au Vieux Georges tout en l'émaciant.

Ce dernier haussa les épaules :

« C'est une manière de faire bouillir la marmite. Une manière stupide, si tu veux mon avis. Mais ce n'est pas moi qui décide, n'est-ce pas ? »

Moi non plus, se dit Derk en retournant vers Beauté. Ce qui était terrifiant, c'était qu'il ne pouvait rien y faire, pas plus que le Vieux Georges.

Secouant ses ailes et soufflant pour se débarrasser de la poussière, Beauté lui signifia qu'elle ne passait pas une bonne journée :

« M'hennuie. Pas vholer.

— Attends de voir », lui ordonna Derk.

Le lendemain, il vola vers le nord pour voir le roi Luther. Le surlendemain, il se dirigea vers le sud pour une réunion houleuse et stérile avec les habitants des marécages, qui réclamaient une hausse de salaire pour faire semblant de sacrifier des Pèlerins à leur dieu. Il rentra chez lui avec les mots « c'est du blasphème, c'est un manque de respect envers Dieu ! » qui résonnaient dans ses oreilles, se demandant, perdu dans ses pensées, si sa créature aquatique pourrait être sauvage et se nourrir exclusivement des habitants des marécages. Mais le jour suivant, alors qu'il volait vers l'est pour jeter un coup d'œil aux dix villes qui devaient être pillées, il se ravisa et pencha plutôt pour une créature mi-dauphin, mi-dragon qui vivrait dans un cours d'eau. Le problème était qu'il n'y avait pas de fleuve à proximité de Derkham. Le jour d'après, volant vers le sud-est pour s'entretenir avec l'Émir, il décida qu'une créature mi-dragon serait trop grande.

L'Émir refusait catégoriquement d'être le Roi fantoche comme indiqué sur les listes.

« Je serai tout ce que vous voulez, dit-il à Derk, mais il est hors de question que mon esprit soit asservi par cette tiare. J'ai vu le cheikh Detroy. Il marche comme un zombie depuis l'année dernière. Il bave. Il doit être nourri par son valet. C'est dégradant ! Ces objets magiques ne sont pas sûrs. »

Derk avait, lui aussi, vu le cheikh Detroy. L'Émir n'avait pas tout à fait tort.

« Peut-être pourriez-vous demander à l'un de vos plus fidèles serviteurs de porter la tiare à votre place ?

— Pour qu'il usurpe mon trône ? rétorqua l'Émir. C'est une blague ?! »

Les deux hommes se disputèrent pendant plusieurs heures. En désespoir de cause, Derk finit par proposer :

« Alors, ne pouvez-vous pas porter une copie de la tiare et faire semblant d'être sous son emprise ?

— Excellente idée ! répondit l'Émir. Je suis un superbe acteur. C'est d'accord. »

Derk rentra chez lui à bout de force et, comme souvent quand il était épuisé, il eut sa meilleure idée d'animal. Enfin, pas un animal. Une créature mi-humaine, mi-dauphin. Une fille-sirène, bingo. Tandis que Beauté battait des ailes, Derk passa en revue dans sa tête toutes les façons possibles de croiser un dauphin et un humain. Cela allait être passionnant. Restait à savoir si Mara serait d'accord pour être la mère de ce nouvel être ? S'il lui présentait son idée comme un défi, cela effacerait peut-être la distance glaciale qui semblait s'être creusée entre eux.

Joli arriva, fringant, à la seconde où ils atterrirent à côté des écuries, et Beauté faillit avoir des paroles désobligeantes. Elle était aussi fatiguée que son cavalier.

« Si ça continue comme ça, confia Derk à Shona venue l'aider à desseller Beauté, nous ne serons plus que l'ombre de nous-mêmes.

— Une ombre noire avec des yeux rouges ? lui demanda Shona. Veinard. C'est pile ce que M. Chesney a ordonné. »

Derk sentit une vague de gratitude envers sa fille. Le moment venu, il créerait la moitié humaine de la sirène à partir de cellules de Shona. Ce serait une garantie d'excellence.

« Et tu sais, ajouta Shona, ces fainéants de garçons n'ont rien fait de la journée sans que je les y oblige. Elda est tout aussi paresseuse. Je n'ai pas eu le temps de m'entraîner. À chaque fois que je m'y suis mise, un nouveau pigeon arrivait. Il y a des messages partout sur ton bureau. Papa, tu devrais créer des pigeons qui parlent. Ce serait beaucoup plus simple.

— Excellente idée, répondit Derk, mais je n'ai pas le temps d'y réfléchir maintenant. Je dois aller voir Querida. Elle avait dit qu'elle ferait deux choses importantes pour moi et je n'ai eu aucune nouvelle depuis son départ.

— Peut-être qu'elle s'est blessée en se téléportant trop vite, suggéra Shona.

— Barnabas dit qu'elle est bien rentrée chez elle. D'après sa guérisseuse, elle va aussi bien que possible étant donné les circonstances. Mais je ne peux pas attendre beaucoup plus longtemps. Je vais devoir aller la déranger. »

Mais Derk ne rendit visite à Querida que plusieurs jours plus tard. Les messages que Shona avait posés sur son bureau les avaient occupés, Beauté et lui, pendant près d'une semaine. Quand il partit enfin, il était résolu à cacher Beauté aux yeux de la présidente. Il avait bien vu comment elle regardait Joli, même choquée et souffrant atrocement, et il était hors de question qu'il lui permît de réquisitionner

Beauté pour l'université. Il laissa cette dernière brouter dans un pré à presque dix kilomètres de la Cité universitaire, soit la distance à laquelle il pouvait se téléporter. Il aurait bien voulu avoir le don de Blade en la matière quand il se jeta vers l'avant.

Dans un atterrissage mouvementé, il arriva au bout de la rue bordée de petites maisons grises où vivait Querida et avança d'un pas lent jusqu'à sa demeure. Il n'y avait aucun signe de vie. La présidente était peut-être assez remise pour être allée à l'université. Il choisit quand même de se manifester à la porte, maintenant qu'il était là. Il frappa.

À sa surprise, la porte bougea sous son poing et lui ouvrit un passage. Derk la poussa.

« Il y a quelqu'un ? »

Il n'entendit aucune réponse, mais il sentait un frémissement de vie à l'intérieur.

« Je ferais mieux de m'en assurer », marmonna le sorcier.

Il avança à pas de loup dans la maison, craignant que quelqu'un comme Querida n'eût disposé quelques vilains pièges à l'intention des intrus et très conscient des craquements du vieux parquet sous ses bottes. Il se retrouva dans un petit séjour bien rempli, garni de plumes dans des bocaux, de bibelots, de coussins à motifs, de châles à motifs, de tapis à motifs et d'une forêt de chandeliers torsadés en forme de serpents. Il flottait dans l'air une odeur âcre d'animaux à poils et de dame âgée. Tout au fond se trouvait un canapé recouvert de volants et de motifs. Querida y était allongée sous une couverture à motifs. Dans cette minuscule pièce, elle semblait moins petite que d'habitude. Autour d'elle, à intervalles confortables, trois gros chats tigrés fixaient Derk avec hostilité de leurs yeux jaunes. *Je comprends pourquoi la porte était ouverte. Ils doivent sortir et rentrer à leur guise.* Querida dormait profondément. Son visage était blanc et sa bouche entrouverte. Son petit bras gauche maigrelet en écharpe était posé sur sa poitrine et Derk le voyait bouger au rythme de sa respiration. Il devinait les contours d'une attelle à sa jambe gauche, à côté du plus gros des chats.

Quel dommage de devoir la réveiller. Derk toussota :

« Euh… Querida. »

La présidente ne bougea pas. Derk l'appela plus fort et encore plus fort, assez pour que les chats remuassent les oreilles de mécontentement, et finit par crier. Les félins le fusillèrent du regard, mais cela n'eut aucun effet sur Querida. Derk était inquiet.

« Je crois que je ferais bien d'aller chercher sa guérisseuse », dit-il en se sentant un peu stupide, ne sachant pas s'il s'adressait aux chats, à lui-même ou à Querida.

Il sortit de la maison en prenant la précaution de ne pas refermer complètement la porte et se dirigea vers les bâtiments de l'université, à la recherche de quelqu'un qui saurait où habitait la guérisseuse de Querida. Il ne vit personne avant d'atteindre la place devant l'université. Celle-ci était occupée par une foule considérable, étonnamment tranquille, qui attendait patiemment autour d'une charrette disposée au milieu, remplie de boîtes, de paquets et de rouleaux de tissus. Une grande dame sereine à l'air angélique, qui se tenait incroyablement droit, distribuait les objets qui se trouvaient dans la charrette aux personnes qui faisaient la queue, tout en leur donnant des instructions.

« Vous êtes sur le site est, l'entendit dire Derk alors qu'il se frayait un chemin vers elle, ce qui veut dire que vous allez avoir principalement besoin de fébrifuges et de plantes pour les maux de ventre. Tenez. »

Elle donna rapidement à chacun un petit sac en tissu et se tourna vers le groupe suivant.

« Vous vous occupez de l'assistance des groupes. Assurez-vous d'avoir une mule pour les bagages et un cheval à monter. Je vais devoir vous donner des remèdes pour tout et n'importe quoi. Vous n'avez pas idée de ce que ces Pèlerins s'infligent – absolument tout, des plaies purulentes au coma éthylique. Tenez. J'appelle ça mon sac à tout faire. »

Elle se retourna pour attraper un sac de la taille d'un traversin dans la charrette quand son œil tomba sur Derk. Elle devina immédiatement qu'il n'était pas là pour obtenir des remèdes.

« Oui ? demanda-t-elle d'un ton glacial. Je peux vous aider ?

— Je cherche quelqu'un qui connaisse la guérisseuse de Querida, expliqua Derk.

— C'est moi, la guérisseuse de Querida, répondit la dame sur un ton solennel. Y a-t-il un problème ?

— Eh bien, elle a l'air endormie, commença Derk.

— Évidemment, l'interrompit la majestueuse guérisseuse. Querida supporte très mal la douleur. J'ai donc dû, à sa demande, la plonger dans un coma de guérison jusqu'à ce que la douleur ait disparu.

— Oh, s'exclama Derk. Mais je dois lui parler de toute urgence. Y a-t-il une chance… ?

— Aucune, répliqua la dame. Revenez dans… »

Elle passa le sac en forme de traversin à la personne qui se tenait le plus proche d'elle, manquant d'étouffer Derk avec l'intense senteur de plantes qui s'en dégageait, et compta sur ses doigts.

« Revenez dans une semaine.

— Une semaine ! s'écria Derk.

— Ou dix jours.

— Mais les voyages organisés commencent dans quatre jours ! protesta Derk, désespéré.

— Justement, répondit-elle. C'est pour cela que je suis occupée à équiper mes guérisseurs. Et maintenant, si vous pouviez partir… Il est crucial que chaque guérisseur soit en poste, avec les bons remèdes, avant que les premiers humains n'arrivent.

— Oui, oui, bien sûr », bredouilla Derk humblement.

Elle était si majestueuse qu'il ne lui vint pas à l'idée que le Seigneur des ténèbres était important aussi. Il recula piteusement jusqu'à un espace dégagé et essaya de se téléporter à l'endroit où il avait laissé Beauté.

Malheureusement pour lui, il atterrit à plus de trois kilomètres de là. Il lui fallut plusieurs heures pour retrouver le champ où broutait sa jument. Et il comptait sur l'aide de Querida. Pendant ses recherches, il dut se concentrer sur sa fille-sirène pour ne pas être malade d'inquiétude. Elle aurait une piscine rien qu'à elle. Élever un enfant qui avait besoin de rester dans l'eau en permanence ne serait pas une mince affaire. Mara et lui allaient devoir passer beaucoup de temps dans la piscine avec elle. Ils allaient devoir acheter une charrette pour l'emmener à la mer…

Malgré cela, quand ils arrivèrent à la maison, Beauté avait l'œil vif et Derk était gris d'appréhension.

« Que se passe-t-il, Papa ? » lui demanda Shona.

Le sorcier grogna.

« Querida a insisté pour rester endormie pendant les dix prochains jours. J'avais oublié comment elle était. Le problème, c'est qu'elle avait promis de m'aider à faire se manifester une divinité ET à réveiller un démon. Je ne sais pas quoi faire !

— Demander à Barnabas ? suggéra Lydda, qui les avait rejoints avec une assiette remplie de petits sablés.

— Il est occupé à fabriquer les camps pour l'armée du Seigneur des ténèbres, répondit Derk en prenant distraitement quatre biscuits sans en goûter un seul. C'est tout aussi urgent. Les camps doivent être prêts avant que les Pèlerins n'arrivent. Ils envoient les soldats un peu avant.

— Il vaudrait mieux que tu n'essaies pas de réveiller de démons tout seul, ajouta Shona nerveusement.

— Ou de dieux, renchérit Lydda. Et Elda aimerait savoir quand tu pourras jeter un coup d'œil à la nouvelle histoire qu'elle a écrite.

— Demain soir, répondit Derk. Je crois que j'irai voir Umru demain. Il peut peut-être persuader son dieu Anscher de se manifester. De toute façon, je lui ai promis de lui rendre visite. Mais qu'est-ce que je vais faire pour le démon ? Je n'arrive pas à me concentrer !

— Et pourquoi ne pas demander à Maman ? suggéra Shona. Elle a dit qu'elle serait rentrée pour le souper. »

Derk ne voyait pas bien Mara l'aider dans son humeur actuelle, mais il répondit « Bonne idée » pour ne pas faire de peine à sa fille. Peut-être que s'il prenait des pincettes pour parler à Mara, et qu'il se gardait de mentionner l'idée de la sirène pour l'instant…

Mais Mara arriva en retard au repas, avec deux petits plis au-dessus de son joli nez qui trahissaient ses propres préoccupations. Elle avait beaucoup maigri et sa chevelure était domptée en une grande tresse blonde qui pendait sur l'une de ses épaules.

« Désolée, je ne peux pas rester longtemps, annonça-t-elle. Maintenant que Querida est endormie, j'ai des centaines de choses à faire pour elle d'ici demain. Je vais devoir retourner au village ce soir pour commencer à évacuer la population.

— L'évacuer du village ? Mais pourquoi ? lui demanda Derk.

— Shona ne te l'a pas dit ? » s'enquit Mara.

Shona baissa les yeux dans son assiette pour ne pas avoir à dire que Derk était trop inquiet pour qu'elle eût pu lui parler.

« Tu sais bien que je n'ai jamais aimé l'idée qu'ils se retrouvent en plein milieu de l'affrontement final, expliqua Mara.

Tu es peut-être prudent, Derk, mais les Pèlerins ne le sont jamais, et les villageois risquent d'être blessés, même dans leurs fosses. J'ai résolu le problème en les engageant tous comme serviteurs de l'Enchanteresse. »

Derk lança sur elle un regard consterné :

« Avec quoi ? »

Les deux petits plis au-dessus du nez de Mara se creusèrent davantage.

« Comment ça, avec quoi ? »

Derk déglutit, se souvenant qu'il avait décidé d'être très prudent et diplomate ce soir. *Elle a emprunté une grosse somme d'argent à quelqu'un*, se dit-il. *Je dois prendre encore plus de pincettes.*

« Mara, se lança-t-il, tu n'es pas rémunérée pour ton rôle d'Enchanteresse. Et je dois payer une amende de 100 pièces d'or avant même d'avoir commencé. Nous n'avons pas de quoi engager tout un village. »

Mara le gratifia d'un étrange petit sourire :

« Oh, je vais me débrouiller. »

Elle a emprunté une somme colossale ! pensa Derk. *Bonté divine !*

« Tu as aussi engagé Fran Taylor et le Vieux Georges ? Je me suis donné un mal de chien pour les émacier. »

Mara poussa un gloussement.

« Fran veut rester à fouiller les ruines, mais j'adore le Vieux Georges ! Il est beaucoup trop bien pour être gâché au village. Je veux qu'il soit mon ancien amant, que j'ai épuisé au point qu'il ne lui reste plus que la peau sur les os. Cela devrait vraiment impressionner les Pèlerins. »

Derk vit ses projets de fille-sirène relégués en arrière-plan avant de disparaître complètement. Il sentait une douleur dans la poitrine. *Mara va me quitter*, se dit-il. *Elle va me quitter pour la personne à qui elle a emprunté de l'argent. Qu'est-ce que je dois faire ?* C'était sa crainte depuis toujours. Les couples de sorciers ne duraient pas. Presque tous ceux qu'il connaissait avaient divorcé au moins une fois, parfois plus. Le jeune Finn en était déjà à son deuxième mariage ; la femme de Barnabas était partie il y a des années ; même Querida avait été mariée une fois. Derk supposa tristement qu'il devait s'estimer heureux que Mara et lui eussent tenu 18 ans.

Pendant ce temps, Mara s'était retournée vers Shona :

« Shona, ma chérie, as-tu pris une décision ? J'aimerais vraiment que tu m'aides avec la maison de Tantine, encore plus maintenant que Querida est hors service. Je vais avoir besoin d'un tas de tenues ridicules à la mode… le genre de vêtements que Colette et toi êtes si douées pour inventer. Qu'en dit Colette ?

— Elle en est à son 119e bidule, répondit Shona. Il lui faut encore au moins une journée pour terminer. Elle dit qu'elle ira peut-être après. Mais… s'aventura-t-elle en jetant un coup d'œil à Derk qui broyait du noir, Maman, je ne vais pas pouvoir t'accompagner. Il n'y aurait plus que Lydda pour veiller au grain ici.

— J'ai dit que je me débrouillerai, intervint Lydda, le bec plein.

— Moi aussi, je peux aider ici, murmura Elda au milieu d'un tas de fruits. Tout le monde pense que je suis trop petite.

— Pas trop petite, mais trop jeune, lui expliqua Mara. Tu n'as que 10 ans, mon amour, et je veux que tu viennes me voir avec Colette. Et pourquoi Lydda devrait-elle s'occuper de tout à la maison ? Tu as un problème, Don, ou toi, Blade ? »

Don était assis et s'apprêtait à se mettre une côtelette crue dans le bec, tandis que Blade en tenait une à l'extrémité de sa fourchette. Ils échangèrent un regard mêlant panique et consternation.

« Ou Kit ? ajouta Mara.

— Est-ce que je peux y réfléchir ? demanda Shona avec agitation. Je viendrai peut-être quand Colette aura terminé… Et il n'y a pas de piano chez Tantine, n'est-ce pas ?

— Si, répondit Mara en se levant. Alors, c'est décidé. Je vous attends, Colette, Elda et toi, après-demain. Vous allez adorer mes tentures roses brodées ! »

Et briser la famille, se dit Derk tristement tandis que Mara partait à la hâte.

Blade essaya lui aussi de s'éclipser dès que le dîner fut terminé. Mais Shona l'attrapa par le bras et l'entraîna à l'autre bout de la cuisine, où Elda rinçait négligemment les assiettes.

« Blade, il faut absolument que tu m'aides ! murmura Shona. Tu n'as pas remarqué ?

— Remarqué quoi ? lui demanda Blade.

— Maman et Papa. Il y a quelque chose qui cloche entre eux.

— Ils se disputent tout le temps. Tu t'inquiètes trop, intervint Elda en posant trois assiettes mouillées sur l'égouttoir.

— Relave-les, lui dit Shona sans réfléchir. Mais non, c'est bien ça le problème, ils ne se disputent pas. Papa aurait dû exploser au sujet de l'argent, et il a à peine dit un mot. »

Comprenant que le temps de l'insouciance était terminé, Blade poussa un soupir :

« Oui, je vois ce que tu veux dire. »

CHAPITRE 6

Le royaume du grand prêtre Umru se trouvait au nord de Derkham et jouxtait celui du roi Luther. Monté sur Beauté, Derk descendit en direction du temple d'Anscher vers midi, ébloui par les reflets du soleil sur ses immenses dômes d'or. Partout dans la ville, d'autres dômes consacrés à d'autres dieux réfléchissaient, eux aussi, la lumière du soleil, mais le temple qu'Umru avait érigé à la gloire de sa divinité était le plus grand. *Anscher doit à coup sûr voir d'un bon œil ce grand prêtre qui a tant fait pour lui*, se dit Derk. *Peut-être Umru pourrait-il persuader Anscher d'apparaître devant les Pèlerins. Cela vaut au moins le coup d'essayer.*

« Lhummmineux, fit remarquer Beauté en descendant vers la cour principale.

— Ça, c'est bien vrai, reconnut Derk. Umru doit bien trouver quelque chose à faire de son argent. »

Il poussa un soupir tandis que Beauté se rapprochait du sol. Derk faisait tout son possible pour ne pas penser à l'argent ou à la somme que Mara avait bien pu emprunter, ou à la fille-sirène qu'ils n'auraient jamais. S'empêcher de penser à toutes ces choses laissait un vide glacial quelque part au plus profond de son esprit. *Je dois réfléchir à une créature complètement différente*, se dit-il alors que les sabots de Beauté touchaient le sol.

Des hommes à l'allure de fanatiques s'empressèrent de s'occuper de Beauté. D'autres se hâtèrent de conduire Derk devant Umru. Il fut remis à un groupe de disciples, qui le menèrent devant des prêtres, qui le conduisirent devant d'autres prêtres, qui l'accompagnèrent à l'étage d'un cloître peint à la feuille d'or où Umru attendait, souriant, dans une pièce vide baignée de soleil.

« Vous auriez pu atterrir sur mon balcon, si j'avais su que votre cheval avait des ailes, lui dit Umru. Venez. Asseyez-vous. »

Il devança Derk jusqu'à deux sièges qui ressemblaient à des trônes.

Cette pièce n'est pas vraiment vide, en fin de compte, se dit Derk en s'installant dans un fauteuil doré en bois de cèdre ouvragé. Le sol était constitué d'un motif de blocs de bois, aux essences et aux couleurs variées. Des tapis de soie d'une beauté à couper le souffle y étaient tendus de-ci, de-là. Le plafond était un chef-d'œuvre de marbre sculpté semblable à un arbre en fleur, et une foule de petites fenêtres étroites ressemblaient, elles aussi, à des arbres couverts de fruits. Entre ces ouvertures, les murs étaient incrustés de merveilles en pierre colorée. Malgré cela, la pièce était austère, parfaite pour un prêtre. *Umru est un étrange patchwork*, se dit Derk. Ses vêtements semblaient simples, mais ils devaient coûter plusieurs fois le prix de Derkham. Derk remarqua tout à coup qu'il n'avait pas nettoyé ses bottes après la traite. Et que l'un de ses poignets de chemise était effiloché.

« Je suis venu vous demander votre aide », annonça-t-il.

Il rentra le poignet fautif et recroquevilla ses pieds, assez pour cacher ses bottes sous son somptueux siège.

« Et vous pouvez m'aider, mon ami, répondit Umru. Comme vous avez dû le voir dans votre livre noir et sur vos cartes et listes, cette année, les batailles doivent avoir lieu juste à côté de ma ville, au beau milieu de mes champs et de mes fermes – en plein sur la terre que j'ai sué sang et eau pour faire prospérer. Que puis-je faire ?

— Je ne suis pas sûr que vous puissiez faire quoi que ce soit, répondit Derk.

— Une bataille par semaine pendant les trois mois à venir, ajouta Umru. Au printemps prochain, tout ne sera plus que boue.

— Oui, et j'en suis désolé, déclara Derk, mais je suis assez doué pour faire pousser les cultures. Je reviendrai lorsque les visites guidées seront terminées et je veillerai à ce que vous ayez des récoltes.

— Nous sommes voués à la famine et à la catastrophe, poursuivit Umru. Aucune graine ne sera plantée.

— Oh non, ce ne sera pas si terrible, lui assura Derk. Si vous dites à vos paysans de planter les graines, j'en ferai pousser autant que possible.

— Mon peuple se fera piétiner, les femmes violer et les enfants trucider. Il n'y aura plus personne pour planter les graines, s'emporta Umru.

— Mais, objecta Derk, vous devez avoir des centaines de caves et de cryptes où les gens peuvent se cacher ! »

Umru soupira.

« Mon ami, déclara-t-il sur un ton plus normal, je crois que vous ne voyez pas où je veux en venir. Si le Seigneur des ténèbres le souhaite, il peut certainement rendre service à un ami en déplaçant les batailles de quelques kilomètres… disons 30, en reculant le site au sud des montagnes qui bordent mon pays.

— Ce ne sera pas simple, s'empressa d'expliquer Derk. Les itinéraires ont été très soigneusement agencés pour que plusieurs groupes voient la même bataille… »

Umru soupira de nouveau.

« Combien ?

— Pardon ? »

Derk remarqua que ses doigts jouaient avec le bord élimé de son poignet. Il arrêta sur-le-champ.

« Si vous êtes en train de dire ce que je pense que vous êtes en train de dire, alors je vous répondrai que... »

Il s'arrêta net. Il avait grand besoin d'argent pour payer son amende et pour rembourser la somme colossale que Mara avait dû emprunter pour payer tous les villageois. Mais il avait surtout besoin d'un dieu, ou personne ne serait payé. Et pour cela, il lui fallait l'aide d'Umru.

« Je ne suis pas à vendre », déclara-t-il.

Le visage du grand prêtre s'effondra sur son triple menton. Il avait l'air si anéanti que Derk ajouta :

« Mais comme j'allais vous le dire, je vais voir si je peux déplacer les batailles vers le sud gratuitement. Cela ne sera pas facile, parce que tout le monde converge vers vous cette année – c'est normalement vous qui détiendrez le dernier indice sur ma faiblesse – et Barnabas est en train d'installer le camp principal pour moi. Je vais devoir lui donner de mauvaises coordonnées, lui dire que j'ai fait une erreur ou quelque chose de ce style. Mais je ferai ce que je peux. »

Umru releva la tête et fixa Derk d'un regard pénétrant.

« Vous êtes un honnête homme.

— Eh bien, pas... »

Derk s'agita sur son siège sculpté jusqu'à le faire craquer.

« Et je vous admire pour cela. Avec tristesse, ajouta Umru. J'ai vraiment beaucoup d'argent. Vous n'êtes pas obligé de faire cela gratuitement.

— J'insiste. J'ai dit que j'essaierais, protesta Derk. Mais je risque de ne pas y parvenir.

— Très honnête, soupira Umru. Mais vous avez dit que je pourrais vous aider. Comment ? »

Avec la désagréable sensation qu'Umru aurait été plus disposé à l'aider s'il avait accepté un pot-de-vin, Derk se pencha en avant dans son siège sculpté et lui expliqua l'idée de M. Chesney d'avoir une nouveauté. C'était pire que ce que Derk pensait. À peine eut-il mentionné Anscher que la tête d'Umru tomba en arrière et sa bouche dessina une grosse ligne sinistre. Plus Derk parlait, plus son auguste visage devenait glacial.

« Il s'avère que c'était dans le contrat, expliqua Derk. Je sais qu'il a été rédigé quand nous n'étions que des enfants, mais M. Chesney le considère comme légalement contraignant. Personne ne sera payé cette année si un dieu ne se manifeste pas.

— Pas même pour de l'argent, rétorqua Umru, droit sur sa chaise. C'est étrange comme chaque homme a sa limite, Derk le sorcier. Vous m'avez indiqué la vôtre. Vous venez de vous heurter à la mienne. J'ai fait beaucoup de choses pour

M. Chesney, contre de l'argent, mais en voilà une que je ne peux pas faire, sous aucun prétexte. Nous ne commandons pas les dieux. Ce sont eux qui nous commandent. Toute tentative de forcer les dieux est une indignité. »

Tout compte fait, l'homme est un prêtre dévoué ! se dit Derk. Il était persuadé qu'Umru pensait ce qu'il disait.

« Je comprends. Et je l'accepte, s'empressa-t-il d'ajouter. Mais vous pourriez peut-être me donner un indice sur la façon dont je pourrais simuler…

— Vous ne comprenez rien, sorcier, l'interrompit Umru, ou vous ne poseriez pas la question. Personne qui ait connu un dieu ne parlerait de simuler. Laissez-moi vous dire. Je n'ai pas toujours été comme ça, vous savez. Jadis, j'étais un jeune homme svelte, le benjamin de ma famille, et celle-ci n'était pas riche. Nous vivions dans les montagnes, loin au sud de cette ville. Mon père possédait quelques vaches, des chèvres et de nombreuses oies. On ne me confiait que ces dernières. Vous comprenez, si je perdais les oies, la famille ne mourrait pas de faim. J'étais considéré comme trop jeune pour m'occuper des autres animaux. Et un jour, j'ai conduit mes volailles jusqu'à une colline verdoyante pour les nourrir. J'étais assis aussi négligemment que vous l'êtes sur votre chaise, je ne pensais pas à grand-chose, je m'ennuyais, sans aucune autre ambition dans ce monde que peut-être garder les vaches, pour changer, quand Anscher m'est apparu. Aussi près de moi que vous en ce moment, sorcier, Anscher s'est tenu devant moi. Et c'était un dieu, sorcier. Il n'y avait pas le moindre doute, même s'il était indescriptible. Il m'a souri. Il ne m'a même pas demandé mon nom. Il ne m'a jamais rien demandé. Il s'est juste tenu devant moi, m'a dit "Je suis Anscher, ton dieu" et m'a souri. »

Le regard d'Umru se perdit dans les profondeurs de la salle vide. Derk aperçut des larmes dans les yeux du prêtre.

« La splendeur de cette apparition, poursuivit Umru après un moment, m'accompagne à chaque instant, chaque jour de chaque année depuis que je suis prêtre, dans tout ce que je fais. J'ai toujours espéré qu'il apparaîtrait à nouveau, mais il ne l'a jamais fait, sorcier. Jamais. Quand je suis devenu grand prêtre et que j'ai commencé à élever Anscher au-dessus des autres dieux, j'ai transformé la colline où il m'est apparu en sanctuaire. J'y ai fait ériger un autel. Maintenant que j'y repense, c'était présomptueux. En faisant cela, j'ai essayé de l'obliger à se manifester une nouvelle fois, et c'était une erreur. Il ne m'apparaîtra plus. Je suis trop fier, trop vieux, trop gras. Non, il ne viendra pas. »

Umru se tut et resta assis, le regard perdu, des larmes ruisselant sur ses grosses joues. Derk le regardait, mal à l'aise. Il était assis à observer Umru rester impassible, les yeux dans le vague, si longtemps que le sorcier se demanda s'il ne devrait pas simplement se lever et partir sur la pointe des pieds. Mais tout à coup, Umru sourit, sécha ses larmes avec la manche de ses luxueux habits et dit :

« Je crois que c'est l'heure du déjeuner. Vous joindrez-vous à moi, sorcier ? »

Décontenancé, Derk réussit à balbutier :

« Ce… ce serait un honneur. »

Umru frappa dans ses mains potelées. À la seconde, un groupe de jeunes garçons, qui de toute évidence attendait son signal à l'extérieur, fit irruption avec une table pliante, des gobelets, des pichets, des assiettes et des plateaux de nourriture. Les plateaux étaient vraisemblablement en or. Les verres étaient en cristal raffiné. Les mets sentaient divinement bon. Derk avait oublié que les fidèles d'Anscher ne mangeaient pas de viande, mais les différents plats étaient si somptueusement préparés qu'il remarqua à peine qu'ils n'étaient composés que de légumes. Il glissa un délicieux friand dans sa poche pour le montrer à Lydda. Et quand les garçons revinrent au pas de course chargés de saladiers remplis de fruits, Derk aurait voulu emporter les plus exotiques pour Elda, mais il n'osa pas, pas après le friand.

« Essayez celui-ci, sorcier, lui suggéra Umru. C'est un fruit que vous n'avez jamais goûté de votre vie. Je les ai achetés à l'une des voyagistes de M. Chesney. Nous faisons souvent de petits échanges à côté, vous savez. Elle appelle ça des oranges, il me semble.

— Elles le sont, confirma Derk. Orange, je veux dire. »

Umru éclata de rire.

« Il faut enlever l'extérieur, expliqua-t-il. Comme ça. Et l'intérieur se sépare en morceaux, comme si l'un de leurs dieux les avait conçues pour qu'on puisse les manger. C'est remarquable, n'est-ce pas ?

— Hmm. »

Derk n'était pas sûr d'aimer leur goût acidulé prononcé, mais il était sûr qu'il plairait à Elda.

« Prenez-en une pour chez vous, proposa Umru généreusement. J'en ai deux douzaines. Et elles ne m'ont coûté que quatre pièces d'or. »

Alors que Derk soupesait le globe orange dans sa main, en se disant que cette chose lui rappelait l'un des premiers bidules de Colette, Umru ajouta :

« Elles ont des pépins. La jeune femme m'a dit qu'elles se développeraient bien dans un climat chaud et sec. Je crois qu'elles poussent sur des arbres, comme les pommes.

— Ah. »

Derk leva les yeux pour voir qu'Umru souriait d'un air entendu.

« Je pourrais en acheter autant que vous pourriez en cultiver », expliqua-t-il.

Il frappa de nouveau dans ses mains et les garçons apportèrent de l'eau et des serviettes. En lavant le jus acide de ses doigts, Derk se rendit compte qu'il lui suffirait de deux arbres, à deux pièces d'or par douzaine de fruits, pour gagner assez d'argent pour payer son amende. Mais il leur faudrait peut-être des années pour pousser. Umru le regarda du coin de l'œil tandis qu'ils se séchaient les mains, d'un air incertain.

« J'ai… euh… un autre petit service à vous demander, sorcier, quelque chose de plus proche de ce que vous faites habituellement pour moi.

— Allez-y, l'encouragea Derk.

— J'aurais besoin d'une quarantaine de têtes fraîchement coupées pour les planter sur des piques un peu partout dans la ville quand les groupes arriveront, expliqua Umru. Cette année je suis le prêtre qui décapite les hérétiques. Pourriez-vous… ?

— Aucun problème », répondit Derk.

Umru eut l'air si soulagé que le sorcier comprit qu'il avait été réellement inquiet que son refus d'aider avec son dieu n'eût contrarié Derk au point de ne plus vouloir faire de la magie pour lui.

« Je vous promets de déplacer les batailles si je le peux », lui assura Derk.

Umru se hissa sur ses pieds.

« Comme je vous l'ai dit, chaque homme a sa limite », prouvant à Derk qu'il avait raison.

Il conduisit le sorcier à l'extérieur et descendit un escalier raide. C'était presque comme lors des visites habituelles de Derk. Jusque-là, le sorcier s'était senti perdu. Personne n'avait jamais essayé de le corrompre, et il ne savait pas comment appréhender les expériences religieuses d'Umru ; mais il savait à quoi s'attendre quand il était question de jeter un sort à une tête de mouton ou autre. Puis il aperçut ce qu'Umru avait mis de côté pour lui, empilé dans une petite cour en contrebas. Derk regarda fixement le tas de vieux crânes humains couleur ocre et déglutit.

« Où… ? »

Umru sourit.

« Nous les avons pris dans les catacombes. Tous d'anciens prêtres. J'espère qu'ils ne vous inquiètent pas.

— Pas du tout », mentit Derk.

Il prit une profonde inspiration et se mit au travail. C'était le genre de choses pour lequel il était doué et il avait tellement l'habitude qu'il aurait pu le faire les yeux fermés. D'ailleurs, il ne tarda pas à les clore et les garda ainsi pendant presque toute la manœuvre. Entre ses mains, les crânes redevinrent les individus qu'ils avaient été, mais sans leur corps.

L'expérience ne semblait plaire à personne. La plupart d'entre eux lançaient à Derk un regard plein de reproches. Lorsqu'il rouvrit un instant les yeux, il vit Umru acquiescer et sourire joyeusement. Même les yeux fermés, le sorcier se sentait assez mal en point quand il eut terminé.

« Belle quantité de sang, dit Umru. Formidable. Espérons que le temps reste froid. Le tarif habituel ? »

L'espace d'une seconde, Derk fut tenté de lui demander 100 pièces d'or. Il estimait les avoir méritées. Umru avait les moyens. Mais il ne supportait pas l'idée de marchander à côté du tas de têtes sanguinolentes, qui pour la plupart le regardaient encore avec des yeux mi-clos vindicatifs.

« Le tarif habituel », convint-il avec empressement.

Il prit l'argent et battit en retraite dans la cour principale, où les fanatiques attendaient avec Beauté.

« Ce cheval est à vendre ? lui demanda l'un d'eux avec avidité.

— Non ! » aboya Derk.

Il se sentait encore barbouillé quand Beauté prit son envol. Le bond qu'elle fit en s'élançant dans les airs fut presque insoutenable.

« Àh la maihson ? » demanda Beauté, pleine d'espoir.

Derk déglutit.

« Non. Fais un petit détour par l'est. Je dois aller jeter un coup d'œil au champ de bataille. »

Et me calmer, se dit-il. La journée avait été éprouvante.

Sans discuter, Beauté prit un virage après avoir franchi les dômes de la cité et survola la campagne. Ils parcoururent des rangées bien ordonnées d'arbres fruitiers, de vignes et de légumes qui épousaient le relief du terrain, des champs verts, de chaume et bruns qui avaient été fraîchement labourés, des bois, des prairies et des haies. Tout était vert bronze et brumeux dans la lumière du soleil couchant, et impeccablement entretenu. Le paysage était traversé par une rivière dont les courbes généreuses rappelaient à Derk le ventre d'Umru, son dragon-dauphin et puis la fille-sirène qu'il n'aurait jamais. Il se dit d'un ton sévère que l'idée de Shona de créer un pigeon voyageur intelligent était beaucoup plus pragmatique et il commença à se sentir un peu mieux. Il comprenait pourquoi Umru était prêt à tout pour que les batailles eussent lieu ailleurs. C'était certainement l'une des plus belles terres agricoles qu'il eût jamais vues. Il devait déplacer le champ de bataille. Enfin un élément positif dans cette journée – et il avait gagné un nouveau fruit. Mais il n'avait toujours ni dieu ni démon. Il poussa un soupir.

« Direction la maison », dit-il à Beauté.

Elle fit demi-tour, franchit la rivière et mit le cap vers le sud, redoublant de vitesse. Elle avait toujours hâte de retrouver Joli. La ligne bleue des montagnes se rapprochait à chaque battement d'ailes. En peu de temps, les montagnes se transformèrent en une succession de collines isolées, avec des champs cultivés ponctués de pointes escarpées, recouvertes de bruyères ou d'herbe vert-de-gris. Sur la gauche, un promontoire vert émeraude joliment arboré de bosquets attira l'attention de Derk. À mesure que Beauté s'en rapprochait, il apercevait un minuscule rectangle blanc au milieu de la verdure. On aurait dit un autel.

« Attends une seconde, ordonna-t-il à Beauté. Peux-tu te poser juste un moment à côté de cette chose blanche ? »

La jument fit claquer sa queue de façon circulaire pour signifier son mécontentement, mais elle descendit sans discuter vers la gauche et atterrit en douceur, dans de hautes herbes tendres.

Derk mit pied à terre dans une petite prairie entourée d'arbres. Les feuilles dessinaient un magnifique camaïeu automnal de tons roux, vert foncé et jaune vif. L'herbe avait été coupée, mais pas à ras, juste assez pour permettre à toutes sortes de fleurs de pousser. Des abeilles les butinaient. Beauté s'empressa de baisser la tête et s'éloigna pour brouter. L'espace d'un instant, Derk resta immobile. Il sentait le calme s'élever de chaque racine et l'envahir par les pieds, emplissant son corps d'une sorte de douceur. Toutes les préoccupations liées au poste de Seigneur des ténèbres semblaient insignifiantes et faciles à résoudre. Au bout d'une minute, il alla jusqu'à la structure blanche. Comme il l'avait deviné, c'était un petit autel sobre. En lettres ordinaires, on pouvait lire sur le côté « Don d'Umru à la gloire d'Anscher ».

« Je me disais bien que ça devait être l'endroit », murmura Derk.

Il ne voyait pas de mal à demander l'aide d'Anscher. Il commença à expliquer, avec des mots simples, et bien plus calmement qu'il ne l'avait exposé à Umru, que M. Chesney exigeait que l'effet spécial de cette année fût un dieu.

« Et si nous ne produisons rien, ajouta-t-il, personne ne sera payé. Je sais que cela peut sembler très prosaïque, mais cela veut dire que des batailles feront rage sur ces terres fertiles et que des gens seront tués sans raison. Tant d'efforts réduits à néant, vous comprenez ? »

En continuant à parler, Derk sentit que le petit autel et lui se trouvaient au centre d'une sorte de cône d'attention. C'était un grand cône, dont le point central était situé dans la prairie, tandis que le reste se déployait vers le ciel – enfin, pas exactement vers le ciel, se dit Derk : plutôt vers l'extérieur, au-delà de toute dimension à portée des humains. L'attention était plus vivante que tout ce que Derk avait connu, et elle était forte comme une lumière vive. L'espace d'un instant, il était persuadé qu'on l'écoutait. Mais personne ne répondit.

« S'il vous plaît, implora Derk. Y a-t-il quoi que ce soit que vous puissiez faire ? Quoi que ce soit ? »

Aucune réponse. Au bout d'un moment, il perçut le cône se dissiper tout doucement, avec prévenance. Il soupira :

« Tant pis. Cela valait la peine d'essayer. »

Il tourna les talons et s'aventura dans l'herbe. Il sentit l'épuisement le gagner. Il n'avait jamais été aussi exténué. Chaque pas dans l'herbe lui demandait un effort.

Beauté leva la tête quand Derk arriva à sa hauteur en se traînant.

« Bhel herbhe, fit-elle remarquer. Bhonnes fleurs. »

Ce qui avait épuisé Derk avait eu l'effet contraire sur la jument. Il n'avait jamais vu ses yeux aussi vifs ou sa robe aussi brillante. Chaque plume de ses grandes ailes noires resplendissait de santé.

Il se hissa sur son dos en se couchant à plat ventre sur elle et en l'escaladant.

« Maison », dit-il en haletant.

Et Beauté s'élança dans les airs avec détermination.

Ils franchirent les montagnes. Ils survolèrent la lande et le grand désert magique qui servait principalement à perdre les Pèlerins, et amorcèrent leur descente, au coucher du soleil, vers les terres plus grossièrement cultivées au nord de Derkham. Derk avait récupéré, mais il était toujours assez fatigué pour que, quand ils virent une auberge à la croisée de deux chemins, il sentît tout à coup l'envie de se reposer et de déguster tranquillement une pinte de bière avant de rentrer à la maison et de s'occuper de tous les nouveaux messages apportés par pigeons. Il connaissait cette auberge. Il connaissait son propriétaire, Nellsy, qu'il n'appréciait guère. C'était un râleur. Mais il faisait de la bonne bière.

« Pose-toi à côté de cette auberge », indiqua-t-il à Beauté.

La jument tourna la tête pour le fixer de son gros œil brun bleuté.

« Vheux vhoir Johli.

— Bientôt. Je bois juste un verre rapide », répondit Derk.

Elle poussa un soupir avant de descendre vers la cour de l'auberge.

Alarmés, les deux chevaux d'attelage qui s'y trouvaient reculèrent et ruèrent. Ils n'avaient pas l'habitude de voir d'autres chevaux arriver du ciel. Nellsy leur hurla de se tenir tranquilles. Il était occupé à charger en tonneaux, chopes et chaises la voiture à laquelle les chevaux étaient attelés. En se dirigeant vers le véhicule, Derk aperçut au milieu du chargement un canapé et un matelas.

« Bonsoir, Nellsy, dit-il. Qu'est-ce que tu fais ?

— Je ferme l'auberge. Je mets les voiles, répondit Nellsy. C'est mon dernier chargement. Ma femme est partie avec le reste ce matin. Je suis pile sur l'itinéraire des groupes et il est hors de question que je reste pour voir les lieux se faire piller par des loups-garous ou je ne sais quoi.

— Je crois que la plupart des groupes arriveront à Derkham par l'est, rectifia Derk, et les loups-garous doivent attaquer dans le nord. Tu ne devrais pas avoir de problèmes ici.

— Je ne peux pas compter là-dessus. Ces imbéciles de Guides-Sorciers se perdent sans arrêt, rétorqua Nellsy. Et je n'ai pas non plus l'intention de rester là à leur indiquer le chemin. Tu voulais à boire ?

— Oui, admit Derk.

— Vas-y. Sers-toi. Il reste un fût, lui dit Nellsy. Désolé, je ne peux pas rester pour te servir, je suis déjà en retard. Il sera minuit passé quand j'arriverai avec tout ça chez la sœur de ma femme et cette peau de vache sera déjà couchée, prétextant qu'elle pensait que j'arriverais demain et il n'y aura rien à manger pour moi… »

Derk laissa Nellsy en train de râler pour se rendre dans la taverne. Elle était presque vide. Les tables et les bancs avaient disparu et la cheminée était éteinte. Ses bottes résonnèrent sur le sol quand il pénétra dans le bar. Quelqu'un avait balayé le sol, et l'avait peut-être même récuré. Sans son habituelle couche de sciure et de détritus, le plancher en chêne était superbe. Derk décrocha la dernière chope en étain cabossée et réussit à la remplir aux trois quarts avant que la lie ne sortît. Puis il regagna l'extérieur d'un pas lourd pour s'asseoir et profiter du dernier rayon de soleil en regardant Nellsy fixer son chargement à l'aide de cordes et quitter les lieux. Il n'aurait pas été Nellsy s'il n'était pas parti dans une fanfare de jurons, de heurts de sabots et de grincements d'essieux mal huilés. Enfin, il s'en était allé. Le calme revint dans la cour et la poussière retomba au sol. Beauté avait trouvé quelques brins de foin qui dépassaient du mur de la grange et tirait dessus avec nonchalance. Le cliquetis de sa sellerie faisait ressortir le silence. C'était un bruit si insignifiant.

Derk but. Rasséréné, il réfléchit. Les idées semblaient traverser son esprit comme la poussière qui se redéposait sur le plancher. Pas de dieu. Plus que trois jours avant le début des visites, et pas de démon non plus. Il allait devoir en invoquer un lui-même. Bientôt. Dangereux. Mais il avait eu des années d'expérience de la sorcellerie depuis le fiasco du démon bleu, et il pensait en savoir assez maintenant pour gérer, tant que personne d'autre ne risquait d'être blessé. Il avait besoin d'un lieu désert avec un sol lisse pour y dessiner des symboles à la craie. Comme cette auberge. C'était idéal. Elle était assez près de Derkham pour qu'il pût s'y téléporter en trois fois. Et lorsque le démon serait là… eh bien, Anscher avait poliment refusé de lui prêter main-forte, mais les démons avaient la réputation de prendre un malin plaisir à se faire passer pour des dieux. Supposons qu'il soumît cette idée au démon pour le remercier d'avoir gardé la citadelle du Seigneur des ténèbres…

Derk versa le fond de sa bière par terre et se leva. Mieux valait s'y atteler ce soir avant qu'il n'en eût plus le courage. Les incantations se faisaient plutôt la nuit. Avant cela, il devait ramener Beauté à la maison et, surtout, consulter ses livres pour savoir comment on invoque un démon.

CHAPITRE 7

« Où est Papa ? demanda Elda en fin de journée. Il avait promis de jeter un coup d'œil à mon histoire. »

Tout le monde à l'exception de Colette était assis ou allongé sur la vaste terrasse, à profiter de la douceur du coucher de soleil.

« Il est rentré, répondit Blade. Il m'a demandé de frictionner Beauté.

— Il n'a pas mangé le dîner que je lui ai mis de côté », ajouta Lydda.

Shona, occupée à cirer sa harpe de voyage, leva les yeux :

« Alors il doit être dans son bureau. Je lui ai laissé au moins dix messages urgents acheminés par pigeons.

— Je vais aller l'interrompre, dans ce cas, lança Elda.

— Mais vas-y ! » répondirent-ils tous en chœur pour avoir la paix.

Le calme était à peine revenu quand Elda apparut par la porte d'entrée en poussant des cris stridents :

« Il n'est pas là ! Il est parti invoquer un démon ! Regardez ! »

Elle leur tendit un fruit qui brillait d'une lueur orange dans le crépuscule.

« Depuis quand une pomme veut dire qu'on invoque un démon ? l'interrogea Kit.

— En dessous, imbécile ! Il est planté dans ma serre ! trompeta Elda.

— Tu as planté ta serre dans un démon ? lui demanda Don.

— Aah ! » hurla Elda.

Elle s'assit, posa délicatement le fruit orange sur la terrasse et brandit les serres de sa patte droite où l'on pouvait voir un bout de papier planté sur celle du milieu.

« Que quelqu'un me l'enlève. En faisant attention. »

Blade s'y colla et dégagea le mot. À la lumière qui entrait par la porte, il lut dans l'écriture à peine lisible de son père :

« "Elda, voici un nouveau fruit pour toi. Mets-moi de côté l'écorce et les pépins et je jetterai un coup d'œil à ton histoire demain. Je dois passer la nuit à l'auberge de Nellsy." Il n'est pas question de démons, Elda.

— Viens voir, insista-t-elle d'un ton solennel. »

Blade lança un regard à Don :

« C'est ton tour. »

Don claqua du bec et se leva :

« Où ça ?

— Dans son bureau, imbécile ! » aboya Elda.

Elle rentra dans la maison au pas de course avec Don traînant nonchalamment derrière elle. Blade entendit le cliquetis de leurs serres monter les escaliers et espéra que cela mettrait un terme à tout ce remue-ménage. C'était typique d'Elda. Il avait presque oublié le problème quand Don réapparut, marchant sur trois pattes, et battant nerveusement de la queue.

« Elle a peut-être raison au sujet du démon, annonça-t-il. Il n'est pas à la maison et il y a quatre livres de démonologie et un grimoire ouverts sur son bureau. Tiens, Lydda. Il a laissé ça pour toi. C'était sur le grimoire, en train de faire une tache de gras sur la page. »

Il tendit à Lydda un friand sur un morceau de papier.

Lydda se redressa sur son arrière-train pour prendre le friand. Elle le renifla avant de planter délicatement le bout de son bec dans la pâte.

« Des carottes, du basilic, des œufs, murmura-t-elle dans le tréfond de sa gorge. Du safran. Un autre ingrédient que je n'arrive pas à reconnaître. C'est élégant. »

Puis elle se souvint qu'elle devait regarder le bout de papier.

« On voit tes priorités, Lydda, lança Kit. Que dit-il ?

— Simplement : “Cela a l’air d’être le plat préféré du grand prêtre Umru. Mets-moi de côté de quoi dîner. Il faut être à jeun pour invoquer un démon.” C’est vrai ? demanda Lydda. On ne peut rien manger avant de faire apparaître un démon ?

— Oui, répondit Kit, qui n’en savait rien. J’ai l’impression que ce n’est pas un boulot pour toi. »

Lydda l’ignora.

« Où est Elda ?

— Dans la cuisine, en train de faire tout un foin et de manger son fruit, répondit Don. Elle s’est mis dans la tête que le démon allait tuer Papa. Je lui ai dit de ne pas raconter n’importe quoi.

— De toute façon, on ne peut rien y faire », déclara Kit.

Ils s’installèrent à nouveau dans le crépuscule, tous un peu inquiets. Mara leur avait raconté l’histoire du démon bleu il y a longtemps, mais comme l’avait dit Shona, il était un peu tard pour stopper Derk. Le rose du coucher de soleil s’évanouit dans la pénombre et leur inquiétude disparut avec lui. Le soir était trop paisible.

Quelque temps après, Colette se hissa jusqu’en haut des marches dans l’obscurité et déposa triomphalement un énorme baluchon cliquetant sur la terrasse :

« Et voilà. Fini ! 126 bidules ! J’ai dit que j’aurais terminé avant la nuit et j’y suis arrivée !

— Tant mieux, remarqua Shona. Je ne voulais pas te faire paniquer, mais on a reçu un message aujourd'hui pour dire que le dragon viendrait les chercher demain. On peut les voir ? »

Colette n'était que trop heureuse d'exhiber ses bidules. Remplie de fierté, elle déballa le drap qui les entourait.

« Elda est revenue ? » demanda-t-elle.

Toutes les têtes penchées pour inspecter le tas étincelant se relevèrent pour fixer Colette à la place.

« Comment ça ? l'interrogèrent-ils à l'unisson.

— Elle s'est envolée pour la vallée pendant que j'électrifiais le dernier bidule, expliqua Colette. Elle parlait en boucle de Papa et d'un démon, mais je ne l'ai pas écoutée. C'était une manipulation délicate.

— Et c'était quand ? » demanda Kit nerveusement.

Colette haussa les ailes.

« Il y a une trentaine de minutes ? Il faisait encore jour.

— Que quelqu'un aille vérifier qu'elle n'est pas dans la maison, aboya Kit. Les autres, on fouille le terrain. »

Colette eut un autre haussement d'ailes et remballa son baluchon. Elle le rapporta dans son abri, puis, pendant dix minutes, elle resta tranquillement assise sur la terrasse tandis que les autres couraient dans tous les sens en appelant Elda.

« Je pensais bien qu'elle n'était pas encore rentrée, dit-elle quand ils revinrent tous essoufflés. C'est pour ça que j'ai posé la question. De mon abri, je l'aurais vue arriver.

— Si elle est allée à l'auberge de Nellsy, déclara Shona, c'est à 25 ou 30 kilomètres et il fait presque nuit maintenant ! Si elle se perd, Papa ne nous le pardonnera jamais !

— Ou si elle tombe nez à nez avec un démon, ajouta Blade.

— Allons-y, lança Kit. Nous volerons à sa recherche. Shona et Blade, restez ici au cas où elle rentrerait.

— Ah non, répliqua Shona. Nous n'avons pas d'ailes, mais nous y allons aussi.

— Alors, va chercher la vieille balançoire », ordonna Kit à Don, qui s'exécuta.

Lydda se retourna et partit au galop dans la direction opposée, vers la maison.

« Où vas-tu ? l'interrogea Kit.

— À l'étage, lui cria Lydda par-dessus son épaule. Je décolle mieux depuis une fenêtre.

— Mais, c'est pas vrai ! Trop grosse pour décoller du sol ! lâcha Kit avec dégoût. On ne t'attend pas », hurla-t-il à Lydda.

Don revint au pas de course en traînant la vieille balançoire par ses cordes. Il la déposa au bord de la terrasse et Shona s'empressa de s'y asseoir. Blade s'assit sur ses genoux. Il eut l'idée de se téléporter auprès d'Elda, mais il risquait de se perdre lui aussi et de causer encore plus de problèmes. Il tendit l'une des cordes à Kit, qui l'enroula autour de ses serres, bien que Derk le leur eût interdit à tous les deux quand Blade avait 10 ans et Kit 11, et que ce dernier avait fait tomber Blade dans un arbre.

« Prête ? demanda Kit à Colette.

— Prête », répondit celle-ci en saisissant l'autre corde.

Blade et Shona s'agrippèrent aux cordages de toutes leurs forces.

« Ne te contente pas de la tenir, Kit, entoure-la autour de tes poignets, lui ordonna Shona nerveusement.

— C'est pas au vieux griffon qu'on apprend à faire ce genre de choses, rétorqua Kit. Je vais compter jusqu'à trois. Colette, à mon signal… Un, deux, trois ! »

Lydda apparut à la fenêtre de la chambre au moment où les deux grands griffons s'envolaient, et la brise de leurs ailes faisait se dresser la frange de Blade et plaquait les cheveux de Shona dans ses yeux. Quand la balançoire racla le sol, vacilla et s'envola, elle aussi, Lydda s'élança. Elle agita les ailes de toutes ses forces.

« Alléluia ! Regardez Lydda ! lança Don en s'élevant avec aisance à côté de la balançoire. Ça va, tous les deux ?

— Oui », répondit Blade alors qu'il ne sentait déjà plus ses mains.

Derk avait dessiné un cercle et un pentacle sur le sol de la taverne et il ajoutait des signes et des symboles à la lueur de l'une de ses lanternes. L'autre était sur le bar, posée sur les notes dont il avait cruellement besoin. La première indication en haut de la page du dessus disait « POUR FAIRE DISPARAÎTRE UN DÉMON EN CAS DE PROBLÈME », la suivante indiquait « À PRONONCER EN CAS D'AUTRES PROBLÈMES », et la troisième « POUR ATTACHER UN DÉMON EN TOUTE SÉCURITÉ ». Ce n'était qu'après tout cela que les notes en venaient aux signes et aux mots qui allaient lui être utiles.

Se déplaçant de plus en plus vite à mesure que sa nervosité grandissait, Derk faisait des allers-retours entre les notes et le sol. Quand il en eut fini avec les signes et symboles, en tenant la lanterne pour s'assurer que tout était correct, il se rendit compte qu'il courait autour du cercle comme un lapin apeuré. Il se força à ralentir, ce qui lui fit presque perdre son calme, et il n'arrivait pas à se décider à allumer les bougies.

Mais il s'y obligea. Il embrasa cinq nouvelles flammes, chacune en prononçant un mot, et quatre flammes gardiennes. Il recula jusqu'au bar et posa sa lanterne à côté de l'autre. Puis, à l'aide du papier qui devenait moite dans sa main, sur lequel il l'avait écrite, il commença l'invocation. Tout se déroula de façon très étrange. Au début, c'était comme s'il oubliait chaque mot entre ses yeux et sa bouche, et quand il s'en souvenait et le prononçait, ce mot semblait entraîner son cerveau avec lui. Puis, à peu près à la moitié, comme s'il avait passé un point de résistance maximale, tout devint simple. Un peu trop simple. Les mots déferlèrent dans sa tête et sortirent tout seuls par sa bouche comme s'il les prononçait tous les jours, et non pas comme quelque chose qu'il n'avait pas fait depuis 20 ans. Derk se souvenait vaguement qu'il s'était passé la même chose à ce moment-là, mais il était trop tard pour faire marche arrière. On ne s'arrête pas en pleine invocation de démon.

Il arriva jusqu'au bout, moment où il dut répéter le nom du démon trois fois. Derk s'était décidé pour un démon de taille moyenne du nom de Maldropos, qui était, d'après le livre, un démon relativement serviable. Il ouvrit la bouche pour dire son nom. Mais il n'y parvint pas. Tandis qu'il restait ébahi en avalant sa salive, les bougies vacillèrent et n'émirent plus que des étincelles. Le pentacle se mit à briller d'une intense lumière bleue.

Oh non ! se dit Derk. *Ça recommence ! Où ai-je bien pu me tromper ?*

Toujours incapable de prononcer un mot, il recula contre le bar, qu'il aurait bien voulu traverser pour s'accroupir entre les fûts qui se trouvaient de l'autre côté. C'était comme si on lui épluchait les yeux comme l'une des oranges d'Umru. Il lui était impossible de détourner le regard du bleu qui émanait des signes magiques. C'était un magnifique bleu dans son genre. Dense et foncé, mais aussi lumineux et pâle, comme une parfaite journée de printemps superposée à une nuit étoilée. C'était absolument terrifiant. Le bleu s'élevait encore et encore, et plus il s'élevait, plus il devenait dense et épais. Derk sentit ses dents s'entrechoquer. Il voulut tendre la main pour chercher ses notes sur le bar, mais se rendit compte qu'il ne pouvait pas bouger. Le bleu était un nuage en forme d'étoile, qui atteignait quasiment les poutres du plafond. Derk savait qu'il devait le faire disparaître maintenant, avant qu'il ne se libérât du pentacle. Mais il était toujours pétrifié.

Le nuage bleu frémit et dessina une forme allongée ressemblant à une jambe, qui se dégagea des signes d'un mouvement brusque et avança précautionneusement sur les marques dessinées à la craie. Un autre fragment en forme de jambe émergea, se sépara d'un coup sec et avança derrière le premier, puis un troisième. Derk s'attendait à en voir un quatrième, mais il n'en fut rien. À la place, une longue queue bleue annelée, comme celle d'un rat, se traînait sur le sol, de-ci, de-là, balayant les signes avec dédain.

« *Tu en as mis du temps* », tonna le démon.

Derk ne savait pas si la voix qu'il entendait se trouvait dans sa tête ou dehors.

« *Pourquoi as-tu mis 20 ans à me rappeler ?*

— Par peur, je suppose », s'entendit dire Derk.

Il regarda le reste du démon. C'était un gros nuage bleu, mais le sorcier aurait juré y voir une tête ponctuée de trois yeux sarcastiques et impitoyables. Il voyait les bougies brûler de flammes gigantesques à présent, derrière et à travers le démon. Sa force l'aplatit contre le bar. *Pourquoi moi ?* se demanda-t-il. *Pourquoi MOI ?*

« *Parce que tu es plus facilement mis à l'écart que les autres sorciers, évidemment* », lui répondit le démon.

Cela ne rassura pas Derk que le démon pût lire dans ses pensées.

« *Il est hors de question de me passer ces liens insupportables. Tu allais essayer de me confier une tâche, n'est-ce pas ?*

— Pas exactement, enfin, pas à vous. Je voulais un plus petit démon pour garder ma maison quand je devrai la transformer en citadelle », s'entendit répondre Derk.

De toute façon, puisque le démon pouvait lire dans ses pensées, autant les dire à voix haute.

« Pour apparaître et menacer les Pèlerins. Vous comprenez.

— *Ridicule !* tonna le démon. *Et c'est pour ça que tu m'as fait venir ici ? Pour faire des apparitions et des grimaces ? Les sorciers n'ont-ils rien de sérieux à faire de nos jours ?*

— Ils sont souvent trop occupés à courir après les Pèlerinages de M. Chesney, expliqua Derk.

— *Oui, c'est ce que me disent les démons inférieurs.* »

L'appendice caudal du démon ondula avec dédain. Il fit un pas en direction de Derk sur ses trois membres agiles comme des jambes. Le bar grinça sous le poids du sorcier. Derk avait l'impression de s'étaler sur le bois comme du beurre. Il n'avait jamais, ô grand jamais, rencontré un être aussi puissant. Il se prépara à se faire dévorer, de manière horrible – peut-être digéré d'abord.

« *Non, je n'ai pas l'intention de te manger*, déclara le démon. *Pas encore.* »

Derk savait qu'il riait. Son rire traversait son corps tout entier, par à-coups, ébranlant chacun de ses nerfs. Les démons adoraient s'amuser avec les humains.

« *Et je ne veux pas non plus ton âme*, ajouta le démon. *Pas encore. J'ai d'autres chats à ébouillanter. Quand j'en aurai terminé, je reviendrai te faire payer pour m'avoir laissé pénétrer dans ce plan.*

— C… comment ? lui demanda Derk.

— *Comment ? En infestant ta maison, bien sûr. N'est-ce pas ce que tu voulais ?* » s'enquit le démon.

S'agit-il d'une menace ou d'une promesse ? s'interrogea Derk. *Cela a-t-il une importance ?*

« Quand… quand comptez-vous revenir ?

— *Quand ce sera le pire moment pour toi*, rétorqua le démon. *Compte les jours d'ici là.* »

Après ces mots, il grandit à nouveau, se gonflant vers le haut jusqu'à ce que Derk ne vît plus que ses trois jambes fantasmagoriques et sa queue qui se tortillait comme un ver. Puis, pendant un moment interminable, la queue et les jambes du démon s'immobilisèrent. Cela sembla durer une éternité à Derk. Il était contraint par sa présence de se tenir là, écrasé contre le bar, entre ses deux lanternes vacillantes.

Et tout à coup, le démon avait disparu. La taverne semblait plus sombre maintenant que le bleu s'était évanoui, malgré la lueur chaleureuse des bougies, et bien plus ordinaire. Derk n'était plus écrasé contre le bar. Soulagé, il tomba à genoux et prit de grandes bouffées d'air avant de se rendre compte qu'il se sentait rabaissé, plus petit qu'il ne s'était jamais senti dans sa vie.

Au bout d'une minute, Derk réalisa qu'il n'avait pas, même l'espace d'un instant, pensé de près ou de loin à demander au démon de se faire passer pour un dieu. Apparemment, un dieu et un démon ne pouvaient pas se retrouver simultanément dans un même esprit.

Pendant ce temps, l'expédition de secours n'était pas une partie de plaisir. Descendre la vallée avait été facile pour les griffons, même pour Lydda. Il leur suffisait de planer. Mais à mesure qu'ils gagnaient de la vitesse, la balançoire qui transportait Shona et Blade basculait de plus en plus vers l'arrière, les précipitant tous les deux vers le bas. Ils s'accrochaient aux cordes avec l'énergie du désespoir. Seule la vitesse de vol semblait les plaquer à leur siège.

« Je crois que je ferais mieux de me téléporter, tout compte fait ! haleta Blade.

— Si tu fais ça, je vais tomber. Reste assis ! » aboya Shona.

Blade comprit qu'elle avait raison. Et ils étaient assez haut pour que sa sœur risquât de se blesser gravement. Puis, quand ils se redressèrent et volèrent en rase-mottes au-dessus des champs sombres, Kit et Colette commencèrent à sentir la fatigue. Aucun des deux n'avait beaucoup volé ces derniers temps. Blade sentit qu'ils faisaient tout leur possible pour ne pas haleter aussi fort qu'ils l'auraient voulu. Par-dessus le marché, Colette, même si elle était énorme en comparaison avec des humains, était loin d'être aussi grande et forte que Kit. Ce dernier essayait de voler lentement, pour se caler sur son allure, mais il atteignait sans cesse sa vitesse de décrochage et devait accélérer, tandis que Colette battait des ailes avec acharnement, ce qui agitait la balançoire dans tous les sens.

Blade s'accrochait en voyant les touffes d'herbe grises défiler sous ses pieds et espérait qu'ils retrouveraient vite Elda. Sur le côté, Don, qui était d'une nature athlétique, faisait des allers-retours pour inspecter de plus près chaque zone plus claire, au cas où il s'agirait de la robe dorée d'Elda. Blade entendait Lydda qui essayait de faire la même chose de l'autre côté en émettant des sons qui tenaient plus d'une scie que d'un griffon.

Blade découvrit que voler de nuit donnait horriblement froid. Shona n'arrêtait pas de marmonner :

« Je crois que je glisse. Mon Dieu, ce que tu es lourd ! Mon Dieu, ce que tu es osseux ! »

Après ce qui sembla être un siècle de souffrance, Kit annonça d'une voix pantelante :

« Voilà l'auberge !

— Elle a dû arriver jusque-là, alors, en conclut Don qui dépassa Colette en tournoyant.

— Allons vérifier », haleta Kit.

Suspendu bien en dessous de Kit, Blade n'aperçut l'auberge qu'un peu plus tard, quand la balançoire franchit une haie et que le bâtiment se découpa au loin dans le ciel totalement noir, à peine éclairé. À côté de lui, Shona demanda :

« C'est quoi cette étrange lumière bleue au-dessus du toit ? »

À ses paroles, la lumière se transforma en un rayon bleu, en haut duquel ils purent tous distinguer trois yeux.

Don hurla de terreur. De concert, tous les griffons tendirent le bec et les ailes pour prendre de l'altitude. Leurs pennes se mirent en action et la balançoire monta en flèche. Blade était suspendu, de plus en plus haut, au milieu d'un brouhaha d'ailes battues vivement et de grognements de griffons, et il voyait la forme bleue grandir et s'élever aussi vite qu'eux. Les trois yeux leur lancèrent un regard sarcastique. À mesure que les griffons, pris de panique, s'évertuaient à grimper, la forme bleue s'étendait, comme un incroyablement long lampadaire blafard, et continuait à les fixer l'air de dire « Vous croyez vraiment que vous allez vous en sortir comme ça ? Hors de question ! »

Puis la forme sembla se désintéresser d'eux. Elle se rétracta et se tint sur le toit de l'auberge. Quand les griffons se stabilisèrent, épuisés, la tête baissée entre leurs ailes déployées, prêts à monter en flèche ou à virer de bord si la forme venait à leur rencontre, le bleu se transforma en un long éclat de lumière azur, et zigzagua sous eux encore plus vite que l'éclair, avant de disparaître au loin derrière eux.

Tout à coup, au point où était apparu le long éclat retentit le cri terrifié d'un griffon, suivi de piaillements frénétiques venant d'en bas.

« Elle est là ! » s'écrièrent-ils comme un seul homme.

Don et Lydda replièrent leurs ailes et s'abattirent en piqué. Tandis que Kit et Colette descendaient en cercles plus lents en transportant la balançoire, Blade voyait tournoyer une petite tache pâle sur le sol sombre, qui, lorsqu'il l'aperçut à nouveau, était bien Elda recroquevillée, les ailes au sol de part et d'autre et le bec grand ouvert, piaillant de terreur comme un oisillon abandonné. Quand elle entra une nouvelle fois dans son champ de vision, Don et Lydda l'avaient rejointe et s'installaient, instinctivement, tête-bêche de chaque côté d'Elda, la couvrant chacun d'une aile. Les piaillements d'Elda se calmèrent pour laisser place à des mots.

« J'étais si fatiguée. C'était le démon. J'ai mal aux ailes. J'étais si fatiguée. C'était le démon.

— Vous pouvez me déposer ? demanda Blade à Colette et Kit. Je vais la ramener à la maison. Vous trois, allez voir si Papa va bien.

— D'accord, lui cria Colette. Kit, on refait un tour. »

La balançoire décrivit un cercle en s'abaissant. Voyant le sol sombre tournoyer de plus en plus près, Blade se laissa glisser des cuisses de Shona et atterrit en courant et en trébuchant dans l'herbe inégale. Ses pieds étaient si engourdis qu'il faillit tomber à genoux. Les chaussures de Shona frôlèrent son visage, tandis que Kit et Colette jouaient de leurs ailes pour reprendre de la hauteur. Le bruit s'éloigna rapidement alors que Blade rejoignait cahin-caha Elda.

« C'était le démon, répétait Elda entre Don et Lydda. Il m'est passé à travers. C'était comme la soude qui avait dissous ta serre, Lydda. C'était froid et ça brûlait. »

Blade se blottit au milieu des griffons tout chauds et s'assit.

« Vous pourrez rentrer à la maison tous les deux si je me téléporte avec elle ? Je ne peux pas nous emmener tous les quatre. »

Ce qu'il voulait vraiment savoir, c'était si Lydda arriverait à rentrer, mais ce n'était pas le moment de le dire.

« Ça va quand je suis en l'air, répondit Lydda.

— On progressera tranquillement, ajouta Don. On ne fera rien de trop audacieux.

— D'accord. »

Blade glissa ses jambes sous le corps tremblant d'Elda.

« Elda, je vais m'accrocher à toi et je veux que tu t'accroches à moi aussi fort que tu le peux. Compris ?

— D'accord. »

Elda attrapa de ses serres les épaules de Blade, trop effrayée pour se rendre compte qu'elle lui faisait mal. Blade se mordit la lèvre pour supporter la douleur et saisit Elda autour de la partie lionne de son corps. C'était quelque chose que tous les griffons détestaient et cela voulait certainement dire qu'Elda était aussi mal à l'aise que lui, mais il n'y avait pas d'autre solution.

« Prête ? C'est parti ! »

Blade les ramena tous les deux à la maison. Ce n'était pas une mince affaire, car Elda faisait presque une fois et demie sa taille. Il sembla l'espace d'un instant que Blade s'était trompé. Il visait la terrasse et il y arriva, mais celle-ci se tenait sur le côté comme un mur de pierre. Blade la redressa tant bien que mal – ou peut-être que c'était Elda et lui qu'il avait redressés, il n'était pas sûr. Ce faisant, il crut apercevoir une lueur bleue, derrière sa tête, là où personne ne pouvait voir quoi que ce fût, et cette lueur tenait la terrasse de travers. Elda se remit à piailler.

« Ne faites pas ça ! » lança Blade au démon avant de s'asseoir sur la terrasse.

Il agrippait le poitrail duveteux d'Elda et tentait de remettre la terrasse à sa place comme si sa vie en dépendait.

« Vous ne voyez pas qu'Elda est morte de peur ? »

Elda a eu raison de comparer le démon à de la soude caustique, se dit Blade. Il le sentait contre son esprit comme s'il avait la tête dans un seau d'eau de Javel, essayant de le pousser et de le percer à jour d'une façon qui disait « Hmm… Qu'avons-nous ici ? »

« Allez-vous-en ! » lui intima Blade.

Le démon riait. Il les trouvait désopilants tous les deux. Son rire traversait Blade par vagues. C'était douloureux. Il sentit le démon annoncer : *« Je vais partir, maintenant, mais nous allons nous revoir très bientôt. »*

Blade voulut dire quelque chose du genre « Si vous vous approchez encore de moi, je vous tue ! », mais cela aurait été ridicule et, de toute façon, il n'avait plus de force. L'effort qu'il avait déployé pour résister au démon faisait dégouliner de la sueur de ses cheveux dans ses yeux. Il voulait pleurer comme Elda.

« Il est parti ! piailla Elda soulagée avant de trompeter : et ça, c'était quoi ? »

C'était le bruit qu'avait fait Derk en trébuchant sur une chaise de la terrasse et un touing quand il avait buté dans la harpe de Shona.

« Papa ! » s'écria Blade.

Derk arriva en hissant sa lanterne pour mieux les voir.

« Qu'est-ce qui s'est passé ?

— Le démon était là, lui répondirent-ils en chœur. Et il a dit à Blade qu'il reviendrait ! Empêche-le ! » ajouta Elda.

Derk n'avait pas le courage d'expliquer à quel point son invocation avait mal tourné. Il leur dit d'une voix réconfortante :

« Nous n'avons pas besoin de lui tant que je n'ai pas construit la citadelle. Ne vous inquiétez pas. Où sont les autres ?

— Ils arrivent », répondit Elda.

Mais il fallut une bonne heure avant que des battements d'ailes épuisés n'annonçassent l'arrivée de Kit, Colette et Shona, et une demi-heure de plus pour que Lydda n'arrivât péniblement avec Don.

« Tu l'as propulsée dans les airs quand tu es parti avec Elda, lança Don à Blade. Je crois que sans ça elle aurait dû rentrer à pied. C'était horrible. Elle n'arrêtait pas de dire qu'il fallait qu'elle atterrisse et j'ai dû lui crier dessus tout du long pour qu'elle continue à voler.

— Et Papa était déjà parti quand nous sommes arrivés à l'auberge, précisa Shona sur un ton désabusé. Où est-il allé maintenant ?

— Il dîne, répondit Elda. Tout est froid et dégoûtant, mais il dévore son repas. »

CHAPITRE 8

Le lendemain, Elda était fraîche comme un gardon, tandis que tous les autres étaient en piteux état. Lydda était allongée à plat ventre sur le canapé du salon, dont elle dépassait de tous les côtés.

« Quelqu'un d'autre peut s'occuper de la cuisine aujourd'hui, déclara-t-elle. J'ai mal aux épaules.

— Eh bien, ce ne sera pas moi, rétorqua Shona en examinant ses mains brûlées par les cordes. Je ne peux même pas jouer du piano. Maman veut que j'emmène Colette et Elda chez Tantine aujourd'hui et je suis trop fatiguée pour essayer. Où est Colette ? »

Cette dernière boudait dans son abri, prétextant qu'elle s'ennuyait, car elle avait terminé les bidules. D'après Don, elle était aussi fourbue qu'eux, mais trop fière pour l'admettre. Il était allongé sur le dos, ses ailes déployées recouvrant le sol de la salle à manger, refusant de bouger pour qui que ce fût. Il n'était pas fier, lui, affirmait-il.

Blade se sentait bizarre, comme si le démon avait détraqué quelque chose dans sa tête.

« Tu crois que j'ai toujours mon âme ? » demanda-t-il à Kit avec inquiétude.

Ce dernier le fusilla du regard :

« Bien sûr ! Imbécile ! »

Kit s'était levé aux aurores et avait fait le tour de la vallée pour se convaincre qu'il était en forme. Ce vol lui avait prouvé le contraire. Il était rentré à la maison d'une humeur si exécrable que Blade était le seul à oser l'approcher.

Derk se dit qu'il aurait dû tous les réprimander pour avoir pris autant de risques la nuit précédente – voler dans l'obscurité, aller trop loin, suspendre Shona et Blade sur la balançoire, et affronter le démon –, mais il était trop déprimé par son double échec de la veille. Il s'inquiétait, assis dans son bureau, incapable de réfléchir à la création d'un nouveau pigeon voyageur. Il était ému qu'Elda eût essayé d'aller le chercher. Qui plus est, elle avait soigneusement mis de côté la peau et les pépins d'orange pour lui. Il poussa un soupir et décida d'aller planter les pépins.

Ils furent tous tirés de leur morosité à la mi-journée quand Elda, suivie de Joli, traversa la terrasse au galop en hurlant :

« Le dragon arrive ! Le dragon arrive ! »

Personne à part Derk n'avait jamais vu de dragon. L'excitation était à son comble. Kit et Colette jaillirent de leurs abris respectifs ; Lydda et Shona s'empêtrèrent dans la porte du salon en essayant de sortir toutes les deux en même temps ; Don renversa tous les sièges de la salle à manger en se mettant sur ses pattes ; Blade dévala l'escalier en bois et en marbre ; Derk sortit de son bureau comme un missile, et tous accoururent pour rejoindre Elda et Joli au portail, ainsi que tous les cochons. Les chiens et les oies vociféraient pour qu'on les laissât sortir, eux aussi, mais tout le monde était trop occupé pour y prêter attention. Les gentilles vaches et Poupoule se contentaient de pousser des cris, gagnées par l'excitation générale.

Le dragon avait parcouru la moitié de la vallée, qu'il semblait remplir de toute son envergure.

Impressionné, Blade lança :

« Je ne savais pas qu'ils étaient si grands !

— Cette femelle est plutôt de taille moyenne, précisa Derk.

— Ils ne volent pas du tout comme nous, remarqua Don.

— Plutôt comme des mouettes », reconnut Lydda.

La dragonne souleva ses ailes et se posa avec élégance sur l'herbe en contrebas du portail. Elle était distinguée, svelte, scintillante et d'une couleur lavande qui se fondait en un ton crème sur son ventre. Quand elle s'approcha de l'entrée avec les ailes repliées, elle ressemblait presque à un très gros lézard.

Les cochons reniflaient nerveusement en reculant. Joli tremblait de tout son long. Quand la dragonne arriva, plus grande que tout le monde à part Kit, et émit une délicate volute de fumée de chacune de ses narines en s'arrêtant, c'en fut trop pour Joli. Il prit la fuite en hennissant violemment, agitant frénétiquement ses ailes naissantes. Les cochons partirent en courant avec lui, dans un concert de hurlements, et ne tardèrent pas à s'envoler pour gagner de la vitesse. Joli avait si peur qu'il s'éleva dans les airs avec eux. Personne ne remarqua que le poulain volait pour la première fois. Ils étaient tous obnubilés par les superbes vaisseaux sanguins verts et mauves des ailes de la dragonne, par la façon dont ses écailles réfléchissaient la lumière du soleil comme des joyaux et par la profondeur de son regard violet.

Une épouvantable clameur s'éleva des enclos derrière la maison lorsque les bêtes sentirent l'odeur de la dragonne. Celle-ci l'ignora poliment :

« Je suis là pour réceptionner un certain nombre d'objets, il me semble », annonça-t-elle d'une voix de violoncelles et de clarinettes.

Shona poussa un soupir.

« Je vais les chercher », dit Colette en partant vers son abri.

La dragonne attendit, regardant au-dessus de leurs têtes avec un air d'une telle sagesse que personne ne dit mot jusqu'à ce que Colette revînt en traînant le drap qui enveloppait les bidules.

« Voilà », dit-elle en déposant prudemment son butin à trois mètres de la dragonne.

Ding. Bling. À ces bruits, la dragonne tourna vivement la tête.

« Puis-je les examiner ? demanda-t-elle.

— Allez-y », répondit Colette.

L'immense patte griffue de la dragonne défit délicatement le nœud qui fermait le baluchon et, plus délicatement encore, écarta le drap de part et d'autre. Blade avait la nette impression que la dragonne était déçue par le contenu. Mais elle était de toute évidence très polie.

« Mais ce sont des trésors ! s'exclamèrent les violoncelles et les clarinettes. Oh, comme ils brillent ! Quelle délicatesse ! C'est magnifique ! »

Colette, qui pourtant n'était pas timide pour deux sous, fut submergée par ce compliment et se couvrit le visage de son aile.

« C'est Colette qui les a fabriqués, expliqua Derk. Il devrait y en avoir 126. Vous voulez vérifier ?

— Je vous fais confiance, répondit la dragonne. Ils sont très alléchants et je les garderai farouchement. Quel dommage que les temps aient changé. Il y a un siècle, ils auraient tous été en or. Je vais devoir me maîtriser pour ne pas les garder pour moi. Quelqu'un… »

Elle braqua ses yeux violets sur Blade avec insistance.

« Quelqu'un devrait peut-être les emballer de nouveau pour qu'on ne les voie plus. Je suis tellement tentée. »

Avec la légère sensation que la dragonne disait une chose en voulant dire le contraire, Blade s'aventura sous sa tête et essaya prudemment de refaire le nœud. Son haleine était indescriptible, chaude et humide, un peu comme un mélange de roses et d'œufs pourris. Il eut du mal à ne pas réagir comme Joli. Il se sentait en danger, si près de la créature.

« Puis-je vous offrir quelque chose à manger ? demanda poliment Derk, mais pas très subtilement, d'après Blade.

— Non merci, j'ai déjà mangé hier », répondit la dragonne.

Blade sentit un immense soulagement. Il serra le nœud et recula prudemment.

« Je crois que je ferais bien de me mettre en route, ajouta-t-elle. J'ai un long vol jusqu'à l'endroit indiqué au nord. Bonne saison touristique à tous. »

Elle se saisit du baluchon cliquetant et fit demi-tour – offrant le spectacle époustouflant d'une vague de joyaux violets – jusqu'à se retrouver face à la vallée. Elle prit alors deux ou trois pas d'élan, tranquillement, presque au ralenti, et déploya ses ailes. Elle se retrouva dans les airs aussi aisément qu'une feuille emportée par le vent. Lydda ne fut pas la seule à pousser un soupir envieux.

Ils regardèrent jusqu'à ce que la dragonne ne fût plus qu'un petit point en forme de mouette dans le lointain.

« Vous savez quoi !? s'exclama Shona, de façon inattendue. Je ne l'aime pas beaucoup. Elle était tellement artificielle.

— C'est un comble que ce soit toi qui dises ça ! rétorqua Kit.

— Mais c'est vrai, convint Colette, de façon tout aussi inattendue. Je ne l'aime pas beaucoup non plus. »

Tous sauf Blade se retournèrent pour signifier bruyamment leur désaccord avec Shona et Colette.

« S'il vous plaît, cria Derk. Pas de disputes ! Le prochain à se chamailler sera transformé en statue sur laquelle je ferai pousser des vignes. Les dragons sont des créatures étranges. De nos jours, ils se considèrent comme très vertueux. Je suis sûr qu'elle déteste avoir à faire semblant d'être méchante et garder un trésor. J'ai entendu dire qu'ils se battaient pour ne pas avoir à le faire.

— Mais pourquoi le font-ils, alors ? demanda Elda.

— Aucune idée. Cela doit être l'œuvre des arts de persuasion de M. Chesney, répondit Derk. Et maintenant, y a-t-il une possibilité d'avoir quelque chose pour le déjeuner ? »

Un long silence réticent s'ensuivit.

« Je m'en occupe », finit par dire Blade.

Une fois au travail dans la cuisine, il regretta ses paroles. Tout était si compliqué : Kit qui voulait du steak cru à l'ail, Colette du canard cru aux herbes, Don n'importe quoi tant que c'était cru, et Elda de la viande cuite pour changer. Vu les talents culinaires de Blade, ce seraient cinq portions de bacon et de pain frit. Il était en train de sortir la plus grande poêle quand il entendit les chiens et les oies brailler de nouveau et Poupoule caqueter à tue-tête. Peu après, les gentilles vaches et les chevaux se joignirent à eux. Les cochons hurlaient comme si on les égorgeait. *Que se passe-t-il encore ?* se demanda Blade.

Elda apparut dans l'encadrement de la porte, les ailes vibrant d'enthousiasme.

« La dragonne revient ! Kit dit qu'elle a du mal à voler, elle a dû se blesser. Où est Papa ? »

Derk se dirigeait vers le portail au pas de course quand Blade et Elda atteignirent la terrasse. Shona et les autres griffons y étaient déjà. Derk franchit le portail et attendit dans l'herbe, les mains en visière pour se protéger les yeux du soleil. Blade et Elda s'encastrèrent dans le portail.

La grande forme de mouette noire au-dessus des plaines revenait indéniablement à Derkham. Même à cette distance, ils voyaient que quelque chose n'allait pas. Blade eut l'impression qu'elle boitait dans le ciel. On aurait dit que l'une de ses ailes était endommagée. La dragonne penchait de ce côté-là, surcompensait et tanguait de l'autre côté avant de se redresser à grands coups d'ailes maladroits. Ils la voyaient se rapprocher et grandir par à-coups.

« Cela fait mal au cœur, lança Derk, mais je ne crois pas qu'il s'agisse du même dragon.

— Tu en es sûr ? s'enquit Shona.

— Oui, répondit Derk. Celui-ci est un mâle et il m'a l'air beaucoup plus gros.

— Comment peux-tu reconnaître le sexe ? demanda Don avec curiosité.

— Les mâles n'ont pas cette allure élancée de lézard », répondit Derk distraitement en regardant au loin la forme chancelante.

C'était bizarre d'avoir deux dragons ici le même jour. La seule explication qui lui venait à l'esprit était qu'il y avait eu une sorte de malentendu – ou peut-être même une dispute – au sujet de qui garderait les bidules.

Il devint progressivement clair que le dragon blessé était beaucoup plus volumineux que le premier. Ils s'attendaient à le voir atteindre la vallée à tout moment, pour découvrir qu'il était encore à plusieurs kilomètres, toujours à l'approche et apparaissant toujours plus grand. Enfin, il oscilla au-dessus des ruines du village.

« Mais il est énorme ! » s'exclama Don.

Il était si colossal que ses ailes endommagées – dans lesquelles ils pouvaient désormais distinguer des entailles – menaçaient de frotter contre les montagnes de part et d'autre. Le dragon dut se démener pour rejoindre un courant ascendant – pendant qu'ils retenaient leur souffle, persuadés qu'il allait s'écraser – afin de trouver assez de place, avant de se redresser et de planer au-dessus de la cime des collines, toujours en direction de Derkham. Lorsque son immense ombre obstrua la lumière du jour, tout le monde tressaillit. Puis ils baissèrent la tête en essayant de se réfugier derrière les montants du portail quand ses ailes en lambeaux se replièrent et que le dragon atterrit comme un météore. Il avait clairement décidé qu'un atterrissage en catastrophe était la seule possibilité au vu de l'espace disponible. Derk fit un bond en arrière au moment où le corps gros comme une montagne toucha le sol, tel un tremblement de terre, incapable de s'arrêter, et continua vers la colline en creusant quatre grands sillons dans le gazon. Par miracle, il stoppa sa course assez proprement devant Derk, dans un nuage de touffes d'herbe, de mottes de terre et d'une fumée brunâtre à l'odeur nauséabonde.

« Où est Derk le sorcier ? » demanda-t-il dans un tourbillon de fumée.

Il avait une voix grave et sifflante, comme si on soufflait dans le goulot d'une très grosse bouteille.

« C'est moi. »

Derk avala de la fumée en toussant et le regarda. Il était au moins aussi grand que la maison. Et il était très mal en point. Le premier dragon était élancé et scintillant ; celui-ci était terne, rugueux et décharné. Nombre de ses écailles vertes miteuses étaient fendues ou s'effritaient, et elles formaient des crêtes au-dessus de ses os saillants. Ses yeux étaient vitreux. L'une de ses ailes était en lambeaux, avec des bouts de membrane flottant au vent, tandis que l'autre n'était guère mieux. La partie du dragon que Derk voyait le plus distinctement était son ventre, creux et pendant, d'un étrange blanc maladif. Un fragment de chaîne en or et un diadème cabossé étaient accrochés à ses écailles cassées. Quand Derk regarda l'immense patte la plus proche de lui, il vit qu'elle était noueuse et tordue, avec les griffes qui poussaient vers le haut comme le sabot d'un cheval mal entretenu.

« Avez-vous besoin de soins médicaux ? demanda-t-il poliment.

— Ne soyez pas impertinent », gronda la voix caverneuse.

La fumée nauséabonde qui l'accompagnait donna un haut-le-cœur à Derk.

« Je suis venu rejoindre votre clan.

— Pardon ? s'étonna Derk.

— Vous êtes le Seigneur des ténèbres, n'est-ce pas ? s'enquit le dragon.

— Pour cette année, oui, répondit Derk.

— Eh bien, je suis venu rejoindre les Forces du mal comme tout dragon qui se respecte, ajouta-t-il avec impatience. Je ne peux pas être plus clair. Je suis venu tuer vos ennemis.

— Euh… » balbutia Derk.

Ce dragon était encore plus mal en point que ce qu'il pensait. Il était peut-être fou. Derk renversa la tête et plongea son regard dans ses yeux vitreux. Sous le vert et la pellicule qui les recouvraient, il vit des étincelles rouges. D'après ses souvenirs d'étudiant, du rouge dans les yeux d'un dragon voulait dire qu'il était en colère. Il répondit avec calme et prudence :

« C'est extrêmement gentil de votre part, mais je pense qu'on vous a mal décrit le poste.

— Comment ça ? tonna le dragon.

— Mon poste de Seigneur des ténèbres exige simplement que je fasse semblant d'être maléfique pour divertir les touristes qui viennent du monde d'à côté, expliqua Derk.

Je ne suis qu'un sorcier ordinaire. Et je n'ai droit qu'à un dragon et elle… »

Ce fut tout ce qu'il put dire avant que le dragon n'éclatât de rage. Ses yeux se remplirent d'un nuage écarlate.

« Alors ce n'est qu'un jeu stupide ! » tempêta-t-il.

Le grognement fit reculer Derk, qui se couvrit les oreilles avec les mains, enveloppé d'une fumée brune humide.

« Vous m'avez traîné jusqu'ici pour faire semblant ! Les dragons sont tombés bien bas à laisser les humains les couvrir de ridicule comme ça.

— Je vous promets que je n'essaie pas de vous couvrir de ridicule », le rassura Derk à grand-peine.

La fumée lui brûlait les poumons. Il avait la tête qui tournait.

« BIEN SÛR QUE SI ! » hurla le dragon.

La force de son cri projeta Derk en arrière.

C'en était trop pour Kit, qui bondit en avant :

« Arrêtez ! s'écria-t-il en se dressant, furieux, sous la gigantesque gueule du dragon. Il n'a rien à voir avec tout ça ! »

La gueule s'abaissa pour permettre aux yeux rouges de voir Kit.

« Hors de mon chemin, petit oiseau-chat, ordonna le dragon d'une voix calme.

— Petit ! s'étouffa Kit. Oiseau-chat ! »

Il n'avait jamais été aussi insulté de sa vie.

« Je ne vois pas trop quoi d'autre tu pourrais être, répondit le dragon. Déguerpis ! Laisse-moi m'occuper de ce sorcier-joueur.

— Non, refusa Kit. Il faudra me passer sur… »

Le dragon dégagea Kit d'un coup de son immense patte noueuse. Le griffon fit une pirouette avant de dévaler la pente dans un enchevêtrement assez pitoyable de pattes, d'ailes, de queue, de plumes et de poils. Il s'immobilisa, assis en tas avec ses ailes dans deux directions différentes ; elles avaient l'air cassées. Il n'avait jamais pensé pouvoir être plus petit et plus faible qu'à ce moment.

« C'est complètement déplacé, s'étouffa Derk, inquiet pour Kit.

— Je ne lui ai pas fait mal. C'est sa fierté qui est meurtrie, gronda le dragon. C'est vous que j'entends blesser.

— Écoutez-moi bien… » commença Derk.

Mais le dragon ouvrit la gueule et le bombarda de rage et de fumée. Derk sentit sa peau bouillir. Une douleur insoutenable envahit ses poumons si rapidement qu'il ne réussit à activer qu'un médiocre bouclier pour se protéger de son souffle. De toute évidence, le dragon pratiquait la magie. Derk sentit le bouclier se désintégrer et une nouvelle vague de rage et de fumée déferler sur lui. Il tomba au sol, en suffoquant, essayant de ne pas respirer du tout à cause de la douleur. Il n'en avait jamais ressenti une aussi effroyable. Il voulait hurler, mais il en était incapable. L'ardente fumée brune continuait de se déverser sur lui et autour de lui, et il l'entendait griller l'herbe dans laquelle il se roulait. Quelque part au loin, il percevait les cris des griffons et de Shona et Blade.

Ce dernier se mit à hurler lorsque l'herbe prit feu. Il avait essayé de congeler le souffle du dragon, puis, n'obtenant aucun résultat, de téléporter la bête ailleurs. Après cela, il essaya de faire la même chose avec Derk. Mais c'était comme s'il ne faisait rien du tout. Il se sentait faible, bizarre, ralenti – comme s'il lui avait fallu cinq minutes pour comprendre ce qui se passait – et totalement impuissant. Le dragon semblait capable d'annuler tout ce que Blade tentait. L'animal braquait un œil rouge sur lui à chaque fois qu'il essayait d'aider Derk, avant d'entreprendre calmement de tuer son père.

« Arrête-le ! lui hurla Shona.

— Je n'y arrive pas ! » lui cria Blade.

Soudain, un coup de tonnerre balaya la fumée ardente du côté de Kit – qui ouvrit le bec en poussant des cris désespérés – et Mara se dressa entre le portail et le dragon, vêtue d'une robe faite de minuscules bouts de soie rose et de dentelle noire, interrompue au beau milieu de sa séance d'essayage.

« J'ai senti qu'il arrivait quelque chose à Derk ! déclara-t-elle. Mais qu'… ? Oh mon Dieu ! »

Elle jeta un coup d'œil à son époux qui se roulait dans l'herbe en feu et se précipita sous l'immense museau fumant du dragon.

« Arrêtez ça tout de suite ! Vous m'entendez ? »

Les mains posées sur ses hanches recouvertes de soie rose, elle toisa le dragon :

« Arrêtez ! »

On entendit l'effervescence d'un puissant duel magique. Puis le dragon recula le museau d'environ 30 centimètres. Il ferma la gueule, interrompant l'ignoble flot de fumée.

« C'est… mal ? demanda-t-il.

— Évidemment, que c'est mal ! Je vous interdis de recommencer, à moins que vous ne vouliez être réduit à la taille de mon pied ! lui hurla Mara.

— Alors expliquez-moi pourquoi je ne dois pas le faire, riposta le dragon.

— Eh bien, asseyez-vous et écoutez ! » s'époumona Mara en le regardant dans les yeux.

À la surprise de tous, le dragon plia ses maigres pattes arrière et se laissa choir sur sa croupe miteuse.

« Je vous écoute, tonna-t-il dans un nouveau nuage de fumée brune. Il est grand temps que quelqu'un m'explique ce monde de fous !

— D'accord, répondit Mara. D'accord ! Mais arrêtez de m'enfumer !

— La fumée sort dès que je respire, grogna le dragon.

— Sornettes », décréta Mara.

Colette attendit de voir que le dragon arrêtait bien de souffler de la fumée pour s'envoler d'un puissant battement d'ailes.

« Où vas-tu ? lui hurla Don.

— Guérisseuse ! cria Colette par-dessus son épaule, battant des ailes aussi vite qu'elle le pouvait en direction des collines.

— Bonne idée », lança Don avant de partir derrière elle.

Il s'efforça de la rattraper en volant comme un moineau, enchaînant les piqués et battant des ailes comme un forcené.

« Blade, appela Mara, emmène ton père dans la maison. »

Blade arrivait toujours mieux à téléporter quelqu'un s'il le touchait. Il n'osa pas toucher Derk, qui se tordait de douleur dans les cendres de la pelouse, le visage bleu-violet et le corps à vif. Ses vêtements fumaient encore. En voyant sa peau marbrée de jaune et couverte de cloques, Blade eut mal pour lui. Il se positionna précautionneusement à califourchon au-dessus de Derk et les téléporta tous les deux jusqu'au canapé du salon. En les voyant partir, le dragon leva les yeux au ciel, mais n'essaya pas de les arrêter. L'instant d'après, les poils de griffon et de chien qui recouvraient le canapé grésillèrent. La téléportation avait fait pivoter Derk sur le côté, ce qui lui fit pousser un horrible cri rauque. Consterné, Blade se tenait immobile, à cheval sur son père allongé sur le canapé, en se demandant quoi faire.

Lydda déboula dans la pièce.

« Il faut le refroidir. Vite. Fais les premiers soins pour les brûlures. Congèle-le ! lança-t-elle en haletant.

— Ah, oui. »

Reconnaissant qu'on lui dît quoi faire, Blade se concentra jusqu'à ce que ses pieds fussent tellement froids qu'ils lui faisaient mal. Derk arrêta de se tordre de douleur, mais il était toujours brûlé à vif et strié de pustules jaunes, et il ne respirait pas correctement.

« Où est Maman ? demanda Blade, désespéré.

— Elle parle à cet horrible dragon, lui répondit Lydda, sur un ton tout aussi désespéré. Je suppose qu'elle doit le garder sous contrôle. »

Tandis que Blade descendait précautionneusement du sofa, Shona et Elda arrivèrent. À la moindre secousse, Derk poussait d'horribles cris rauques. Blade tremblait quand Shona l'aida à poser les pieds par terre.

« Il a perdu la moitié de ses cheveux ! sanglota Elda. Et Maman qui se contente de donner une leçon d'histoire à ce dragon sur le début des voyages organisés ! »

Lydda aboya :

« Tais-toi. Nous devons attendre la guérisseuse. »

Ils attendirent. Kit ne tarda pas à passer la tête par la fenêtre, couvert d'herbe et mort de honte. Il leur dit que Mara était encore en train de parler au dragon.

« Il s'avère qu'il était endormi pendant les 300 dernières années, expliqua-t-il. Je suppose que ceci explique cela. Les choses devaient être très différentes avant son hibernation.

— J'aurais préféré qu'il ne se réveille jamais », se lamenta Elda.

Blade l'aurait préféré aussi. Il semblait incroyable qu'une demi-heure plus tôt, il en voulait à Derk de l'obliger à trimer pour préparer le déjeuner. Maintenant, il aurait donné n'importe quoi pour pouvoir être fâché contre son père comme à leur habitude.

« On n'a pas déjeuné », dit-il.

Personne n'avait faim. Ils attendirent.

Une demi-heure plus tard, le battement d'ailes de Colette retentit quand elle survola la terrasse en portant la guérisseuse dans une couverture comme une femme des marécages transporte son bébé, tandis que Don s'empressait de se poser pour rattraper la guérisseuse que Colette avait lâchée.

« Merci… merci Anscher ! » proclama Lydda.

La guérisseuse, une femme mince à la peau mate et à l'air exténué, jeta un coup d'œil à Derk et ordonna à tout le monde de quitter la pièce, sauf Lydda.

« Tu as l'air d'être la plus calme, lui dit-elle.

— Je ne suis pas vraiment calme », avoua Lydda, mais elle resta.

Peu de temps après, Mara laissa le dragon quelques instants pour s'entretenir avec la guérisseuse. Elle ressortit avec un châle autour de sa robe abracadabrante, le teint gris.

« Elle essaye de nettoyer ses poumons, expliqua Mara à tous ceux qui étaient assis ou couchés sur la terrasse. Elle m'a demandé de remercier celui ou celle qui a refroidi ses blessures, car elle peut se concentrer sur sa respiration. Mais elle va devoir passer la nuit ici. Shona et Elda, allez à l'étage et préparez-lui un lit, et changez les draps de Derk, Blade pourra le déplacer quand elle aura fini. Don et Kit, prévenez-moi dès qu'elle aura terminé. Après ça, je voudrais qu'elle ausculte le dragon.

— Tu veux qu'elle ausculte le dragon ?! » s'exclama Shona.

Mara lança à sa fille l'un de ses airs les plus sombres et hautains.

« Ce dragon est à l'agonie, lui dit-elle. Ses ailes ont besoin d'être recousues et je crois qu'il est atteint d'une carence grave. Cela a pu affecter son esprit. Il a besoin d'aide, Shona.

— Ah, mais c'est parfait ! ironisa Kit. Parfait ! Et ton dragon, a-t-il tué Papa ? Ou pas ?

— La guérisseuse pense qu'il devrait s'en sortir », répondit Mara.

Ce à quoi tous poussèrent d'immenses soupirs de soulagement.

« Mais, ajouta Mara, elle doit le plonger dans un coma de guérison pendant les cinq prochains jours au moins et il devra être alité encore après ça.

— Mais Maman, intervint Shona, les visites commencent après-demain !

— Je sais. Et l'armée du Seigneur des ténèbres arrive demain, ajouta Mara. C'est une catastrophe. Prévenez-moi dès que la guérisseuse aura terminé avec Derk. »

Et elle s'empressa de retourner auprès du dragon.

CHAPITRE 9

« Cela a l'air d'être dur pour Barnabas, affirma Blade.

— Cela aurait été encore plus dur si on lui avait dit la vérité », marmonna Don.

Ils étaient tous rassemblés sur le côté de la terrasse à regarder Mara expliquer à Barnabas que Derk serait absent pendant quelques jours. Mara avait l'air épuisée, enveloppée dans un manteau qui recouvrait ses atours d'Enchanteresse.

« Je vois qu'elle porte toujours cette horrible robe », déclara Shona qui revenait de consulter la guérisseuse au sujet de l'un des chevaux.

Cette dernière avait refusé catégoriquement de laisser Colette ou même Kit la reconduire chez elle.

« Je la trouve jolie, moi, sa robe, répliqua Elda.

— Ça ne m'étonne pas de toi, renchérit Colette.

— Moi aussi, je l'aime bien, ajouta Kit. Et puis elle donne l'impression qu'elle vient tout juste d'arriver. »

La discussion sur la marche à suivre n'avait pas été longue. Tout le monde savait que M. Chesney ne devait pas apprendre que Derk était blessé, et personne ne croyait Barnabas capable de tenir sa langue. Blade n'avait pas bien compris ce que voulaient dire les autres, jusqu'à ce qu'il vît Barnabas gravir d'un pas leste les marches de la terrasse ce matin-là et demander joyeusement à Kit, perché là à monter la garde :

« Où est Derk ? Les soldats sont arrivés. »

Quand Kit répondit que Derk était parti quelque temps, Barnabas se décomposa. Il blêmit et s'affaissa, consterné, à tel point que même ses boucles semblèrent s'écrouler.

« Mais il ne peut pas partir ! protesta Barnabas. C'est lui, le Seigneur des ténèbres ! C'est… c'est irresponsable !

— Il a peur d'avoir à le remplacer », suggéra Lydda, tandis que Don filait prévenir Mara.

Peu de temps après, celle-ci arriva au pas de course par le côté de la maison, manteau, dentelles noires et cheveux au vent. Barnabas se tourna vers elle avec indignation.

« Je peux savoir à quoi joue Derk ?! »

Contrariée et à bout de souffle, Mara avait bel et bien l'air d'arriver de chez sa tante. En fait, elle avait passé le début de la matinée à effacer soigneusement les zones d'herbe brûlée devant le portail et venait juste de persuader le dragon de s'installer dans la vallée où se trouvaient les vaches du maire.

D'après Don, la première chose qu'avait faite le dragon avait été d'en dévorer deux.

« Elle essayait de l'empêcher d'en manger trop. D'après elle, il s'appelle Écailles ou quelque chose comme ça », rapporta Don en s'installant avec les autres.

Les explications de Mara se prolongèrent.

« J'espère qu'elle pensera à nous mettre au courant de tout ce qu'elle a inventé, fit remarquer Shona. Sinon, cela pourrait être embêtant.

— De divins amuse-bouche, murmura Lydda. Voilà qui le distraira. Elda, viens avec moi. Vous autres, posez des questions à Maman. »

Barnabas se tourna avec enthousiasme vers le plateau de friands à la Umru que Lydda lui présentait. Il accepta le café que lui offrait Elda. Pendant qu'il était occupé, Colette réussit à s'immiscer entre Barnabas et Mara, faisant office de paravent.

« J'ai fait simple, chuchota Mara à Shona sous la grande aile rayée de Colette, je lui ai dit qu'un très vieux dragon venait de se réveiller après 300 ans, ce qui est vrai, sauf que je lui ai dit qu'il se trouvait au nord et que les dragons plus jeunes avaient envoyé un message urgent à Derk pour l'appeler à l'aide et il était parti en catastrophe les aider. C'est tout à fait ce que ferait ton père.

— Mais as-tu dit que nous allions remplacer Papa ? murmura Shona en réponse.

— Plusieurs fois, lui assura Mara. Barnabas était terrifié à l'idée de devoir s'occuper des soldats tout seul. Et maintenant, je dois vite aller passer une tenue convenable avant de mourir de froid. »

Ils comprirent la détresse de Barnabas quand ils atteignirent tous le bout de la vallée une demi-heure plus tard, les humains, à cheval, et les griffons, en volant. Une immense foule se tenait à côté des ruines du village. Chaque homme portait une tenue noire étincelante et était armé d'un casque rutilant de la même couleur et d'une longue épée dans un fourreau noir éclatant. Ils étaient presque tous plantés sans bouger. Certains tournaient en rond. D'autres étaient assis par terre. Et il se dégageait de chacun d'eux quelque chose d'horriblement dérangeant. Beauté, montée par Shona, refusa de s'approcher d'eux. Les autres chevaux tremblaient et transpiraient.

« Qu'est-ce qui cloche chez ces gens ? s'étonna Colette, en scrutant le visage inexpressif le plus proche.

— C'est normal, les rassura Barnabas. On nous les envoie groggy.

— Pourquoi ? demanda-t-elle.

— Euh… comment dire… ce sont tous des criminels – principalement condamnés pour meurtre, pour agression, etc., expliqua Barnabas. Les voyages organisés permettent de vider les prisons une fois par an. Il me semble que M. Chesney a signé un contrat avec plusieurs gouvernements de son monde et ils le payent pour les débarrasser de ces détenus. Tout le monde y gagne. Beaucoup se font tuer ici, mais on leur promet à tous une grâce, des terres, etc. Pour l'instant, tout ce que nous avons à faire, c'est de les conduire jusqu'au camp que je leur ai préparé à quelques kilomètres dans cette direction. »

Blade avait passé la matinée à lire en diagonale les sections relatives au Seigneur des ténèbres dans le livre noir.

« Mais ne devons-nous pas les faire marcher jusqu'au pays d'Umru ?

— En brûlant, pillant et piétinant les cultures en route, convint Barnabas. Mais ton père peut s'en charger par intervalles une fois les groupes arrivés. Je lui ai installé des camps tout le long du chemin. Pas de souci. »

Blade déglutit. Mara demanda :

« Et combien de temps avant que les sédatifs aient fini de faire effet ?

— Trois jours environ, répondit Barnabas. Mais on leur a promis de l'argent s'ils se tiennent bien et obéissent au Seigneur des ténèbres. Ils posent rarement problème. »

La famille de Derk échangea des regards lourds de sens avant de braquer de nouveau les yeux sur les hommes en tenue noire étincelante. Le spectacle était encore plus désagréable après cette explication. On aurait dit des cafards attendant d'être écrasés.

« Bon, eh bien, allons-y », lança Kit.

Conduire ces hommes était un peu comme conduire des vaches, sauf que, se dit Blade, il fallait partir du principe que ces bovins étaient sourds, deux fois plus bêtes que les gentilles vaches, et se déplaçaient très lentement sur deux jambes. Et comme le disait Elda, même les gentilles vaches ne se gênaient pas les unes les autres en permanence. Après que Barnabas eut mis les hommes en marche à l'aide de l'un de ses petits sorts éprouvés, qu'il exécuta d'un geste las, il fallut presque toute la journée pour atteindre le camp, et ce ne fut pas une mince affaire. En traversant des champs dégagés, ils arrivèrent à la conclusion que la meilleure façon de procéder était de faire avancer les griffons avec les ailes déployées, pour fermer la marche, et de positionner des humains à cheval de part et d'autre pour garder la horde qui traînait des pieds. Mais ils avaient le plus grand mal à emprunter les portails. Ils essayaient de faire passer les hommes par groupes, mais cela prenait tellement de temps que Kit décida d'abattre chaque haie ou chaque mur qui se dressait sur leur passage.

« Ils sont censés tout saccager, dit-il. Autant commencer maintenant.

— C'est vrai, reconnut Barnabas avec entrain. Je vais abattre les murs. Si c'est une haie, Colette et toi n'avez qu'à la traverser.

— Mais faites attention aux épines ! leur cria Mara, inquiète. Ne vous cassez pas les pennes. »

Plus la troupe avançait, plus elle ralentissait. Dans la foule, les hommes trébuchaient sans cesse. À chaque fois que cela arrivait, l'un des cavaliers devait se frayer un passage au milieu des corps noirs scintillants et relever l'homme à terre avant qu'il se fît piétiner par les autres. Vu que Beauté refusait de s'approcher de l'armée et que Barnabas devait ouvrir le chemin, cette tâche incombait principalement à Blade ou à Mara. Blade montait Copine Nancy, la plus docile de toutes les juments, et il s'y collait presque à chaque fois. Il détestait ça. Et Copine Nancy, certainement presque autant que lui. Les armures noires sentaient le goudron et les hommes empestaient la sueur, les sédatifs et quelque chose que Blade n'avait jamais senti auparavant et qu'il suspectait d'être l'odeur de la prison. Et il détestait se retrouver au milieu de leurs visages sans expression qui le fixaient.

En fin de journée, c'était pire. Les hommes trébuchaient si souvent que Don et Elda survolaient l'armée en criant un avertissement à chaque fois que l'un d'entre eux tombait. Et quand Blade alla remettre le dernier soldat debout, il vit des expressions se dessiner sur certains des visages qu'il passait sur son chemin. Et elles n'étaient pas agréables mais agacées ou sombres. Certaines étaient moqueuses ou carrément cruelles. Et quelques visages étaient emplis de haine. Blade ressortit aussi vite que possible, avec une sensation bizarre dans l'estomac. Il était sûr que les sédatifs ne faisaient plus effet. Et à moins que Derk ne fît une guérison miraculeuse, Blade savait que les griffons, Shona et lui allaient devoir conduire ces dangereux détenus jusqu'à plusieurs campements, et pas seulement à celui qu'ils devaient atteindre ce soir-là.

Le camp était un vaste dôme magique transparent au milieu d'un grand champ, dont se dégageait une lueur vert bleuté dans la lumière du soir. Même les soldats semblaient la percevoir. Leurs pas hésitants s'accélérèrent et ils s'engouffrèrent à une allure relativement bonne dans l'ouverture que Barnabas avait pratiquée dans la paroi du dôme. À l'intérieur, Blade aperçut des piles de draps, de pain, de tonneaux et autres denrées et boissons, ainsi que des latrines, à intervalles réguliers.

« Et voilà, ça devrait les garder sereins et en sécurité jusqu'au retour de Derk », annonça Barnabas avec enthousiasme en refermant le dôme.

Admiratif, Blade vit Kit rester à côté de Barnabas pendant qu'il essayait d'apprendre. Blade se sentait mal. Il vit un homme prendre une miche de pain à l'intérieur du dôme pour se la faire immédiatement arracher par un autre. Il savait qu'une fois que les sédatifs ne feraient plus effet, il y aurait des agressions, des disputes et que les plus forts formeraient des gangs pour terroriser les autres.

« Ne devrions-nous pas confisquer leurs épées ? » demanda-t-il.

Barnabas haussa les épaules.

« D'habitude, on ne le fait pas. Il faut bien qu'ils soient armés pour les batailles. Je ne pense pas qu'on en perde beaucoup dans des bagarres entre camarades. En général, il faut en compter une vingtaine.

— Ce sont des criminels, Blade », lui dit Shona en voyant l'air de son frère.

Blade n'était pas sûr que même des criminels méritassent un tel sort, mais il ne savait pas quoi faire à la place. Il se sentait horriblement mal.

Il était toujours dans le même état quand Barnabas prit congé et s'évanouit avec son cheval dans un joyeux coup de tonnerre. Il continua de penser au camp pendant une bonne partie du chemin du retour.

Mara avait fait venir la squelettique Fran Taylor du village pour s'occuper de Derk. Cette dernière les accueillit au portail, entourée des cochons, qui poussaient des cris et des grognements nerveux et agitaient les ailes désespérément.

« J'ai préparé le dîner, leur dit Fran, comme vous êtes tous rentrés si tard. Et il n'y a pas d'évolution. J'ai dû passer la journée à chasser ces cochons pour qu'ils laissent Derk tranquille.

— Ils doivent se faire du souci pour lui, expliqua Mara en descendant de son cheval d'un mouvement raide.

— Et les chouettes aussi. Demandez au Vieux Georges, ajouta Fran. Il n'a que des problèmes avec ces oiseaux. À la seconde où il a le dos tourné, elles rentrent par la fenêtre de la chambre et envahissent le couvre-lit comme si c'était la dernière fois.

— Le Vieux Georges ? demanda Shona. Maman ! Je croyais que tu l'avais envoyé chez Tantine pour y jouer ton amant décharné.

— C'était une blague ! riposta Mara, agacée. Il est là pour se charger des animaux pendant la convalescence de Derk. Et maintenant, je dois aller m'occuper de ce dragon. »

Elle donna ses rênes à Shona et partit à la hâte en direction de la vallée. Shona était exaspérée.

« Amant décharné ! lança Fran en les suivant dans l'allée, entourée par les cochons. Que le Vieux Georges ne vous entende pas dire ça. C'est assez dur comme ça d'être un squelette sur pattes sans que les gens fassent des remarques désobligeantes. Nous sommes comme ça pour faire plaisir à ton père, Shona.

— Je sais, je sais, s'empressa-t-elle de répondre. Excuse-moi. C'était la blague de Maman. »

Tout le monde avait hâte de savoir comment Derk allait. Blade donna les chevaux au Vieux Georges et fonça à l'étage derrière les autres. Même Kit et Colette avaient fait le déplacement jusqu'à la chambre de Derk en escaladant précautionneusement par un côté de l'escalier grinçant étayé par magie et en se comprimant pour passer la porte et se tenir devant le lit de Derk. Il était en piteux état. Il respirait par à-coups, profondément endormi. C'était très décourageant.

« Et Maman n'est même pas venue le voir, s'exclama Shona. Elle est partie voir le dragon à la place. »

Au dîner, elle était assez furieuse pour demander, sur un ton aussi mielleux que dangereux :

« Et comment va ce pauvre dragon, Mère ?

— Oh, je crois qu'il va s'en sortir, répondit Mara, totalement insensible au sarcasme de Shona. Il a juste dormi tellement longtemps qu'il a failli en mourir, pauvre créature.

La guérisseuse a recousu ses ailes et lui a ordonné de se reposer et de manger au moins une fois par jour pendant quelques semaines, et elle a eu raison. Il a déjà meilleure couleur.

— Meilleure que Papa, répondit Blade.

— Heureusement que votre père a affronté le dragon quand celui-ci était moribond, si vous voulez mon avis, intervint Fran. Si l'animal avait pu cracher du feu, il aurait été frit. Il paraît que les flammes pénètrent dans les poumons et vous brûlent de l'intérieur. Et puis, d'un coup, après des semaines, on peut tomber raide.

— Formidable ! » s'écria Lydda, le bec au-dessus d'une assiette de ragoût auquel, contrairement à son habitude, elle avait à peine touché.

À sa décharge, le plat, préparé par Fran, était loin d'être divin.

« Les dragons sont formidables, fit remarquer le Vieux Georges. Ils peuvent vous tuer rien que par la pensée. Vous le saviez, ça ?

— Ou ils peuvent voir dans votre esprit et le retourner, ajouta Fran. J'ai peur que votre père l'ait regardé dans les yeux. Si c'est le cas, le dragon peut avoir causé des dégâts incommensurables.

— Certains sont même capables de se servir de la magie d'un sorcier pour l'utiliser contre lui », renchérit le Vieux Georges, en se servant un troisième bol de ragoût.

Son état squelettique lui donnait une faim de loup.

« Ils font cela en chantant, vous savez, ajouta Fran. Vous n'avez pas laissé ce dragon chanter devant votre père, n'est-ce pas ?

— Nous n'avons pas pu l'empêcher de faire grand-chose, rétorqua Don.

— Il n'y avait rien de tout cela dans mes cours de dragonologie à l'université », déclara Mara.

Mais cela n'empêcha pas Fran et le Vieux Georges de se souvenir d'une foule d'autres informations qui ne figuraient pas non plus dans les cours de dragonologie de l'université. La plupart laissaient penser que Derk n'avait aucune chance de s'en sortir, ce qui bouleversa Elda. Après le dîner, elle se précipita à l'étage et ouvrit toutes les fenêtres de la chambre. Les cochons firent irruption avec enthousiasme, suivis par les chouettes. Elda passa la nuit recroquevillée sur le tapis de la chambre de Derk, au milieu du troupeau au grand complet, à écouter attentivement la respiration difficile de son père, tandis que les chouettes étaient posées en rang d'oignons sur la tête de lit.

Blade passa une nuit horrible, lui aussi. Quand il ne revoyait pas en rêve le dragon enfumer Derk encore et encore – Blade savait comment l'en empêcher, mais il l'avait oublié dans son cauchemar –, il rêvait qu'il se trouvait dans le camp magique rempli d'hommes en armure noire et scintillante. Ils essayaient tous de s'entretuer. Quand Blade tenta de s'interposer, ils se retournèrent contre lui en brandissant leur épée. Pour une fois, il était reconnaissant que Shona le réveillât tôt pour lui demander d'entraîner les chiens.

Plus tard dans la matinée, Kit convoqua un conseil dans son abri. Il avait été très occupé. Les coussins de son lit étaient recouverts des prospectus rose, vert et jaune, de la carte des Pèlerinages, du livre noir de Derk, de celui de Blade et de piles de notes rédigées dans l'écriture incompréhensible de son père. Sur le sol était étalée une immense carte du continent où figuraient les itinéraires des différents Pèlerinages ; et punaisé au mur se trouvait un planning encore plus grand en sept couleurs. Kit avait tracé la carte et le planning de la superbe écriture dont seuls les griffons semblaient capables. Blade se dit que Kit devait y avoir passé presque toute la nuit.

« Je me demandais où il était ! » s'exclama Blade en voyant son livre noir.

Shona arriva la dernière en transportant son violon avec ostentation.

« Qu'est-ce que c'est que tout ça ? »

Kit agita la queue. Il formait un tas noir, accroupi dans le coin derrière sa carte.

« J'ai essayé de faire la liste de tout ce que nous avions à faire, répondit-il ; et qui doit être où et quand. Il faut partir du principe que Papa va être alité pendant au moins deux semaines et convalescent pendant un mois après ça. Ce serait bien que tout fonctionne comme sur des roulettes quand il sera remis. Tu ne crois pas ?

— Si », acquiesça Shona en regardant la carte avec gravité.

Tout le monde poussa un soupir de soulagement. Les confrontations entre Kit et Shona pouvaient être terribles. Lydda prit discrètement un crayon et quelques feuilles de la pile que Derk avait donnée à Kit, prête à prendre des notes.

« Alors, commença Kit. Trois Pèlerinages doivent arriver aujourd'hui, trois demain et trois après-demain, et ainsi de suite pendant les six semaines à venir. Chaque groupe a sa première confrontation avec les Forces des ténèbres cinq jours plus tard…

— Les volatiles aux ailes parcheminées, précisa Elda en consultant le planning d'une serre prudente.

— Tout à fait, répondit Kit. Et la Chasse sauvage trois jours plus tard. Ils trouvent leur premier indice un jour après. Est-ce que quelqu'un sait si Papa a caché les indices ? »

Les visages et les becs regardèrent nerveusement de-ci, de-là, principalement en direction d'Elda, qui était généralement au courant des faits et gestes de Derk.

« Il en a caché certains, déclara Elda, mais je ne pense pas qu'il ait fini.

— Il n'a pas fini, assura Colette. Il avait dit qu'il lui fallait un lot d'indices différents pour chacun de mes bidules et qu'il allait devoir se creuser la cervelle.

— Nous ferions mieux de vérifier », décréta Kit.

Tandis que Lydda consignait le tout dans une belle et grande écriture – *Indices : 126x10* –, Don, regardant par-dessus son aile, s'exclama :

« Mais ça fait 1 260 indices ! C'est une tâche titanesque !

— Dans 30 cachettes différentes, précisa Colette. Je m'en occupe.

— Alors je me charge d'inventer les indices, décréta Shona. Cela a l'air d'une activité digne d'une barde. Qu'y a-t-il d'autre d'urgent, Kit ?

— Presque tout. Nous avons vraiment du pain sur la planche, répondit-il d'un ton grave. À raison de trois groupes par jour, au bout de trois semaines, cela fait 62 groupes d'humains…

— 63, le corrigea Don.

— D'accord, 63, concéda Kit, répartis sur la quasi-totalité du continent et tous doivent vivre une aventure avec le Seigneur des ténèbres au moins une fois par semaine, puis, une semaine plus tard, certains doivent même avoir leur

Confrontation finale. Nous allons peut-être devoir trouver un Seigneur des ténèbres pour que les premiers puissent le tuer, en fonction de l'état de Papa. Mais les points les plus urgents à résoudre sont : comment allons-nous fournir les bonnes aventures à temps ? Et comment allons-nous transformer Derkham en citadelle ? Papa ne sera jamais assez en forme pour modifier la maison.

— Ça, c'est sûr, déclara Don.

— Et Barnabas, il ne peut pas s'en occuper ? demanda Blade.

— Oui, si tu veux qu'il sache que Papa n'est pas en état de le faire, rétorqua Shona, brisant tous ses espoirs. Kit, Maman peut transformer la maison. Elle s'amuse beaucoup à métamorphoser celle de Tantine. Nous aurions dû lui demander avant qu'elle ne reparte là-bas.

— Elle aura le temps seulement si elle le fait maintenant, fit remarquer Kit. Regarde le planning. Elle reçoit un groupe dans son repaire tous les jours à partir de la deuxième semaine. Lydda, écris un mot pour la faire revenir.

— Elle ne rentrera pas, protesta Colette.

— Elle va bien être obligée, insista Kit. Même si Blade ou moi pouvions le faire, il faudrait que nous soyons à trois endroits à la fois. L'un d'entre vous connaît-il un moyen d'aller dans tous les lieux où les aventures sont censées se dérouler ou de faire des choses comme la Chasse sauvage sans la magie de Papa ? Moi je n'en connais pas ! »

Shona rit bêtement.

« Si on traverse le pays en pourchassant les Pèlerins avec les chiens et les gentilles vaches ! »

C'était de toute évidence une plaisanterie. Kit claqua du bec pour signifier sa colère à Shona. Puis il le rouvrit et tourna la tête vers la carte.

« Ça m'a l'air d'être une bonne solution ! dit-il. Si nous nous débrouillons pour que les chiens et les vaches se trouvent à un endroit central, pas à Derkham, pour que nous puissions croiser le chemin des groupes…

— Attends, l'interrompit Lydda. Cela veut dire que nous devrons camper quelque part. Je préfère rester ici. »

Kit tourna la tête en direction de Lydda.

« Hors de question. Nous avons besoin de tout le monde. Et si Colette s'occupe de cacher les indices un peu partout…

— Je ferai les allers-retours », rétorqua Colette, ne tenant absolument pas compte du fait que la moitié des indices se trouvaient sur la côte est, à des centaines de kilomètres.

Tout le monde sauf Lydda et Kit observa la carte en se demandant comment Colette allait pouvoir y arriver.

Lydda leva le bec, soutenant le regard de Kit. Fait rare, la crête sur sa tête se redressa, elle aussi, dorée et féroce.

« Papa a besoin d'une vraie infirmière, déclara-t-elle, pas de cette imbécile de Fran. Je vais m'occuper de lui. Je veux être guérisseuse. »

Kit et elle échangèrent un regard menaçant, et la crête noire sur la tête de Kit, hérissée et deux fois plus grande, se redressa lentement pour rivaliser avec celle de Lydda. Elda déglutit avant de balbutier timidement :

« Moi aussi, je veux rester ici.

— Après l'autre nuit, intervint Shona, personne ne va te laisser camper à l'air libre, Elda. »

Blade observait attentivement la carte, ignorant les autres. Il avait l'impression que Kit avait oublié ce qui lui semblait le plus important.

« Je sais ce que nous devons faire en priorité, dit-il, et c'est conduire les soldats jusqu'au camp de base du pays d'Umru, maintenant, avant qu'ils ne s'entretuent ou qu'ils ne tuent quelqu'un d'autre. Papa ne sera pas assez en forme pour les y mener avant la première bataille. Ne pouvons-nous pas faire ça aussi ?

— Mon Dieu ! Assez avec vos suggestions stupides ! hurla Kit.

— C'est loin d'être ridicule, Kit, déclara Don en se penchant sur la carte. Nous ne pouvons pas être à 63 endroits en même temps. Mais si nous emmenons l'armée et les bêtes et que nous continuons vers le nord, nous pourrons ravager le pays ET croiser le chemin des groupes pour qu'ils aient leurs aventures là où nous nous trouvons.

— C'est juste ! s'exclama Shona, surprise.

— Don est toujours aussi doué pour trouver comment en faire le moins possible », grogna Kit.

Mais son bec se tourna vers la carte et sa crête redescendit doucement quand il vit que cette idée pouvait fonctionner.

« Je me demandais ce que Papa comptait faire des soldats, confessa-t-il, et c'est peut-être la façon dont il voulait procéder.

— Et je promets d'aller vous retrouver à chaque fois que vous aurez besoin de moi, ajouta Lydda.

— Pff, s'esclaffa Kit. Je t'y vois bien ! Une urgence à la frontière des terres du roi Luther, on appelle Lydda, Lydda décolle, on s'occupe de l'urgence. Trois jours plus tard, Lydda arrive, bringuebalante, épuisée et bonne à rien. Et trop tard de toute façon. Tu ferais mieux de commencer tes exercices de vol, pour une fois.

— Mais laisse-la tranquille ! » intervint Colette.

Tout le monde se détendit. Le plus dur semblait passé et Kit continua à se chamailler normalement.

CHAPITRE 10

Cinq jours plus tard, tout le monde aurait voulu que le dragon n'eût jamais vu le jour, ou qu'il fût tombé du ciel avant d'arriver à Derkham, ou qu'il y eût un autre moyen d'aider Derk.

« Comme envoyer un message à M. Chesney pour lui dire que les visites sont annulées cette année ? suggéra Don avec mauvaise humeur, en froissant les plumes de son cou sous la pluie. Il ne pourrait pas nous tuer. Alors que ça, si. »

Leur longue procession traînante n'était qu'à mi-chemin du camp de base, avec une journée de retard sur le planning de Kit, et ils avaient rencontré toutes les complications possibles et imaginables en route. Barnabas avait positionné les camps des soldats à ce qu'il avait considéré comme une journée de marche les uns des autres. Blade et Don se demandaient encore comment il était possible de faire marcher des hommes – même des hommes qui le voulaient bien – aussi vite. La première nuit, ils étaient encore à plusieurs kilomètres du camp, car ils étaient partis en retard le matin, après le conseil de Kit, et avaient dû parquer la horde de soldats dans un champ en jachère à côté d'un grand village. Mais les villageois ne les avaient pas beaucoup aidés. Ils s'étaient barricadés dans leurs maisons et avaient refusé de donner à Blade plus d'une charrette de pain. En échange de quoi, ils avaient exigé un paiement comptant. Heureusement, Shona avait emporté tout l'argent qu'elle avait pu trouver dans la maison. Les villageois avaient tout pris, prétextant, à juste titre, que les soldats avaient piétiné leurs champs, et demandé encore plus pour le pain. Shona avait dû utiliser tous ses pouvoirs bardiques de persuasion pour les convaincre de laisser Blade enregistrer la dette dans sa machine à boutons.

« Il faut vraiment que nous arrivions au prochain camp demain », déclara Shona tandis qu'ils regagnaient le champ avec Copine Nancy attelée à la charrette.

Pendant ce temps, Kit avait usé de ce qu'il espérait être le bon sort pour garder les soldats confinés en toute sécurité dans le champ. Il avait probablement eu plus de succès, reconnut-il à regret le lendemain matin, avec la soixantaine de grands feux de camp qu'il avait fait apparaître pour tenir les hommes au chaud. En tout cas, ils durent les laisser brûler allègrement en partant, et il n'y avait pas de raison pour que les feux s'éteignissent. Mais le pire, c'était qu'ils n'avaient pas pris la peine de compter les soldats la veille. Désormais, ils le faisaient sans cesse. Ce matin-là, près d'un quart des hommes s'étaient enfuis. Blade était rongé d'inquiétude à l'idée de toutes les horreurs que les déserteurs pouvaient être en train de commettre, mais ils n'étaient pas assez nombreux pour partir à leur recherche. Ils allaient devoir se débrouiller avec ce qu'il restait de leur effroyable troupe. Ils devaient respecter le planning des groupes.

Les soldats étaient encore plus abominables que Blade le pensait. Ils étaient horriblement inventifs, railleurs, rebelles et meurtriers. C'était probablement parce que les sédatifs faisaient encore un peu effet que Blade, Shona et les deux griffons purent les conduire jusqu'au camp suivant le lendemain. Ils ne voulaient pas marcher. Ils le firent bien comprendre le troisième jour en quittant le camp de concert pour s'asseoir dans la boue à l'extérieur. Certains des soldats avaient des entailles assez profondes là où Kit et Don les avaient agrippés pour les faire avancer. De ce que Blade put constater, ceux qui portaient ces blessures s'en vantèrent pendant deux jours. Les coups de bec ne les avaient pas fait bouger d'un centimètre. Exaspéré, Kit se souvint des feux de camp et, décidant que c'était une chose pour laquelle il était doué, enveloppa les hommes assis d'une illusion de feu.

Les flammes étaient un peu pâles, mais elles firent se lever la plupart des soldats. Mais elles ne les firent pas bouger.

« C'est du faux feu ! » s'écrièrent-ils en se rasseyant.

Ce ne fut que quand Shona, ivre de rage, leur envoya les moutons carnivores qu'ils se mirent en mouvement. Ils commencèrent à courir, pour certains avec d'adorables petites brebis blanches accrochées à la jambe ou aux fesses, tandis que les autres hurlaient « aux monstres ».

C'était la première fois que les moutons se révélaient d'une utilité quelconque. Le reste du temps, ils posaient presque autant problème que les soldats. Ils dévoraient tout ce qui était carné – lapins, souris, campagnols, oiseaux – et ne marchaient pas en mangeant. Il fallait les parquer soigneusement la nuit, faute de quoi ils s'en prenaient aux chiens. Shona finit par les conduire à l'aide des mêmes rênes magiques que Kit et Blade avaient dû inventer pour les soldats.

Les rênes étaient de longs fils que Shona avait détricotés de sa tunique de barde ; c'était une idée à elle. La magie avait été fournie principalement par Kit, avec l'aide de Blade. D'ici le troisième jour, Shona haïssait les soldats encore plus que Blade ou Don. Ils lui faisaient des commentaires en permanence. Certains auraient pu être flatteurs, mais ils n'en étaient pas moins des remarques sur son corps dénudé et ce qu'ils aimeraient lui faire. Les autres suggestions étaient ignobles. Heureusement, Shona montait Beauté et cette dernière refusait toujours de s'approcher à moins de 100 mètres des soldats, ce qui évitait à la jeune barde de comprendre clairement la plupart de leurs quolibets. Mais elle en comprenait assez. Le troisième soir, elle avait commis l'erreur de s'entraîner au violon à un endroit où les soldats du camp pouvaient l'entendre. Il n'en avait pas fallu plus pour qu'ils accompagnassent sa musique de paroles paillardes qu'ils chantaient horriblement mal. Le lendemain, leurs remarques avaient été plus obscènes encore.

À l'aube, Shona avait hurlé qu'elle rentrait à la maison à moins que quelqu'un ne trouvât un moyen de faire marcher ces hommes jusqu'à ce qu'ils fussent trop fatigués pour parler.

« Tu n'as qu'à trouver un moyen, toi », avait rétorqué Don d'un ton irascible.

Ils manquaient tous cruellement de sommeil.

« C'est toi la barde. C'est toi qui es censée avoir des idées. »

Ce fut alors que Shona avait pensé aux rênes et, au soulagement de tous, elles fonctionnèrent – ou plutôt, elles fonctionnaient si elles étaient posées en travers de l'entrée du camp, de sorte que les soldats n'avaient pas d'autre choix que de les croiser en partant, et si Don ou Kit volait au-devant d'eux pour les tirer.

Même comme cela, les soldats se débrouillèrent pour mettre le feu à un champ de céréales, à un flanc de coteau et à une forêt qu'ils traversèrent. Personne ne comprit comment.

« Qu'est-ce que ça peut bien faire ? s'exclama Kit. Ils sont censés tout mettre à sac. »

Blade regarda à regret de magnifiques arbres élancés se recroqueviller et se fendre dans des volutes de fumée et il eut mal pour ce bois. Il sentait la douleur des arbres. Cela le surprit, car il ne s'était jamais rendu compte à quel point sa magie ressemblait à celle de Derk.

Comme si cela ne suffisait pas, la plupart des animaux, et pas seulement les moutons, leur causaient toutes sortes de problèmes. Ils perdirent Poupoule dès la première nuit. Ils en arrivèrent à la triste conclusion que les déserteurs l'avaient emmenée pour la manger.

« Je ne veux même pas imaginer ce que cela va faire à Papa ! » s'exclamèrent-ils les uns après les autres le lendemain.

Ce soir-là, quand ils venaient juste de réussir à conduire les soldats jusqu'au camp qu'ils auraient dû atteindre la veille, un puissant battement d'ailes retentit au-dessus de leurs têtes. Ils levèrent tous les yeux, s'attendant à voir Colette.

« Tu t'en sors avec les indices ? lança Kit dans le ciel assombri.

— Ce n'est pas Colette, c'est moi, répondit Lydda, tournoyant au-dessus d'eux. Je n'ose pas atterrir. Je n'arriverai jamais à redécoller. Je suis juste venue vous dire que Poupoule est rentrée à la maison cette après-midi. Vous avez-besoin d'elle pour les œufs ? Maman dit qu'elle peut la téléporter si vous la voulez.

— Ce n'est pas la peine. Je déteste les œufs, cria Kit.

— Mais moi, j'aime ça », objecta Don piteusement.

Son avis ne fut pas pris en compte, ce qui n'était pas inhabituel.

« Gardez-la maintenant qu'elle est rentrée, cria Shona vers le ciel. Ça veut dire que Maman est à la maison ?

— Elle est passée rendre visite au dragon, répondit Lydda. Je dois lui dire où vous êtes. Je lui dirai que vous n'êtes pas encore trop loin. »

Elle s'éloigna en tournoyant et ses battements d'ailes disparurent pour laisser place à un profond silence.

« Je ne pense pas qu'elle ait fait exprès d'être vexante, déclara Blade.

— À partir de maintenant, nous respecterons le planning, même si c'est la dernière chose que nous faisons ! » jura Kit.

Ils se mirent en route tant bien que mal, essayant d'accélérer le pas, traînant les soldats réticents à travers les champs et les pâturages. Le troisième jour, ils furent retardés, car ils durent enterrer l'un des chiens et remorquer la dépouille de l'une des gentilles vaches attachée à deux des chevaux. Les soldats les avaient tués tous les deux, car ils les avaient trouvés trop amicaux. Briney, le chien, était simplement allé voir un soldat au bord de la troupe, en remuant la queue pour faire connaissance. Le soldat avait calmement dégainé son arme et décapité Briney. L'une des vaches avait suivi le chien pour voir ce qui se passait et s'était heurtée à un mur d'épées tranchantes. Blade avait les larmes aux yeux.

« Tant pis, dit Shona à Kit. Don et toi aurez plein de viande pour ce soir.

— On n'arrivera jamais à manger tout ça avant que ça ne pourrisse », trompeta Kit.

Si les griffons pouvaient pleurer, Kit aurait eu les larmes aux yeux, lui aussi.

« On peut essayer », proposa Don.

Après cela, ils durent garder les vaches à l'arrière de la disgracieuse procession – ce qui n'était pas difficile – et surveiller les autres chiens de près – ce qui l'était beaucoup plus. Les chiens étaient intelligents, car Derk les avait élevés pour ça. Ils savaient ce qui était arrivé à Briney et haïssaient désormais les soldats plus encore que Blade ou Shona. Ils projetaient de les égorger. Blade devait les garder en laisse à l'aide de fils enchantés de la tunique de Shona.

Cette nuit, ils firent griller des morceaux de la gentille vache au-dessus d'un grand feu, tandis que dans le camp voisin, les soldats chantaient :

« On veut du rôti ! On veut du rôti !

— Ils n'en auront pas une miette, décréta Shona. Je sais que ce n'est pas gentil, mais ils ont leurs propres provisions et je n'en ai rien à faire ! »

Ces soldats rendaient les gens mauvais, c'était bien le problème. Le quatrième jour, quand ils chantaient encore qu'ils voulaient du rôti, au milieu des sifflements et des huées en apercevant Shona, Blade se rendit compte que côtoyer autant d'individus malfaisants avait des effets délétères sur lui. Il vit que Don partageait son sentiment.

« Je ne sais pas pourquoi, lui confia Don, mais ils me font me sentir faible, déprimé et méchant en permanence. Je ne sais pas comment Kit fait pour les supporter. Ils ne peuvent pas le sentir ! »

C'était vrai. Les soldats s'étaient rendu compte que Blade et Don étaient juste jeunes. Shona n'était qu'une fille, et ils l'abreuvaient de commentaires. Mais ils n'arrivaient pas à croire que quatre jeunes gens, parmi lesquels une fille, parvinssent à commander plusieurs centaines de soldats. Kit était gigantesque. Il avait l'air féroce – et se comportait de cette manière lorsqu'ils ne suivaient pas ses ordres –

et sa sinistre robe noire contrastait avec celle, dorée, de Don. Les soldats décrétèrent que Kit devait être un puissant magicien maléfique qui les avait réduits en esclavage. Et ils lui en voulaient à mort. La haine qu'ils vouaient en silence au griffon était telle que Blade pouvait la sentir, comme de l'acide sur sa peau, à chaque fois que Kit et lui se retrouvaient ensemble à proximité des soldats.

Il décida de mettre Kit en garde :

« Ils réfléchissent à toutes les choses ignobles qu'ils te feraient s'ils s'échappaient, lui dit-il. Tu ne sens rien du tout ? »

Kit répondit en riant à bec déployé :

« Bien sûr que je le sens. Mais ça me plaît qu'on ait peur de moi.

— C'est plus que ça », insista Blade avec inquiétude.

Il voulait en dire davantage, mais c'était à ce moment que Joli avait disparu, et ils n'en reparlèrent plus.

Ils avaient dû aller à la recherche du poulain pour le ramener. Quand elle avait appris qu'ils seraient partis plusieurs semaines, Beauté avait refusé de se laisser monter par Shona ou qui que ce fût à moins que Joli ne fût de la partie. Comme Joli voletait assez bien désormais, en faisant tournoyer ses ailes noir et blanc qui donnaient le vertige – et qui étaient plus puissantes de jour en jour –, et qu'il pouvait brouter ou manger de l'avoine assez maladroitement, personne n'avait pensé qu'il lui fallait encore sa mère et ils avaient envisagé de le laisser aux bons soins du Vieux Georges. Mais Beauté leur avait assuré que Joli avait besoin d'elle. Ce dernier avait insisté qu'il ne dépendait de rien ni de personne. Il s'amusait comme un petit fou en gambadant de part et d'autre de la procession, jouant avec les chiens, pourchassant les vaches et, de temps en temps, faisant une peur bleue à sa mère en disparaissant. À chaque fois que Beauté le perdait de vue, elle était persuadée que les soldats l'avaient tué, lui aussi. Comme Joli faisait preuve de bon sens en ne s'approchant jamais d'eux, personne ne prenait les crises d'angoisse de Beauté au sérieux, mais elles ralentissaient tout le monde.

Cette fois, quand Joli disparut pendant que Blade essayait de mettre Kit en garde, il était vraiment introuvable. Beauté s'élança vers le ciel avec Shona sur son dos.

« Sohldats ! Méhchants sohldats ohnt Jholhi !

— Mais non ! » rétorqua Shona, exaspérée.

Les rênes qui tenaient les moutons lui cisaillaient les doigts, elle avait perdu un étrier et avait failli tomber.

« Tu sais bien qu'il ne s'approche pas d'eux. Redescends !

— Throuve Jholhi ! trompeta Beauté en prenant de la hauteur et en tirant sur ses rênes presque au point de les casser.

— Ah vraiment ! »

Shona était penchée d'un côté, s'accrochant aux six mètres de fils et tâtonnant à la recherche de son fer.

« Tu as de la chance que je sois bonne cavalière, Beauté, ou tu m'aurais déjà perdue. Descends, s'il te plaît. »

Mais la jument essaya de monter à nouveau, en hennissant pour appeler Joli, se cabrant dans les airs tant son angoisse était grande. Shona était si près de tomber que Don s'envola d'un battement d'ailes pour la rattraper, et le bruit qu'il émit couvrit – peut-être – l'approche de ceux qui avaient trouvé Joli. Quoi qu'il en fût, Joli réapparut tout à coup à quelques mètres de Kit, de Blade et des chiens, trottant gaiement au milieu des longues jambes de six grands hommes blonds vêtus de vert.

Un long grondement d'admiration s'éleva parmi les soldats, qui observaient la scène.

La raison à cela était que les six hommes et Joli étaient enveloppés d'une brume magique bleu-vert. Le plus grand des hommes portait un diadème en or dans ses cheveux blond polaire. Il s'inclina solennellement devant Blade et Kit.

« Je viens rapporter cette petite merveille de cheval au Seigneur des ténèbres, notre maître, déclara-t-il. Auriez-vous l'obligeance de me conduire jusqu'à lui ?

— Euh… » commença Blade.

Mais il fut interrompu par Beauté qui redescendit aussi brutalement qu'elle s'était envolée. Joli courut la rejoindre, à bonne distance des moutons, en expliquant fébrilement qu'il était un pauvre petit poulain perdu qui avait été volé.

« N'importe quoi, lança Shona. Tu es juste un boulet. »

Puis elle leva les yeux et vit le grand homme au diadème. Elle le fixa de ses yeux noirs écarquillés. Don atterrit à côté d'elle, hypnotisé lui aussi.

« J'ai bien peur que Derk ne soit pas disponible en ce moment, répondit Kit avec déférence en se penchant en direction de la brume magique. Mais nous vous remercions d'avoir ramené Joli. Pouvons-nous vous être d'assistance en prenant un message pour Derk ?

— Je vous remercie, répondit l'homme au diadème en or. Dites-lui que je dois, par politesse, m'entretenir avec lui en personne. Je suis Talithan, fils aîné de Talian, roi des elfes. »

Même Kit perdit son assurance. Cet homme était un elfe de haut rang. Il déglutit et répondit plus courtoisement encore :

« Mon père, Derk… euh… est présentement indisposé et s'est vu contraint de rester à la maison aujourd'hui. »

Le front lisse du prince des elfes se fronça en entendant ces mots. Kit s'empressa d'ajouter :

« Mais je peux, bien sûr, voler à toute allure jusqu'à la maison…

— Cela ne sera pas nécessaire », répondit le prince des elfes, au grand soulagement de Blade.

Il avait envie de frapper Kit. Comment diable pouvaient-ils dire quoi que ce fût à Derk alors qu'il était plongé dans un coma de guérison ? Blade leva les yeux vers Shona, espérant qu'elle se joindrait à la conversation pour empêcher Kit de les tourner tous en ridicule, et il était exaspéré de la voir sur le dos de Beauté telle une statue, hypnotisée par Talithan. *Oh non !* se dit-il. Il allait devoir faire remarquer à Shona que si Talithan était bien qui il prétendait – et il devait l'être, les elfes ne mentaient jamais –, il avait au moins 500 ans et était déjà marié.

« Je servirai le Seigneur des ténèbres en personne, poursuivit Talithan. Sachez que l'on m'a désigné aujourd'hui même pour lutter à ses côtés, ainsi que mes amis, en qualité de capitaines de ses elfes des ténèbres. Cette soudaineté, nous devons nous empresser de le lui assurer, ne se voulait en rien discourtoise. Un autre grand elfe avait été choisi, mais a été écarté, à cause de mon imprudence.

— Vraiment ? l'interrogea Kit, impuissant.

— J'ai malencontreusement offensé mon honorable père en prononçant une prophétie moqueuse, et c'est pourquoi je dois considérer le Seigneur des ténèbres comme mon maître pendant un an et un jour. Je dois donc me rendre de toute urgence à Derkham.

— Peut-être devriez-vous attendre une semaine, Votre Majesté », laissa échapper Blade.

La tête de Kit se braqua furieusement sur lui.

« Votre Majesté, intervint Don, Papa croule sous les affaires urgentes… »

Don ferma le bec à la seconde où la tête de Kit se fixa sur lui en agitant la queue. Il savait que Kit avait raison. On ne suggérait pas à l'héritier du roi des elfes qu'une affaire quelconque pût être plus importante que lui. Sauf…

« Avec M. Chesney », ajouta Don, frappé par l'inspiration.

La queue de Kit s'abattit sur le sol comme un fouet.

« Alors j'attendrai une semaine son bon plaisir, répondit Talithan dignement. Je ne m'associe pas, dit-il en relevant le menton de dédain, avec ce Chesney, qui retient mon frère en otage et assujettit mon peuple à son bon vouloir. Mais je dois voir le Seigneur des ténèbres, ne fût-ce que pour lui demander une faveur. »

Il ébaucha un demi-tour, mais se ravisa et s'adressa à Kit en le regardant dans les yeux :

« Pardonnez mon impertinence, mais comment se fait-il que deux membres de votre peuple fassent référence au Seigneur des ténèbres en l'appelant Père ?

— Mais parce qu'il l'est, répondit Kit avec étonnement. Il s'est servi d'œufs pour nous créer. »

Talithan sourit.

« Cela explique ma perplexité. J'ignorais qu'il existait des griffons de ce côté de l'océan, mais si vous avez été rapportés dans l'œuf, tout est plus clair », convint-il avant de s'incliner devant un Kit stupéfait, Don, Blade et enfin Shona, qui le fixait toujours.

« Adieu, je ne dois pas retarder plus longtemps l'acheminement de ces antipathiques soldats. »

Blade fut aussi surpris de ces paroles que Kit. Aucun des elfes n'avait daigné jeter ne serait-ce qu'un coup d'œil à cette armée aux yeux écarquillés.

Les six elfes firent demi-tour comme pour partir. La brume magique se retourna avec eux, comme une porte qui se ferme, et la pelouse où ils s'étaient tenus se vida soudainement. Tous les chevaux, y compris Joli et Beauté, bondirent derrière eux avant de s'arrêter en voyant que les elfes étaient partis. Ces créatures avaient souvent cet effet sur les chevaux. Quand Beauté pila net, elle éjecta Shona de sa selle, qui atterrit en titubant et en tirant sur les rênes qui contenaient les moutons. Sa chute la tira de sa stupeur.

« Mon Dieu ! s'écria-t-elle. J'ai rêvé de lui !

— Ah non, tu ne vas pas commencer avec tes histoires à l'eau de rose ! riposta Kit.

— Pas du tout, rétorqua Shona. C'était un cauchemar. Il y avait aussi des nains, on t'avait noyé et Papa avait un problème. C'est juste que je n'arrivais pas à croire que c'était vrai.

— On pensait que tu avais le béguin pour lui, expliqua Blade.

— Bien sûr que non. Il a 500 ans et il est marié à Malithène, s'indigna Shona. Je connais mes cours d'elfologie, mais je ne savais pas que c'était lui dans mon rêve, qui était, d'ailleurs, vraiment effrayant. »

Kit rejoignit les soldats d'un pas décidé et agita les rênes magiques pour faire redémarrer la procession, de toute évidence de très mauvaise humeur. Blade connaissait le ressenti de Kit. Après le départ des elfes, on se sentait toujours à plat, ordinaire et laid. Tout semblait désagréable. Blade remarqua qu'ils laissaient au milieu de superbes terres cultivées une vaste traînée de terre piétinée, jonchée des détritus que les soldats avaient semés. Ils n'arrivaient pas à comprendre où ces derniers trouvaient tous les déchets qu'ils jetaient par terre, mais ils en jetaient en permanence – des papiers, des sachets, des bouts de tissu, des fragments d'armure noire, des clés, des fruits pourris, des croûtes –, ce à quoi venaient se superposer les bouses des gentilles vaches, qui passaient derrière eux. Tout à coup, Blade fut pris de dégoût.

Mais ce n'était pas la seule raison de la mauvaise humeur de Kit. Plus tard, quand ils eurent atteint le camp suivant et enfermé les soldats à l'intérieur, celui-ci dit à Blade :

« Je ne savais pas qu'il y avait des griffons sur l'autre continent.

— C'est peut-être ce qui a donné l'idée à Papa », avança Blade d'un air morose.

Il était anéanti. Il savait que Kit allait traverser l'océan à la recherche de griffons sauvages à la première occasion.

« C'est trop loin pour y aller en volant, ajouta-t-il avec désespoir. Tu te noierais.

— C'est pour ça qu'on a inventé les bateaux, non ? » lui fit remarquer Kit.

Il gela cette nuit-là. Bien au chaud dans le camp, les soldats s'époumonèrent à crier et à chanter la moitié de la nuit, tandis que leurs quatre gardiens grelottaient. À l'aube, le givre fondit pour laisser place à la pluie. Au sec entre les murs transparents du camp, les soldats refusèrent de sortir. Ce fut à ce moment-là que Blade aurait donné n'importe quoi pour que le dragon fût mort avant d'arriver à Derkham.

« Et maintenant, qu'est-ce qu'on fait ? demanda Shona, dont la tête était enveloppée dans une bâche sur laquelle tambourinait la pluie.

— On les y enferme et on les laisse pourrir, suggéra Don, furieux. J'en ai assez de les traîner. »

Il s'ébroua pour retirer l'eau de sa fourrure et de ses plumes. Cela ne servit à rien. La pluie était si drue que sa robe dorée trempée semblait brune.

« Non, on ne va pas les enfermer ! » grogna Kit, toujours d'une humeur de chien.

Tout le monde essayait de l'apaiser sans qu'il s'en rendît compte, car cela empirait toujours les choses avec lui. Les animaux le fuyaient comme la peste, même Joli.

« D'après mon planning, rugit Kit en traçant des marques dans la boue d'une longue serre dégoulinante, nous devons arriver près des terres d'Umru en moins d'une semaine, sinon nous gâcherons au moins 50 Pèlerinages, maudits soient-ils tous !

— On n'y sera jamais dans les temps, même si les soldats sortent maintenant, répondit Shona. Je doute qu'ils bougent avant d'avoir fini tous les vivres du camp.

— De toute façon, nous n'atteindrons pas la moitié des emplacements à temps ! bougonna Kit.

— On peut arriver aux premiers, rectifia Blade d'une voix apaisante. Tous les camps des collines de la côte ont des volatiles et je peux m'y téléporter facilement. Referme le camp. Je crois qu'il y a quelque chose que je peux faire.

— Tu peux faire quelque chose, toi ? l'interpella Kit brutalement.

— Il se peut que ça ne fonctionne pas, admit Blade, mais je te préviendrai. Ferme le camp pendant mon absence.

— Bon, d'accord. »

Kit se redressa en dégoulinant et se dirigea vers l'entrée du camp restée ouverte.

« Tu as intérêt à ce que ça fonctionne », ajouta-t-il par-dessus son épaule.

La dernière chose que vit Blade avant de se téléporter fut Kit déployant ses vastes ailes noires et les ébrouant comme des coups de tonnerre. Les soldats les plus proches reculèrent avec méfiance. Ils savaient reconnaître un sale caractère quand ils en voyaient un, comme tout le monde.

Blade eut du mal à se téléporter. Cela ne lui avait jamais posé problème avant. Il n'avait pas mesuré l'effort que cela exigeait. Maintenant qu'il accusait la fatigue de quatre jours de voyage et de gestion permanente de crises, trempé jusqu'aux os, endolori d'être resté aussi longtemps en selle et après avoir passé une nuit blanche à grelotter, le moindre mouvement lui demandait tout à coup des efforts considérables. Son premier essai ne l'amena que jusqu'à l'auberge où ils s'étaient retrouvés nez à nez avec le démon. La pluie n'y était qu'une légère bruine bercée par un vent chaud. Blade resta un instant dans la cour déserte, à bout de souffle, se demandant s'il aurait le cran de suivre son idée. Sans Kit tournoyant au-dessus de sa tête comme un cumulonimbus le poussant à avancer, Blade se sentait bien moins en sécurité et sûr de lui.

« Après tout, le dragon nous le doit bien, dit-il à voix haute. C'est sa faute, tout ce bazar. »

Cela était peut-être vrai du point de vue d'un humain ou d'un griffon, mais Blade n'était plus certain qu'un dragon verrait les choses de la même manière. Le problème était qu'ils avaient besoin de faire avancer les soldats, et la seule créature capable de les faire bouger était un énorme dragon. Blade inspira profondément et se téléporta pour suivre sa route.

Il se dégonfla à la dernière minute et alla d'abord chez lui. Il se dit qu'il voulait voir comment allait son père. Mais cette fois encore, il manqua son coup et atterrit dans le jardin, au milieu d'un gros buisson. La première chose qu'il vit était le prince Talithan et ses cinq compagnons d'armes, patiemment assis en ligne sur la terrasse, contre le mur de la maison qui avait subi le moins de dégâts. S'ils pouvaient être assis confortablement dehors, c'était parce qu'il ne tombait pas une goutte à Derkham.

« Mince », marmonna Blade avant de se téléporter dans la cuisine, tandis que les elfes se retournaient pour voir ce qu'était le bruit dans le buisson.

Lydda leva les yeux de la gazinière avec résignation.

« Oh, c'est toi.

— Les elfes… commença Blade.

— Ils sont arrivés hier soir, répondit Lydda avec lassitude. Ils veulent voir Papa, mais c'est impossible, pas tant qu'il dort. D'ailleurs, je ne crois pas que Papa doive voir qui que ce soit tant qu'il n'est pas complètement remis. Je leur ai dit qu'il était en conférence avec M. Chesney, mais ils ont décidé d'attendre. Et, ajouta Lydda avec véhémence, j'ai dit à cette maigrichonne de Fran que je la criblerais de coups de bec si elle leur disait que Papa était malade. Elle est à l'étage avec lui en ce moment, si Elda la laisse s'approcher de lui. Ce qui n'est pas sûr. »

De toute évidence, Lydda était épuisée, elle aussi.

« Comment va Papa ? s'enquit Blade.

— Je n'en sais rien ! s'écria Lydda, bouleversée. Je ne sais plus ! Va le voir et dis-moi si tu vois une différence. Et dis à Elda qu'elle doit laisser Fran passer de l'onguent sur ses brûlures aujourd'hui, car je ne peux pas m'en charger. Je dois cuisiner pour les elfes.

— De divins amuse-bouche ? lui demanda Blade.

— Un divin dîner, rétorqua Lydda. Et s'ils restent jusqu'à ce que Papa aille mieux, ce sera un divin déjeuner, dîner, déjeuner, dîner, déjeuner, dîner… je deviens folle, Blade !

— Où est Maman ? l'interrogea-t-il en reculant prudemment vers la porte.

— Dans son repaire, aboya Lydda. Le premier groupe sera là d'un jour à l'autre. Elle est partie avant l'arrivée des elfes. Au moins, elle ne veut plus que Colette et Elda la rejoignent… et Colette est partie depuis trois jours. Une bouche de moins à nourrir. »

Lydda n'était visiblement pas d'humeur à tolérer la présence de quelqu'un dans la cuisine. Blade s'empressa d'aller dans la chambre de Derk, à l'étage. Elda montait la garde au pied du lit, camail, ailes et crête au garde-à-vous, fusillant la squelettique Fran du regard. Cette dernière rangeait des pots d'onguent et des bandages, les lèvres serrées d'une manière qui semblait dire que si elle avait eu une crête et un camail, ils seraient dressés aussi. Un silence hostile régnait dans la pièce, que Blade traversa pour aller voir son père.

Le silence était en partie dû au fait que Derk respirait normalement. Il avait quasiment retrouvé sa couleur normale et ses brûlures avaient presque toutes disparu, à l'exception d'une immonde cloque sur l'une de ses joues. Mais il avait beaucoup maigri et sa mâchoire était revêtue d'une barbe naissante. Ses poils bruns lui creusaient le visage et lui donnaient un air fragile et inquiet.

« Mais il va beaucoup mieux ! s'exclama Blade.

— Tu crois ? lancèrent Elda et Fran en chœur, en évitant de se regarder.

— Bien sûr, répondit Blade. Dis-le à Lydda. Et dis à Papa que je l'aime quand il sera réveillé. »

La chambre n'était pas plus hospitalière que la cuisine. Blade se téléporta à nouveau, avec précaution, à l'extérieur du portail, là où les elfes ne pouvaient pas le voir. De là, il s'aventura d'un pas lent dans la vallée. Il n'allait pas risquer d'alarmer le dragon en apparaissant tout à coup sous son nez. Il aurait bien aimé savoir comment s'entourer d'un bouclier ignifugé, mais il se souvint de la facilité avec laquelle le dragon avait repoussé ses tentatives de venir en aide à Derk et en conclut que son bouclier serait balayé lui aussi. La seule chose à faire était de se téléporter au moindre signe de danger. Et vite. En espérant que cela suffirait.

Blade se rendit compte qu'il avançait de plus en plus lentement. Il était, reconnut-il, pétrifié de peur. Il semblait peu probable que le dragon admît être redevable envers la famille de Derk pour son aide, et très possible qu'il dévorât Blade sur-le-champ. D'après Mara, c'était un vieux dragon sauvage de l'époque où les dragons et les humains étaient des ennemis naturels. Ou peut-être qu'il était simplement trop malade et grincheux pour aider. Mais Blade ne voyait aucun autre moyen de faire bouger les soldats et, se souvenant que Mara avait préparé le dragon à écouter, il continua d'avancer. Il franchit le rocher escarpé qui dissimulait la vallée.

Il avait oublié combien le dragon était grand. Celui-ci remplissait la moitié de la vallée. Il était couché le long du ruisseau, la tête et ses immenses griffes non loin de Blade, avec l'une des vaches du maire entre ses pattes. Il la grignotait tranquillement. Derrière, à côté du cours d'eau, le diadème cabossé et la chaîne cassée avaient été soigneusement déposés sur une pierre plate. Au-dessus de Blade, les ailes du dragon s'élevaient comme deux sommets aussi verts que les collines environnantes. Derrière ses ailes, Blade pouvait apercevoir son énorme corps et sa queue pointue, qui disparaissait presque aussi loin que le troupeau terrifié de ce qui restait des vaches du maire. Il en manquait beaucoup.

Ce qui impressionna le plus Blade, c'était à quel point le dragon avait changé depuis la dernière fois qu'il l'avait vu. Il scintillait, était redevenu vert partout et les écailles qui étaient fendues et décollées s'étaient régénérées et recollées. Son ventre d'un blanc maladif était maintenant vert pâle. Ses gigantesques ailes n'étaient plus en lambeaux – Blade y voyait un sang vert foncé couler dans ses veines pleines de vie – et les griffes qui enserraient la vache du maire avaient retrouvé leur redoutable forme crochue. Sa mère avait raison. Le dragon était malade à son arrivée.

L'animal leva les yeux et aperçut Blade. Ses yeux n'étaient plus vitreux, mais d'un éclatant vert doré. Ils étaient immenses. Blade aurait pu s'y noyer. Quand il le vit, le dragon protégea d'une patte crochue la dépouille de la vache tout en attrapant la chaîne cassée et le diadème cabossé de l'autre pour les mettre en sécurité sous son ventre vert.

« Qu'est-ce que tu veux ? demanda-t-il d'une voix qui fit trembler le sol sous les bottes de Blade et fit meugler les vaches de terreur. Tu me prends pour une bête de foire ?

— Comment ça ? » s'enquit Blade.

Bizarrement, il avait oublié sa peur. Il savait que ce dragon était la créature la plus dangereuse au monde – exception faite du démon bleu ou de M. Chesney –, mais il ne pensait qu'à la meilleure façon de lui parler.

« Les gens n'arrêtent pas de venir me regarder, grogna le dragon. Deux petits oiseaux-chats jaunes, un plus gros brun, un homme et une femme squelettiques, une petite femme aux cheveux jaunes, et maintenant toi. C'est à croire que vous n'avez jamais vu de dragon !

— Je suis venu vous parler, pas vous observer, rétorqua Blade.

— C'est ce qu'ils disent tous, tonna le dragon. Et puis ils m'ont reproché d'avoir grillé le sorcier. Si tu es là pour me disputer toi aussi, c'est déjà fait.

— Non, en fait, je suis venu vous demander de l'aide, monsieur… euh… Écailles, répondit Blade avec audace.

— Écailles suffira, le corrigea le dragon. Qu'est-ce que tu entends par "demander de l'aide" ?

— Vous nous êtes redevable. Vous avez carbonisé mon père, expliqua Blade.

— Et voilà. Tu vois ? Tu me fais des reproches, grogna le dragon.

— Pas du tout. Je vous explique. »

Blade planta les pieds dans le sol et regarda le dragon droit dans ses immenses yeux. Malgré ce que Fran et le Vieux Georges avaient dit, cela semblait la meilleure chose à faire. Cela avait fonctionné pour Mara.

« Vous comprenez, comme vous avez carbonisé mon père, nous devons accomplir toutes les tâches de Seigneur des ténèbres à sa place. Nous avons son armée, disons plutôt 600 meurtriers qui se font passer pour des soldats, au milieu de nulle part à côté du désert, et nous devons les acheminer jusqu'au camp de base dans le pays d'Umru pour les y parquer pendant que nous nous occupons de la Chasse sauvage et de tout le reste. Mais ils ne veulent plus avancer. Aujourd'hui, ils sont restés assis et ont refusé de sortir du dôme.

— Tu n'as qu'à les laisser là, répondit le dragon.

— Impossible, répliqua Blade. Nous avons un planning à suivre… Ils doivent combattre dans tout un tas de batailles. Et puis, si nous les laissions, il y a fort à parier qu'ils s'échapperaient et se mettraient à tuer tout le monde.

— Je croyais que c'était le but des soldats et des batailles de tuer, riposta le dragon. Pourquoi doivent-ils aller trucider des gens à un endroit et à un moment précis ?

— Parce que M. Chesney a prévu une bataille par Pèlerinage. »

Le silence se fit. Blade n'entendait rien d'autre que le ruisseau dansant sur les galets. Le dragon bougeait à peine. Une volute de fumée émergea de ses puissantes mâchoires et se mêla aux bouts de pelage sur la carcasse qu'il tenait entre ses griffes. Une lueur rouge apparut dans l'immense œil que Blade voyait le mieux. Le sommet de ses ailes semblait plus pointu et cruel, et Blade sentit ses muscles se raidir dans l'ensemble de son gigantesque corps. Il comprit que le dragon plaisantait avec lui, à la manière des dragons, mais quelque chose qu'il avait dit ne l'avait pas fait rire et l'avait même mis en colère. Il se prépara à prendre la poudre d'escampette.

« Un jour, déclara le dragon d'une voix grave venant du tréfond de sa gorge fumante, il va falloir que je rencontre ce M. Chesney. Je devrais présenter mes respects à celui qui règne sur les dragons de ce monde, n'est-ce pas ? Alors c'est entendu. Je viendrai demain à l'aube payer ma dette envers ton père. »

Blade se détendit.

« Y a-t-il un moyen pour que vous veniez aujourd'hui ? lui demanda-t-il d'un ton implorant.

— Je ne suis pas prêt pour voyager aujourd'hui, répondit le dragon. Je suis encore en convalescence. Attends-moi demain au lever du soleil. Tes meurtriers et toi êtes faciles à trouver ?

— On ne peut plus faciles, assura Blade. Nous laissons une trace d'un kilomètre sur notre chemin. Merci pour votre aide… euh… monsieur… euh… Écailles, je veux dire. »

Le dragon laissa échapper un grand anneau de fumée bleue.

« Je ne dirai pas que tout le plaisir est pour moi. Cela a l'air d'être une vraie corvée. Je ne suis pas d'accord non plus pour dire que j'ai une dette envers toi. Mais c'est la seule manière d'avoir la paix. Et maintenant, si cela ne te dérange pas, va-t'en et laisse-moi finir mon petit-déjeuner.

— Oui, bien sûr », répondit Blade à deux doigts d'appeler le dragon « monsieur », comme quand il devait appeler son grand-père ainsi.

Feu le père de Mara était un vieux sorcier irascible aux manières archaïques. Ce dragon le lui rappelait fortement.

Blade descendit la vallée. Maintenant qu'il avait le temps de réfléchir, il était extrêmement surpris d'avoir convaincu aussi facilement le dragon de les aider. Il espéra qu'il ressemblait assez à son aïeul pour tenir sa parole. *Grand-père disait toujours : « Un sorcier tient toujours sa parole. Il préférera mourir que briser une promesse, mon enfant. »* Mais peut-être le dragon s'était-il simplement débrouillé pour se débarrasser de lui. Son grand-père n'aimait pas être dérangé non plus.

CHAPITRE 11

L'après-midi du cinquième jour, Derk se réveilla en sursaut avec l'impression qu'on l'appelait. Il se redressa dans son lit, surpris d'être aussi faible et d'avoir le souffle si court. Son visage était douloureux. Lorsqu'il le toucha, il sentit une barbe naissante et une imposante brûlure purulente sur la joue. Ce fut alors que tout lui revint.

« Par les dieux et les démons ! s'exclama-t-il. Combien de temps suis-je resté assoupi ? »

Il se leva. Ses jambes fléchirent. Il les consolida à l'aide d'un sort et avança maladroitement jusqu'à la salle de bains en se raccrochant aux chaises, aux poignées de portes, aux murs et enfin au lavabo, où il entreprit de se raser avec détermination. Elda gravit les escaliers au galop quelques minutes plus tard pour le trouver le visage couvert de mousse et avec des bandages souillés pendant de partout.

« Papa, s'il te plaît, retourne te coucher, s'écria-t-elle. Lydda t'a préparé du bouillon.

— Non. Combien de temps ai-je dormi ? lui demanda Derk en vacillant.

— Presque cinq jours, répondit Elda. Mais ne t'inquiète pas, Shona est partie avec les garçons pour s'assurer qu'ils ne font pas n'importe quoi, et ils s'occupent des soldats à ta place. Retourne te coucher. »

Derk détacha un bandage défait pour couvrir la brûlure sur son visage pendant qu'il retirait le mélange de poils et de mousse qui l'entourait.

« Où est ta mère ?

— Dans son repaire, répondit Elda. Le premier groupe va la voir demain et le deuxième y arrivera dès que le premier sera parti, après être passé par le couvent mis à sac. »

Elda était douée pour apprendre. Elle avait mémorisé tout le programme de Mara, assise au pied du lit de Derk pour le protéger de Fran. Elle aurait pu lui en parler en long, en large et en travers.

Derk poussa un soupir. Cela aurait été trop demander que Mara s'occupât de lui pendant qu'il était malade. Elle n'en avait probablement pas envie.

« Mais qui m'appelle, alors ? » s'exclama-t-il en levant le menton pour se raser le cou. Un poil résista.

« Aïe !

— Je n'entends personne, répondit Elda.

— Par magie, clarifia Derk.

— Ce sont peut-être les elfes, suggéra Elda.

— Quels elfes ? » demanda Derk en continuant de se raser avec ténacité.

Elda soupira, elle aussi. Elle voyait que Derk était d'humeur têtue et elle n'arrivait pas à lui parler dans cet état-là. Elle sauta dans la baignoire vide et s'accroupit en lui racontant tout ce qui s'était passé. Pendant ce temps, Derk, s'appuyant sur le lavabo d'une main puis de l'autre, réussit à se raser puis à retirer la plupart de ses bandages et à enlever l'onguent pour voir ses brûlures. Elles étaient encore assez sévères.

« Et Colette est rentrée juste après l'arrivée des elfes, et elle a crié sur le dragon et puis elle est partie voir Maman, récapitula Elda. Tu devrais vraiment garder la pommade, Papa. C'est la guérisseuse qui l'a dit !

— Mais que fabrique Colette ? demanda Derk.

— Elle vérifie quels indices tu as cachés, expliqua Elda. Elle dit que tu n'en as pas fait la moitié.

— Mais qui nourrit les animaux, alors, personne ? l'interrogea Derk.

— La moitié d'entre eux sont avec Shona et les garçons, répondit Elda. Maman a demandé au Vieux Georges de se charger des autres. Et elle a fait appel à Fran pour s'occuper de toi – sauf que je ne l'aime pas.. Elle m'a traitée d'animal !

— Dis-lui qu'elle en est un aussi, lança Derk. Mon Dieu ! Mais dans quel pétrin sommes-nous ! »

Il sortit de la salle de bains pour se traîner dans sa chambre et chercher ses vêtements. Elda bondit hors de la baignoire et s'empressa de caler son dos sous la main droite tremblante de Derk. Celui-ci s'appuya sur elle, reconnaissant, même si elle essayait de le ramener jusqu'au lit. Au moins, elle savait ce que Fran avait fait de ses vêtements. Il l'envoya les chercher et s'assit sur le lit pour s'habiller.

« Laisse Lydda t'apporter du bouillon, l'implora Elda pendant qu'il enfilait ses vêtements. Tu dois être affamé !

— Pas vraiment. Je n'ai reçu aucun signal de mon estomac », répondit Derk.

Il s'inquiétait de savoir qui l'appelait. Cela avait l'air urgent. Il enfila ses bottes et se leva.

« Aide-moi à descendre les escaliers, Elda. Où sont les elfes ?

— Dans la salle à manger en train de savourer un divin déjeuner, l'informa Elda. Tu pourrais attendre. »

Derk savait que s'il attendait, il retournerait au lit et la situation ne ferait qu'empirer.

« Non », s'exclama-t-il avant de se diriger d'un pas chancelant vers les escaliers.

Lydda avait entendu bouger à l'étage. Dans son état actuel, la maison craquait vigoureusement dès que quelqu'un s'approchait des escaliers. Elle apporta un bol de bouillon à Derk, qui avait atteint la moitié des marches. Elle s'assit de façon à lui barrer le passage.

« Assieds-toi et bois ça, Papa, ou je te picore les brûlures. »

Derk s'assit lourdement, un bras par-dessus le dos d'Elda. Lydda ne lui avait pas laissé le choix. Il prit docilement le bol. Le bouillon qu'il contenait dégageait un délicieux fumet. Il en prit une gorgée. Il était succulent.

« C'est un poème à boire », dit-il à Lydda, assise sur quatre marches avec ses ailes déployées pour l'empêcher de descendre davantage.

Derk réussit à sourire.

« Tout le monde devrait avoir des filles griffonnes pour veiller au grain », déclara-t-il.

Elda grimpa sur la marche au-dessus de lui pour qu'il pût se servir d'elle comme dossier. Derk s'appuya contre ses plumes toutes chaudes et s'assit confortablement pour boire son bouillon en contemplant la verdure du jardin et de la vallée derrière, à travers le mur magique que Finn et Barnabas avaient érigé.

« Quand tout sera terminé, je crois que nous garderons cette façade transparente, dit-il. Les escaliers étaient trop sombres. Et que s'est-il passé d'autre depuis le départ de Colette ?

— Blade est venu, répondit Lydda, mais pas longtemps. Il était trempé, car il pleuvait dans leur camp. Il est monté voir rapidement comment tu allais.

— Il a dit que tu avais l'air de te porter beaucoup mieux, protesta Elda, mais tu as une mine horrible, Papa. Tes joues sont toutes creusées et tombantes.

— Parfois, répondit Derk, Blade est plein de bon sens. Je reprendrais bien un bol de ce délicieux bouillon, Lydda. »

La griffonne prit le bol, mais ne bougea pas.

« Je t'en apporterai un quand tu te seras recouché. »

Derk sourit, soupira et hocha la tête. Et il se téléporta jusqu'à la personne qui l'appelait de toute urgence.

Des cris de stupéfaction résonnaient encore dans ses oreilles quand il atterrit, lourdement, non pas dans la salle à manger, comme il le pensait, mais quelque part au dehors. En plus, il commençait à pleuvoir. Derk resta assis un moment, endolori, essoufflé, sous les gouttes, le regard perdu, sur un flanc de colline escarpé recouvert de verdure, regrettant de commettre autant d'erreurs de téléportation. Une vache meugla non loin de là.

« Malédiction ! J'oublie toujours à quel point les humains sont fragiles ! » grogna une voix grave.

Derk reconnut la voix qui l'appelait.

« Tu es gravement blessé ? » lui demanda-t-elle.

Derk avança lentement à quatre pattes pour voir l'énorme dragon vert couché le long du ruisseau en dessous de lui. Il rayonnait de santé sous la pluie. Au début, il ne le reconnut pas. Puis il vit les points de suture dans la longue aile pointue la plus proche.

« Oh, dit-il, c'est vous.

— Et si ce n'était pas toi que j'avais appelé, je ne t'aurais pas reconnu non plus, marmonna le dragon. Toutes mes excuses. Je t'ai fait venir ici pour me racheter. Une fois que ta femme m'a expliqué la situation, j'ai compris que j'avais agi de façon hâtive et stupide. Je n'aurais jamais dû te brûler.

— Euh… merci. C'est très honnête de votre part, répondit Derk.

— Ce n'est pas honnête, tonna le dragon. J'ai honte. Ce n'est pas toi que j'aurais dû attaquer. Mais j'étais en colère, très en colère et honteux. J'étais endormi – je crois que je m'étais préparé à mourir – quand je me suis soudain réveillé dans un monde totalement différent. Les dragons que j'ai connus bébés étaient non seulement adultes, mais en plus ils faisaient des courbettes aux humains et participaient à un jeu ridicule. On aura tout vu ! Et quand je leur ai demandé pourquoi, ils se sont contentés de regarder au loin et de feindre une sagesse incommensurable.

— Oui, c'est ce que font les dragons modernes, reconnut Derk. Je croyais que tous les dragons étaient comme ça.

— Je ne suis pas d'accord, s'insurgea le grand dragon vert. Aucune créature vivante n'a le droit de revendiquer la sagesse. Il y a toujours plus à apprendre. Je suis bien placé pour le savoir. J'imagine que tu le sais aussi, sorcier.

— Je ne me suis jamais senti sage, avoua Derk. Mais je suppose que c'est tentant de regarder dans le lointain et de faire croire aux gens qu'on l'est.

— Balivernes, riposta le dragon. C'est stupide. Cela vous empêche d'apprendre davantage. Je me suis écarté des adultes et j'ai questionné de jeunes dragons. Il n'y en a que deux. C'est terrible. La population des dragons a chuté de façon dramatique. Ils m'ont dit que les adultes étaient trop occupés par les Pèlerinages pour se reproduire, de nos jours. Alors j'ai demandé ce qu'étaient les Pèlerinages et ils m'ont répondu qu'un certain M. Chesney s'en occupait et que les dragons étaient de son côté, car c'était la personne la plus malfaisante au monde. Cela ne rime à rien. Les dragons ne sont jamais du côté de personne. Et ils m'ont également dit que le Seigneur des ténèbres était le représentant de M. Chesney dans notre monde. J'étais tellement furieux et honteux de mon peuple que je suis venu ici directement, dans le but, j'en ai bien peur, de tuer le Seigneur des ténèbres.

Tu as eu de la chance, sorcier, que j'aie été fatigué et faible et que je n'aie plus vraiment de feu.

— C'était plus que suffisant, reconnut Derk. Qu'est-ce qui vous a réveillé ?

— J'aimerais bien m'en souvenir, répondit le dragon. C'est un mystère. À mon âge, dans mon état, j'aurais dû dormir jusqu'à ma mort. Je ne savais pas que j'avais fait quelque chose de mal. Ta femme et la petite guérisseuse ont dû m'expliquer. Mais j'aurais dû être trop faible pour sortir de mon sommeil. Tout ce que je sais, c'est que quelque chose m'a réveillé… comme si j'avais été foudroyé par un éclair bleu… Peut-être que c'était bel et bien un éclair, mais je ne sais pas comment il a pu m'atteindre dans ma grotte, et quand je me suis réveillé, j'ai appris de l'esprit de ceux qui m'entouraient que ce monde était devenu un endroit détestable. »

Derk avait bien une idée de ce que pouvait être l'éclair bleu. *Alors c'est moi qui ai provoqué ça en invoquant un démon !* se dit-il. Mais ce n'était qu'une anecdote à côté de l'immense plaisir de découvrir que ce dragon pouvait lire dans les pensées. Il espérait que les griffons en seraient capables aussi et il avait toujours été déçu qu'ils n'y parvinssent pas. *Je suis ridicule*, se dit-il. *Me voilà sur un flanc de colline, trempé par la pluie et trop mal en point pour tenir debout, et tout ce qui m'intéresse, c'est qu'il existe une créature capable de lire dans les pensées.*

« Je suis très impressionné que vous puissiez lire dans les esprits, dit-il au dragon. Rares sont ceux qui y arrivent, de nos jours.

— Personne ne prend la peine de s'entraîner, c'est tout, répondit le dragon. C'était l'une des premières matières que l'on étudiait quand on apprenait la magie. Tu pourrais le faire, sorcier, si on te l'avait appris correctement. Et remercie ta bonne étoile qu'on me l'ait appris correctement. Depuis que je suis couché ici, j'ai découvert sur toi et ta famille des choses que je n'aurais jamais pu savoir autrement. Si ce n'avait pas été le cas, j'aurais probablement tué l'un de tes petits oiseaux-chats – certainement la brune. Elle a été des plus insultantes. Mais les deux autres ont été très malpolies également.

— Quoi, Lydda et Elda aussi ? » demanda Derk.

Il n'en revenait pas qu'elles eussent eu le courage d'insulter un dragon. Colette était assez grande pour croire qu'elle pouvait s'en sortir indemne – même si elle avait vu ce qui était arrivé à Kit –, mais Lydda avait le gabarit de l'une des vaches du maire, et Elda était plus petite encore. Et le dragon avait dévoré au moins la moitié du troupeau. *Je dois rembourser le maire !* se dit Derk. *Où vais-je bien pouvoir trouver l'argent ?*

« Je vous présente toutes mes excuses au nom de mes filles griffonnes, déclara-t-il.

— Elles s'inquiétaient pour toi, expliqua le dragon. Leurs reproches étaient justifiés. Elles se sont défoulées sur moi. Tout comme les deux personnes décharnées – qui espéraient que je les trouverais trop maigres pour les manger. J'ai vu le reflet de mon propre comportement dans le leur. Je suis impressionné de constater que tes proches nourrissent une grande estime pour toi, sorcier. Mais le petit garçon maigrichon, ton fils, est celui qui me dérange le plus…

— Blade vous a insulté, lui aussi ? grogna Derk.

— Il a été on ne peut plus poli, répondit le dragon. Mais c'est en partie à cause de lui que je t'ai appelé ici. Il semblerait que lui et les trois autres aient entrepris de conduire 600 meurtriers à travers le pays.

— Mais dans quel pétrin nous nous sommes fourrés !? » grogna Derk à nouveau.

En plus d'apprendre que ses enfants s'étaient mis dans une situation dangereuse, il était surpris de découvrir qu'il n'y avait que 600 soldats. Barnabas avait parlé d'un millier.

« Oui, je ferais mieux d'aller m'en occuper sur-le-champ », dit-il.

Il essaya de se redresser, mais ses pieds glissèrent dans l'herbe humide et ses genoux refusèrent de le supporter.

« Attends, écoute-moi ! »

Le dragon souffla un nuage de vapeur qui enveloppa Derk d'une chaleur humide dont se dégageait une douce odeur d'herbe, vapeur qui n'avait rien à voir avec la fumée avec laquelle il avait essayé de le tuer.

« J'allais dire que je devrais offrir réparation. Étant moi-même une sorte d'assassin, je dirais que tes petits sont en danger.

— Je sais ! dit Derk d'une voix faible.

— Alors je suggère, si tu m'en donnes le droit, que j'aille intimider ces assassins.

— Avec plaisir, répondit le sorcier. Vous avez carte blanche.

— Pendant que tu rentres chez toi et continues ta convalescence, poursuivit le dragon.

— Je vais assez bien, mentit Derk.

— Non. Je t'ai envoyé un sort de guérison pendant que tu étais assis là, expliqua le dragon. C'est mon autre réparation. Mais tu as besoin d'au moins un jour de plus pour reprendre des forces. En attendant, je devrais peut-être te dire que tu as six membres de la race des Aînés, comme ils s'appellent à tort – les dragons sont bien plus anciens –, qui t'attendent chez toi au sujet d'une ridicule affaire d'honneur qu'ils considèrent comme de la plus haute importance.

— Ah mince ! s'exclama Derk. J'avais oublié les elfes ! Je ferais mieux d'aller les voir maintenant. »

Il se leva à nouveau. Cette fois-ci, ses genoux paraissaient plus forts, mais semblèrent oublier qu'ils avaient des rotules et tentèrent de se plier dans le mauvais sens. Il se rattrapa en posant la main contre le coteau détrempé et regarda le dragon se lever aussi. Celui-ci procéda par étapes, en commençant par les pattes avant puis, dans un rugissement et un long nuage de vapeur, il redressa ses pattes arrière. Les vaches du maire poussèrent des meuglements de terreur.

« Je sais comment tu te sens, commenta le dragon, dont la tête était désormais au même niveau que celle de Derk. Je vais faire un vol d'entraînement pour voir si j'ai encore besoin des points de suture dans cette aile. Si tout va bien, je planerai tranquillement jusqu'à tes petits. Attends-toi à me trouver à leurs côtés. »

Derk acquiesça et réussit à se téléporter jusqu'à la terrasse. Tandis qu'il s'accrochait à la table de jardin l'espace d'un instant, les caquètements effrénés de Poupoule et les cris des cochons lui indiquèrent que le dragon était dans le ciel. Il leva les yeux et le vit passer au-dessus de la maison. Tout paraissait minuscule en comparaison avec l'envergure de ses ailes vert pelouse scintillant sous la pluie. C'était un spectacle époustouflant, même s'il volait relativement bas et de façon assez raide.

« Et cette maison qui doit être transformée en citadelle ! Mon Dieu ! Tout ce qui me reste à faire ! » grogna Derk.

Il lâcha la table et boita jusqu'à la salle à manger.

Les six nobles elfes qui s'y trouvaient se levèrent de derrière leur tasse de café d'après dîner et s'inclinèrent avec grâce.

« Mon Seigneur, dit celui qui portait un diadème doré. Nos salutations. »

Ils mesuraient tous près de deux mètres quinze. Derk les trouva un peu outranciers. Il s'empressa de tirer sur une chaise pour s'y effondrer – et il valait mieux. Les cochons avaient senti Derk en même temps que le dragon. Dans une fanfare de pattes et de cris d'excitation, le troupeau tout entier fit irruption dans la salle à manger par la porte d'entrée restée ouverte, où ils se jetèrent allègrement sur Derk. Le plus petit des porcs sauta douloureusement sur ses genoux. Les autres se hissèrent sur leurs pattes arrière pour lui donner de petits coups de groin ou se jeter contre lui, tandis que Tire-Bouchon, la plus vieille et la plus effrontée des truies, s'envolait sur la table, d'où elle pouvait regarder avec émotion Derk dans les yeux. Ce dernier ne savait pas où donner de la tête pour leur gratter le dos ou la base de leurs petites ailes et cria à Tire-Bouchon :

« Descends de là, le cochon ! »

La scène eut un effet particulier sur les elfes. Celui qui portait un diadème le regardait bouche bée, comme une statue. Il tendait la main droite, dont le long index était pointé sur Tire-Bouchon. Derk aurait eu peur qu'il n'essayât de changer la truie en pierre ou quelque chose comme ça, si les cinq autres elfes n'avaient pas été pliés de rire, poussant des cris de joie, se tapant leurs longues cuisses et se prenant dans les bras, aussi heureux que les cochons. Enfin, les cinq elfes hilares firent pivoter celui qui portait un diadème en or et l'embrassèrent – ce à quoi il se mit à rire lui aussi et à taper les autres dans le dos. Le Vieux Georges, qui venait à la poursuite des cochons, s'arrêta net dans l'encadrement de la porte pour observer la scène. C'était un comportement très inhabituel pour des elfes.

« Pardonnez-nous, ô mon maître ! déclara l'un des cinq elfes de moindre rang. Talithan, notre prince, vient de voir sa prophétie se réaliser et nous en sommes les témoins.

— C'est vrai, mon Seigneur », confirma le prince Talithan.

Il en avait le souffle coupé et des larmes coulaient de ses grands yeux verts.

« Pardonnez-moi. Je dois vous dire que mon frère s'est aventuré il y a longtemps dans le monde voisin du nôtre, où M. Chesney l'a fait prisonnier, forçant ainsi tous les elfes à lui obéir. Et quand mon père s'en lamentait naguère, disant qu'un jour mon frère finirait bien par s'échapper et rentrer à la maison, je lui ai répondu amèrement et sur un ton moqueur : "Ce jour-là, les cochons voleront !" Ce qui l'a rendu furieux et il m'a envoyé chez vous, pour devenir le laquais du Seigneur des ténèbres. Et me voilà ici, et ô surprise ! les cochons volent ! »

Il pointa de nouveau du doigt Tire-Bouchon, qui était toujours sur la table.

« Eh bien, j'élève des cochons ailés depuis des années maintenant, rectifia Derk. Vous ne devriez peut-être pas faire reposer trop d'espoirs là-dessus.

— Mais si. C'était une prophétie, répliqua Talithan.

— Comme vous voulez, concéda Derk. Et qu'est-ce qui vous amène ici ? Je croyais avoir tout arrangé avec votre peuple. »

Le prince Talithan sécha ses larmes sur sa manche de soie verte et s'inclina une nouvelle fois.

« C'était quand d'autres allaient commander vos elfes des ténèbres, mon Seigneur. Je dois maintenant vous présenter mes hommages en qualité de nouveau chef des elfes des ténèbres, avec mes capitaines, Gwithin, Loriel, Damorin, Fandorel et Beredin. »

Tous ces noms revenaient souvent dans les cours d'elfologie. Derk fit de son mieux pour se courber respectueusement tout en étant assis sur une chaise sous une montagne de cochons. *Le roi des elfes*, se dit-il, *doit être furieux s'il les a envoyés ici pour être des elfes des ténèbres.* C'était considéré comme une grande disgrâce. Il était d'autant plus étrange que le prince Talithan semblât si impatient de rendre ses hommages. Derk suspecta que ce n'était pas qu'une histoire de cochons volants.

« Vous m'en voyez très flatté, dit-il en faisant la révérence.

— Et moi, très inquiet, mon Seigneur, répondit Talithan, de vous voir si mal en point.

— J'ai eu un petit désaccord avec un dragon, expliqua Derk, mais votre sollicitude m'honore, Votre Majesté. »

Et maintenant, trêve de discours, se dit-il, *découvrons la véritable raison de leur visite.*

« Vous me faites même trop d'honneur. Dans quel but m'attendiez-vous ?

— Je dois, en vérité, mon Seigneur, admit Talithan, solliciter votre bénédiction. »

Ah, se dit Derk.

« J'imagine que vous voulez être libérés de vos devoirs d'elfes des ténèbres ?

— Non, non, mon Seigneur ! protesta Talithan. Je ne demande qu'à vous servir et à satisfaire tous vos souhaits pendant un an et un jour !

— Pardon ? »

Derk commença à se dire que le prince des elfes était devenu fou. C'était peut-être pour cela que son père l'avait envoyé à Derkham.

« Mais pourquoi voulez-vous faire ça ? »

Talithan sourit, comme seuls les elfes savaient le faire, d'un superbe sourire qui vous touchait au cœur.

« Vous avez un petit cheval magique aux ailes rayées, dit-il, qui parle et a le pouvoir de visiter le pays secret des elfes.

— Joli ? demanda Derk. Joli peut faire ça ?

— Tout à fait, mon Seigneur, lui assura un autre elfe – *Loriel*, se dit Derk. Nous l'avons trouvé égaré dans nos lieux secrets, pleurant qu'il s'était perdu.

— Connaissant Joli, c'était probablement un mensonge, murmura Derk. Et ?

— Je désire ce petit cheval, Joli, déclara le prince Talithan. Si vous aviez la générosité de m'en faire don, je serais à votre service.

— Non », répondit Derk.

Consterné, Derk vit Talithan renverser la table de la salle à manger, délogeant Tire-Bouchon au passage, et s'agenouiller devant lui, parmi les cochons.

« Je vous en conjure ! supplia-t-il au milieu des grognements furieux de la truie. Mon Seigneur, j'implore votre générosité ! Jamais, en 300 ans, créature vivante n'a suscité en moi pareils joie et désir ! La vie aurait à nouveau un sens pour moi si je pouvais posséder ce cheval, l'entraîner et le monter dans le ciel ! Je le traiterais mieux que moi-même. Vous avez ma parole.

— Relevez-vous, lança Derk. J'ai dit non. Joli n'a même pas un an.

— Je le sais bien, répondit Talithan, toujours à genoux. C'est pourquoi j'ai dit que je vous servirai pendant un an et un jour en échange. Je serai votre fidèle serviteur, mon Seigneur, si vous me laissez avoir Joli à la fin de cette période. »

Il se redressa, dépassant de loin Derk.

« Je vous le jure, en présence de ces 30 témoins. »

30 ? Derk se tourna vers les cochons, chacun, même Tire-Bouchon, le groin en l'air, regardant Talithan avec émerveillement, puis le Vieux Georges, tout aussi émerveillé, puis les cinq autres elfes, la main posée sur le cœur, témoins sous serment. Enfin, Derk jeta un coup d'œil vers la porte de la cuisine, où se serraient Lydda, Elda et Fran, le fixant d'un regard accusateur.

« J'espérais produire d'autres chevaux ailés grâce à Joli, argumenta Derk.

— Nous pouvons trouver un arrangement, suggéra Talithan.

— Nous aimerions des chevaux ailés, nous aussi, ajouta l'un des elfes – *Gwithin*, se dit Derk.

— Des troupeaux de chevaux ailés ! » renchérit Damorin en extase.

Talithan lui jeta un regard glacial.

« Mais aucun qui ne soit à la hauteur de Joli, précisa-t-il. Qu'en dites-vous, mon Seigneur ? »

Il y a toujours l'autre poulain ailé à qui la grand-mère de Joli va donner naissance, se dit Derk.

« Vous risquez de le regretter. Joli peut être vraiment pénible.

— C'est un poulain d'une énergie sans égale », répondit Talithan.

Il en est fou, pensa Derk. Mais c'était une manière de s'assurer que Querida ne mettrait pas la main sur Joli. Le poulain serait bien plus heureux dorloté par le prince des elfes qu'enfermé dans un enclos à l'université.

« On peut dire ça comme ça, dit-il à Talithan. Alors, c'est d'accord. Dans un an et un jour, Votre Majesté.

— Nous en sommes témoins ! » s'exclamèrent les cinq capitaines en chœur.

Talithan tomba à genoux et embrassa la main de Derk.

« Mon Seigneur ! Je suis à vos ordres !

— Ordonne-lui de partir pour que tu puisses te recoucher », murmura Lydda sans grande discrétion.

Derk lui lança un regard noir.

« Alors, allez prendre position, dit-il aux elfes. Le groupe numéro 2 compte un membre sacrifiable que l'un de vous devra tuer dans une attaque surprise demain, après quoi vous feriez mieux d'apprendre les dix villes que vous allez devoir assiéger.

— Ainsi soit-il ! répondit le prince Talithan en se redressant d'un bond joyeux. Partons, mes capitaines. »

Ils firent une profonde révérence et quittèrent la maison à la queue leu leu. Sur sa chaise, Derk les regarda partir, se sentant morose, comme on se sentait quand les elfes partaient.

« Monte, Papa. Au lit ! » lui ordonna Lydda.

Derk était en train de se lever pour lui obéir quand Colette passa sa grosse tête brune par la fenêtre ouverte.

« Pourquoi six hommes cucul la praline viennent de sortir de la maison dans une brume verte ? »

Lydda déploya ses ailes et décolla en trombe en battant de la queue.

« Mais c'est pas vrai, Colette ! Pourquoi faut-il que tu passes le bec maintenant ! On avait presque réussi à le remettre au lit !

— Il me faut encore plusieurs centaines d'indices, répondit Colette. 573, pour être exacte. Je suis épuisée et d'une humeur de chien. Ne commence pas. »

Derk écarta sa chaise pour s'appuyer contre le mur près de la fenêtre.

« Juste un mot, dit-il à Lydda d'une voix calme. Elda, tu trouveras le bon nombre d'indices dans un paquet dans le tiroir en haut à droite de mon bureau. Dans une enveloppe jaune.

— Dieu merci ! s'écria Colette quand Elda s'exécuta. Je ne me voyais pas voler jusqu'à Shona pour les lui demander ! Je suis allée voir Maman et elle a essayé, mais elle était trop occupée pour réfléchir. Et je ne sais pas quoi faire. Je ne vole pas aussi loin que ce que je pensais. Après 30 kilomètres, je dois me poser.

— C'est parce que tu es une sprinteuse », lui expliqua Derk.

Les yeux de Colette étaient ternes et ses plumes rabougries. Elle avait perdu du poids.

« 30 kilomètres, c'est trop pour toi. Tu dois te reposer tous les 20 kilomètres, au moins jusqu'à ce que tu sois plus grande.

— Mais je n'arriverai jamais à faire tous les indices si je me pose tous les 20 kilomètres ! » s'écria Colette.

Lydda poussa un soupir et s'assit, droite comme un i, contre le mur opposé. Sa queue, repliée sur ses pattes avant, battait le sol. À côté d'elle, Fran se tenait dans l'encadrement de la porte de la cuisine, ses squelettiques bras croisés, battant du pied au même rythme.

« Certains des endroits se trouvent dans le désert, protesta Colette, ou au bord du lointain océan ! La moitié des groupes auront eu le temps d'y passer avant que je ne les atteigne !

— Ce n'est pas grave, dit Derk. Je ne pensais pas te confier les indices. J'allais demander à Blade de m'y conduire pendant mon temps libre. »

Colette ouvrit le bec pour faire remarquer que Blade n'était pas disponible. Ce à quoi Derk répondit :

« D'ailleurs, aussi fatiguée et énervée sois-tu, n'insulte jamais un dragon.

— Il le méritait, riposta Colette. Il voulait me manger. Il aurait dû. Je m'en voulais. »

Elle leva le bec et trompeta :

« J'ai mis tellement longtemps à ramener la guérisseuse pour qu'elle s'occupe de toi !

— Pas du tout, s'écria Lydda. Don n'arrivait pas à te suivre.

— Je volais, je volais, et j'avais l'impression de faire du surplace », gémit Colette.

Elda revint au pas de course avec une grande enveloppe jaune plantée sur l'une de ses serres.

« Mais qu'est-ce que tu racontes ? demanda-t-elle. Je t'ai vue. Même Kit n'est jamais allé aussi vite.

— Colette a eu l'impression de faire du surplace, expliqua Derk. Colette, je crois que tu étais en état de choc. Les choses qui arrivent très vite ont toujours l'air de passer très lentement. Je suis sûr que tu as vu chaque brin d'herbe que tu as survolé.

— C'est vrai, tu sais ! s'écria Colette, stupéfaite. Chaque galet aussi. Je les ai comptés. C'était le choc ?

— Oui, ça et le besoin d'aller anormalement vite, répondit Derk. Je te suis très reconnaissant, Colette.

— Dans ce cas, décréta-t-elle, un peu plus enjouée, je vais continuer avec les indices. Donne-les-moi, Elda. »

Elle passa son grand avant-bras recouvert de plumes par la fenêtre.

Derk referma ses serres et repoussa son bras dehors.

« Pas maintenant. Tu as besoin de te reposer. Laisse Lydda s'en charger.

— Moi ? se récria Lydda en traversant la pièce, furieuse.

— Lydda ?! »

Colette braqua le bec sur Derk. Ce dernier se trouvait entre deux griffonnes en colère. Il ne se sentait pas à la hauteur.

« Mais je vole comme une patate ! grogna Lydda.

— Elle doit décoller depuis la fenêtre ! trompeta Colette.

— Ce dragon l'a rendu fou. Je le savais, ajouta Fran.

— Silence, femme-animal ! lui lança Elda avec acrimonie.

— Que tout le monde se taise ! » réussit presque à crier Derk.

Par chance, elles étaient toutes assez surprises pour lui obéir. Il poursuivit d'une voix enrouée :

« Lydda peut le faire, elle est endurante. Je suis bien placé pour le savoir. C'est comme ça que je t'ai créée, Lydda. Si tu vas lentement mais sûrement, en passant progressivement à des distances de plus en plus longues, tu seras capable de parcourir plus de 150 kilomètres sans t'en rendre compte au bout d'une semaine.

— Tu es sûr ? lui demanda Lydda. Je pensais que tu te moquais de moi.

— Bien sûr que je le suis, lui confirma Derk. Je t'ai dotée d'un cœur deux fois plus gros, de puissants muscles alaires, d'un métabolisme lent – tu as une meilleure circulation que Colette. Tu es un modèle spécial. J'espérais que tu pourrais traverser l'océan une fois que tu aurais ta taille adulte. Mais je ne voulais pas t'embêter avec ça avant que tu ne sois plus grande. »

Lydda baissa le bec et regarda son gros ventre, dubitative.

« Mais je suis énorme.

— C'est principalement du muscle, répondit Derk, même si je reconnais que c'est en partie dû à une nourriture trop riche. Tu devras brûler cette graisse en volant. Et assure-toi d'avoir un point assez haut pour décoller jusqu'à ce que ton corps s'adapte. D'accord ?

— Je ferai attention. Je dois partir maintenant ? demanda Lydda.

— Tu peux arriver au repaire de Maman d'une traite si tu pars sur-le-champ, lui lança Elda, avec une touche de nostalgie.

— Étudie les indices une fois là-bas, lui conseilla Derk. Ils sont tous bien étiquetés, mais certains ont déjà été réclamés par des gens – l'Émir, par exemple – et tu devras demander à leur parler. Et je n'ai pas besoin de te rappeler que certaines personnes ont peur des griffons, n'est-ce pas ? Sois très polie, mais prête à t'enfuir en cas de problème.

— Ou… oui. »

Lydda tendit ses griffes sur lesquelles Elda posa précautionneusement l'enveloppe jaune. Elle la regarda avec perplexité.

« Mais, et le bouillon ?

— Je peux en préparer », répondirent Fran et Elda en chœur.

Elles se fusillèrent du regard.

« Et si je voyage, je vais devoir manger des choses crues, dit Lydda.

— Je mange cru la plupart du temps. Cela ne m'a pas tuée, répondit Colette. Va-t'en et rends-toi utile, comme tu l'es toujours ! »

De toute évidence, Colette était vexée. Tandis que Lydda, pensive et se sentant importante, se dirigeait d'un pas lent vers les escaliers, Derk tourna à nouveau la tête vers la fenêtre.

« Colette, je vais avoir besoin de transformer la maison en citadelle, mais je ne vais pas avoir le temps de tout faire en une fois. Aurais-tu une idée pour la redécorer section par section ? »

La crête de Colette se dressa et ses yeux s'illuminèrent.

« Avec des rayures noires ! Le salon d'abord ? demanda-t-elle. Tu veux qu'elle fasse les gros yeux ? Des tours maléfiques ?

— Tout à fait, répondit Derk. Des tours maléfiques et des monstres partout dans l'avant-cour.

— Tu vas avoir besoin de dessins de tous les points de vue pour savoir comment raccorder les rayures. Je m'en occupe tout de suite, déclara Colette avec enthousiasme. Pour quand veux-tu la première rayure ?

— Demain ? suggéra Derk.

— Facile. »

Colette se détourna énergiquement de la fenêtre au moment où Lydda s'élança au-dessus d'elle, en lui lançant un au revoir enjoué. Elle avait, de toute évidence, décidé d'économiser son énergie en faisant l'impasse sur ses habituels battements d'ailes frénétiques.

« Hmm… tu penses vraiment qu'elle ne va pas redescendre au bout de cinq minutes ? s'enquit Colette ?

— Non », répondit Derk.

À l'intérieur, Elda lui demanda d'un ton pleurnichard :

« Et moi, Papa ?

— Tu peux m'aider à retourner au lit », lui dit Derk à bout de force.

CHAPITRE 12

Il fallut à Blade cinq étapes pour retourner là où étaient les soldats – presque autant que ce dont Derk aurait eu besoin –, et le seul élément positif à son arrivée était qu'il avait arrêté de pleuvoir. Il trouva Joli en train de gambader au milieu des chiens, avec les soldats qui scandaient de façon lancinante quelque chose au sujet des droits de l'homme, et Kit, Don et Shona rassemblés autour de Barnabas, l'air inquiet.

Le sorcier avait apporté trois tas de ce qui ressemblait à de grands cerfs-volants noirs. Blade en déduisit qu'il les avait pris dans l'entrepôt de l'université.

« Qu'est-ce que c'est ? demanda-t-il.

— Des volatiles aux ailes parcheminées, répondit Barnabas avec enthousiasme. Ils n'ont pas besoin d'avoir l'air vrais. Ils attaquent dans le noir. Ton père n'est pas encore rentré ? Alors, j'espère que tu sais comment les animer. Il y a trois Pèlerinages dans les collines le long de la côte qui doivent être attaqués cette nuit. Je vous aiderais si je le pouvais, mais je suis loin d'avoir terminé tous les camps de base. »

Il partit, comme d'habitude, dans un joyeux coup de tonnerre, laissant Kit et Blade fixer les cerfs-volants d'un regard maussade.

« Eh bien, finit par dire Kit, on ferait mieux de s'y mettre. »

Ils passèrent trois heures à essayer d'animer les cerfs-volants. À une ou deux reprises, Kit réussit à les faire décoller et esquisser un battement d'ailes. Blade n'arrivait pas à les faire bouger d'un poil. Ils avaient besoin d'une magie très différente de celle de Blade. Don suggéra de les attacher aux rênes magiques et de les tirer dans les airs ; mais quand Shona sacrifia encore un peu plus sa tunique et que Don s'y essaya, les objets se comportèrent exactement comme des cerfs-volants et se contentèrent de planer. Il n'y avait pas moyen de les persuader de faire comme s'ils attaquaient. À l'intérieur du dôme magique, les soldats pointaient du doigt, au milieu des rires et des moqueries. Puis ils se remirent à chanter à tue-tête. Cette fois-ci au cri de « On n'a rien à manger ! On n'a rien à manger ! »

« C'est leur faute, ils n'ont qu'à sortir, lança Shona. Ils auraient pu avoir les vivres du camp suivant à cette heure-ci. Ne faites pas attention à eux. Qu'allons-nous faire au sujet de ces volatiles ?

— Et si on demandait aux sorciers qui servent de guides aux groupes de les animer ? suggéra Blade. Si trois d'entre nous prennent chacun une pile et leur expliquent… »

Ils choisirent cette solution. Kit resta, assis à l'entrée du camp, tête baissée, fusillant les soldats du regard. Don et Shona s'envolèrent sur-le-champ, Don battaient des ailes à grand-peine en tenant une pile de cerfs-volants entre ses serres avant, tandis que Shona avait posé sa pile à l'avant de la selle de Beauté. Blade resta pour traire les gentilles vaches et nourrir les chiens et partit une heure avant le coucher du soleil en tenant maladroitement dans les bras la troisième pile de cerfs-volants.

Il était sûr d'être arrivé au bon endroit dans les collines. C'était Finn qui s'occupait de ce Pèlerinage et Blade s'était téléporté dans sa direction. Il était assez impatient, à dire vrai, de voir enfin certains des Pèlerins dont on faisait tout un plat. Il posa son baluchon de cerfs-volants, s'assit sur une pierre et attendit. Et attendit encore. Le rouge du soleil couchant embrasait le ciel. Blade admira le spectacle. Quand la nuit fut presque tombée, il se demanda s'il était bien au bon endroit, finalement. Il faisait quasiment noir quand il entendit quelqu'un se faufiler d'un pas vif du haut de la colline au-dessus de lui.

Blade se leva.

« Ici ! appela-t-il.

— Ah, tu es là. Je t'ai cherché partout, lui dit Finn. Désolé, ces satanés touristes ont insisté pour aller le plus loin possible. Ils ont établi leur camp sur la crête, là-haut, à au moins trois kilomètres d'ici. Tu as les volatiles ?

— Oui », répondit Blade.

Il donna à Finn l'explication qu'il espérait que Don et Shona donnaient en ce moment même aux autres Guides-Sorciers. Derk avait été appelé au nord pour s'occuper d'un dragon. Il avait envoyé Blade avec les cerfs-volants et voulait que Finn les animât.

« Ça doit pouvoir se faire, accepta Finn à contrecœur. C'est beaucoup de travail après une journée de marche, mais je suppose qu'ils doivent juste descendre en piqué et terrifier les gens. Laisse-moi y jeter un coup d'œil. »

Blade le conduisit à tâtons jusqu'à la pile de cerfs-volants. On n'y voyait goutte. Finn fit apparaître une petite boule de lumière magique bleue, qui rendit Blade vert de jalousie. Il aurait bien voulu que quelqu'un lui eût appris à faire ça. Mélancolique, il regarda Finn diriger la boule de lumière au-dessus de la pile de cerfs-volants pour en prendre un et retourner la forme parcheminée en marmonnant. Il marmonna un bon moment avant d'approcher le cerf-volant de la lumière qui flottait dans les airs.

« On leur a jeté un sort vraiment bizarre, déclara-t-il. Je ne peux rien leur faire faire. Ton père ne t'a pas donné ne serait-ce qu'un mot pour les activer ?

— Non, répondit Blade.

— Il ne t'a pas dit de quel type de sort il s'agissait ? l'interrogea Finn.

— Non, répéta Blade, regrettant de ne pas avoir placé dans la conversation que c'était Barnabas qui avait apporté les cerfs-volants.

— Eh bien, je ne peux rien en tirer », conclut Finn.

Il passa les doigts rageusement dans sa longue barbe grise.

« Et qu'est-ce qu'on fait maintenant ?

— Tant pis, on oublie, répondit Blade. Je vais les remporter. Les Pèlerins ne savent pas qu'ils sont censés être attaqués par des volatiles, n'est-ce pas ?

— C'est hors de question ! » s'exclama Finn.

Son visage baigné de lumière bleue était horrifié.

« Je ne sais pas ce que les Pèlerins savent, mais l'un d'eux rapporte tout à M. Chesney à la fin du voyage. Je l'ai vu prendre des notes. Je vais avoir de sérieux ennuis si je saute quoi que ce soit !

— Ah d'accord, poursuivit Blade. Donne-moi une heure. Attends-moi ici.

— Et qu'est-ce que je leur dis sur ce que je suis venu faire ici ? demanda Finn.

— Méditer », répondit Blade avant de se téléporter pour échapper à ce qui allait devenir une longue dispute stérile.

Il rentra à Derkham, grâce à une série de téléportations, atterrissant Dieu sait où dans le noir, jusqu'au lever de la lune, puis il arriva enfin à la maison, près de l'enclos des chevaux. Poupoule l'accueillit en caquetant.

« Tais-toi, lui dit Blade. S'il te plaît. »

Il avança à tâtons le long de la barrière jusqu'à l'atelier de Derk et, à la lumière de la lune, réussit à trouver l'une des grosses malles en osier dont le sorcier se servait parfois pour transporter les cochons. Une boule de lumière magique bleue lui aurait été d'une grande aide, se dit-il, en portant la malle sur le chemin à côté des cages et des enclos. Poupoule caqueta de nouveau sur son passage. Ce fut alors que les oies se réveillèrent et couvrirent le bruit de Poupoule.

« Taisez-vous, leur dit Blade. Je suis venu vous parler. Bouclez-la et écoutez-moi. »

Les oies comprirent ce que leur disait Blade. Elles comprenaient, mais n'utilisaient pas elles-mêmes le langage des humains. Le vacarme cessa, à l'exception d'un dernier bruit, celui d'une oie demandant sur un ton sarcastique quand un humain avait dit quelque chose qui fût digne d'intérêt pour la dernière fois.

« Écoutez-moi, dit Blade. Vous avez toujours envie de donner des coups de bec aux gens, n'est-ce pas ? Que diriez-vous si certaines d'entre vous venaient attaquer des gens ce soir en leur donnant de vrais coups de bec pour leur ficher la trouille de leur vie ? »

Des sons pensifs s'élevèrent parmi les oies. C'était une idée intéressante. Mais on ne les laissait jamais faire ça. Blade n'était pas sérieux. Le brouhaha s'intensifia. Il devait y avoir un piège.

« Oui, il y a un piège, leur expliqua Blade. Ces gens ont des épées et ils essaieront de se défendre. Vous devrez être très rapides et rusées pour les attaquer sans vous faire blesser. Allez. Qui est assez intelligente pour attaquer des humains ? Il me faut six volontaires. »

Il ouvrit la porte de l'enclos, posa la malle sur le flanc juste en face et ouvrit le couvercle dans un grincement engageant.

« Les volontaires n'ont qu'à rentrer dans la malle. »

Les oies réfléchirent en émettant de petits gloussements sarcastiques. Blade voyait dans la pénombre leurs têtes blanches se tourner les unes vers les autres pour en discuter. Soudain, l'une des oies fit un pas en avant.

« Blade ! » s'écria Colette juste à ce moment crucial, presque invisible dans le noir.

Les oies s'arrêtèrent net.

« Qu'est-ce que tu fais ? J'ai cru qu'il y avait des voleurs. »

Blade fit un tel bond qu'il en eut la tête qui tournait. Il avait oublié que Colette pouvait se déplacer aussi silencieusement qu'un chat.

« Mais c'est pas vrai ! gémit-il. Elles doivent me servir de volatiles aux ailes parcheminées et maintenant elles ne vont jamais vouloir rentrer dans la malle ! »

Colette réfléchit.

« Mais si, dit-elle. Tu aurais dû me demander au lieu d'essayer de faire ton coup en douce. Tu dois les mettre au défi. J'arrive toujours à leur faire faire ce que je veux en les mettant au défi. Regarde. »

Elle se pencha en avant en passant sa grosse tête par-dessus l'épaule de Blade.

« Allez, les oies. Espèces de vieux palmipèdes froussards. Même pas cap' de s'asseoir dans une malle ? Vous avez peur de rentrer dans une grosse boîte en osier, c'est ça ? »

Ce fut immédiatement la course vers la malle. Les oies se battaient pour y pénétrer. *Colette sait y faire*, se dit Blade en rabattant le couvercle sur au moins huit oies. D'un coup de queue habile, Colette referma la porte de l'enclos pour empêcher les autres de sortir.

« Tu vois ? lui dit-elle par-dessus leurs cris d'indignation. Tu veux de l'aide pour porter la malle ?

— Je vais y arriver, répondit Blade en espérant dire vrai. Merci, tu as été géniale.

— Je t'en prie, dit Colette. Au fait, Papa va beaucoup mieux. Il a envoyé Lydda s'occuper des indices.

— C'est une blague ?! s'exclama Blade en s'asseyant à califourchon sur la malle qui grinçait de toutes parts.

— Pas du tout », répondit Colette au moment où Blade s'évapora.

Il lui fallut dix étapes pour retrouver Finn. C'était en partie dû au fait qu'il se demandait si Lydda allait avoir besoin de vingt ans ou seulement dix pour parcourir le continent, et en partie dû au fait qu'il était épuisé. Les oies détestèrent les à-coups du voyage. Finn n'était pas ravi non plus.

« Mais qu'est-ce que tu as fabriqué ? lui demanda-t-il.

— Je t'ai trouvé des volatiles », répondit Blade à bout de souffle.

Il mit pied à terre et se pencha vers la malle.

« Je vous mets au défi de pourchasser tous les humains que vous verrez au sommet de cette montagne, lança-t-il.

Et puis je vous mets au défi de revenir dans la malle. Revenir sera le plus difficile, car je serai très en colère si vous avez blessé quelqu'un. »

Il se plaça derrière la malle et retira le couvercle avec précaution.

« Tiens-toi derrière moi, dit-il à Finn, et donne-leur l'air parcheminé dès qu'elles sortent.

— Je peux très bien le faire d'où je suis, répondit Finn d'un ton irascible.

— Non ! l'implora Blade. Viens ici ! »

C'était trop tard. Une oie avait déjà passé la tête et le cou par le bord du couvercle et avait forcé le passage. La malle s'ouvrit violemment et les oies se bagarrèrent pour en sortir. Finn n'eut pas le temps de leur donner l'air de quoi que ce fût. Il prit ses jambes à son cou et gravit la montagne à toute allure avec la lumière bleue suspendue au-dessus de sa tête, barbe au vent et sa robe remontée au niveau des genoux. Les oies partirent à sa poursuite en hurlant comme des démons blancs, certaines en courant, d'autres en volant, mais toutes en tendant hargneusement le cou. Finn poussa un ou deux cris affolés. Quand il eut disparu avec les oies, un immense vacarme retentit un peu plus haut dans les rochers.

« Tant pis… » laissa échapper Blade.

Il s'assit sur la malle et se résigna à ne voir aucun Pèlerin ce soir, et probablement à ne pas revoir les oies.

Le vacarme cessa au bout d'un moment. Blade resta assis, éreinté. À sa surprise, les oies revinrent assez rapidement, d'un bon pas en troupeau, en émettant des petits bruits de satisfaction alors qu'elles redescendaient le flanc de la colline. Si elles avaient eu des mains, pensa Blade, elles se les seraient frottées. Cela se voyait même à la lueur de la lune.

« Vous avez l'air de vous être bien amusées », lança-t-il.

Elles émirent des bruits ressemblant à des rires.

« Parfait, conclut Blade. Et maintenant, je suis furieux et je vais vous emmener à un endroit rempli d'assassins. Je vous mets au défi de rentrer de nouveau dans la malle et de me laisser faire. »

Il tint le couvercle ouvert pour les inviter.

Les oies s'y glissèrent avec des bruits réprobateurs.

« Eh bien, je vous aurai prévenues », décréta Blade.

Il s'assit sur le couvercle et se téléporta avec les oies jusqu'au camp.

Don et Shona étaient déjà rentrés, et celle-ci s'inquiétait. Elle était arrivée la première, en avance, car le sorcier qu'elle avait rencontré s'était contenté de lui prendre la pile de cerfs-volants et de repartir, irrité. Le sorcier de Don n'avait pas réussi à animer ses cerfs-volants.

« Il n'a même pas pu faire aussi bien que Kit, expliqua Don. Et il était furieux. Il m'a forcé à descendre en piqué sur les Pèlerins dans le noir à la place et ce n'était pas une partie de plaisir. Ils m'ont tiré dessus avec des flèches. On aurait dû penser aux oies plus tôt.

— J'irai chercher les autres demain, promit Blade. Mais, oh mon Dieu ! Vous auriez dû voir Finn grimper cette montagne ! »

Ils s'installèrent pour la nuit en gloussant. Maintenant que Blade y pensait, les soldats étaient étonnamment silencieux. Il comprit pourquoi quand il se réveilla au petit matin avec la fraîcheur de la rosée dans un atroce brouhaha.

Apparemment, l'un des soldats avait compris que la magie qui maintenait les parois de leur dôme dans le sol était superficielle, et particulièrement faible là où Kit avait, sans grande expertise, scellé l'entrée. Ils avaient dû échafauder leur plan pendant toute la journée de la veille. Quand ils avaient été sûrs que les allers-retours avec les cerfs-volants étaient terminés pour la nuit et que tout le monde dormait à poings fermés, ils avaient commencé à escalader le mur en face de l'entrée. Cela avait dû leur prendre plusieurs heures. Mais avec 600 hommes forts piétinant obstinément d'un côté, le dôme avait fini par céder. Quand Blade se réveilla, le camp ressemblait à un œuf embué, rempli d'hommes en noir qui se pressaient à la base. L'autre extrémité s'élevait dans les airs. Les silhouettes noires des soldats escaladaient par là pour s'enfuir.

C'étaient les oies qui avaient donné l'alarme. Quelqu'un était tombé sur leur malle, à côté du sac de couchage de Blade, et les oies étaient sorties pour en découdre. Entendant ce raffut, Joli s'était envolé en hurlant dans le ciel nocturne, suivi de Beauté. Cela avait réveillé les chiens, qui s'étaient mis à courir partout en aboyant et en jappant comme pour la Chasse sauvage, suivis des gentilles vaches, qui meuglaient de peur.

Blade se redressa en sursaut. Les oies avaient chassé les soldats qui se dirigeaient sur lui, mais en se tortillant pour se libérer de son sac de couchage, il aperçut une foule noire agitée autour de Shona et se rendit compte que les soldats avaient capturé Don et se servaient de lui pour attraper Kit. Deux soldats se tenaient chacun sur l'une des ailes de Don. Ce dernier s'égosillait en leur donnant des coups de queue et de bec, mais sans parvenir à les éjecter, et Kit tentait de l'aider en plongeant tel un éclair dans le ciel grisonnant. À chaque plongeon, la poignée de soldats qui entouraient Don l'attaquaient de leurs épées. Hors de lui, Kit rugissait. Blade avait du mal à croire que ce son sortît de Kit. Il n'avait jamais entendu le griffon produire un tel bruit de toute sa vie.

Il hésita, ne sachant pas qui aider en premier. Puis Shona hurla. Blade décida de s'en remettre à la taille et à la force de Kit et courut à la rescousse de Shona.

Il y avait tant d'hommes autour d'elle que Blade ne la voyait même pas. Il n'eut pas d'autre idée que de leur envoyer les moutons carnivores. Les premières lueurs du jour commençaient à poindre. Le troupeau de moutons blancs était facile à voir et encore plus facile à entendre. Ils criaient qu'on les laissât participer. Blade les libéra de leurs rênes magiques et les envoya sur les soldats enragés qui entouraient Shona. Il les suivit avec le gros poteau auquel avaient été attachées les rênes. Il s'en servit pour frapper des têtes et donner de grands coups dans des bras et des dos, mais cela ne semblait rien changer. Pendant ce temps, des soldats continuaient à sortir du dôme magique. Aux cris qu'il poussait, Don était blessé, et les rugissements tonitruants de Kit retentissaient de plus belle. Blade se sentait impuissant, mais il continua d'asséner des coups avec l'énergie du désespoir.

Tout à coup, on entendit un rugissement infiniment plus fort et plus grave que celui de Kit qui semblait venir en même temps des entrailles de la terre et du ciel. Il résonna de toutes parts, comme si le monde entier l'émettait. Une immense forme sombre passa au-dessus de la tête de Blade dans un courant d'air chaud et frappa le dôme magique renversé. Paf ! Le dôme se remit en place dans un heurt qui fit trembler l'herbe sous les pieds de Blade, et dégringoler des soldats hurlants le long de la paroi. L'immense forme fit demi-tour au-dessus du dôme et se dirigea vers Kit et Don. Le rugissement tonitruant se transforma en paroles :

« RETOURNEZ SOUS LE DÔME, MISÉRABLES ! »

Des flammes scintillèrent, comme si ces mots étaient en feu.

Les soldats autour de Don levèrent la tête, virent le gigantesque dragon foncer sur eux et prirent leurs jambes à leur cou.

« C'est Écailles ! s'écria Blade. Merci mon Dieu ! »

À mi-chemin, le dragon fit marche arrière et se retourna. Des vapeurs chaudes, de l'herbe et des mottes de terre jaillissaient de toutes parts dans son sillage. Kit fut éjecté dans les airs et atterrit sur le dos dans un grognement, à quelques mètres de Don.

« Toi ! Le petit oiseau-chat noir ! l'interpella Écailles. Lève-toi et va garder l'entrée de ce dôme ! »

Kit se releva sans un mot et s'empressa de rejoindre son poste en boitillant. Don se ramassa en un tas, gémissant. Le dragon plana pour atterrir, léger comme un roitelet, à côté du groupe d'hommes et de moutons qui se battaient autour de Shona. Les moutons se séparèrent immédiatement de la mêlée et prirent la poudre d'escampette, terrifiés. Les hommes n'avaient rien remarqué. Écailles tendit sa monstrueuse tête au-dessus d'eux.

« Je vous ai dit de retourner sous le dôme, misérables ! » grogna-t-il.

Ils levèrent la tête. Il faisait assez jour pour que Blade pût voir les expressions sur chaque visage – peur, colère, bravade, horreur, mais surtout le mécontentement d'être interrompus.

« C'est encore une de leurs illusions », dit l'un d'eux.

Écailles se pencha en avant, attrapa entre ses mâchoires la silhouette vêtue de noir la plus proche et la croqua. L'homme fut parcouru d'une secousse et émit le son le plus horrible que Blade eût jamais entendu. Ce n'était même pas un hurlement. C'était le bruit de quelqu'un en proie à une douleur insoutenable. Le dragon recracha sur l'herbe ce qui restait de sa victime.

« Rentrez dans le dôme ou je vous dévore, tonna-t-il. Vous choisissez. »

Les soldats se démêlèrent à la vitesse de l'éclair et se précipitèrent vers le dôme. Kit ouvrit l'entrée pour les laisser passer. Une oie qui s'était retrouvée à l'intérieur par accident s'échappa dans un nuage de plumes blanches juste avant que Kit ne le refermât. Après cela, elle dût se tenir dos au mur, se lissant les plumes pour recouvrer sa dignité, trop irritée pour remarquer les autres oies, qui se tenaient à une distance respectueuse, en poussant des cris respectueux.

Blade était agenouillé à côté de Shona. Celle-ci avait les cheveux dans la figure et ses vêtements étaient déchirés. Elle avait du sang sur un bras, mais Blade se dit que c'était celui de quelqu'un qui s'était fait mordre par un mouton.

« Ne me touche pas ! s'écria-t-elle.

— Ça va ? lui demanda Blade.

— Ne me touche pas !!! » riposta Shona.

Blade jeta un regard dubitatif à Écailles.

« Laisse-la. Va aider l'oiseau-chat noir, gronda le dragon. Je veux que tu gardes l'entrée fermée pour les empêcher de sortir, et que l'oiseau-chat fasse rentrer ceux que je ramène. »

Le jour levant projetait assez de lumière pour laisser apparaître partout au loin des hordes de vaches et d'hommes vêtus de noir pris de panique, s'enfuyant à toute vitesse. Écailles redécolla, dans un nouveau courant d'air chaud et de brins d'herbe. Il vola en rase-mottes en décrivant un cercle à la limite qu'aurait pu atteindre un homme en courant. Régulièrement, un tourbillon de feu accompagné d'un rugissement apparaissait dans le lointain et Écailles revenait en conduisant un groupe d'hommes à bout de souffle vers le dôme, où Kit les faisait rentrer à grand-peine, tandis que Blade essayait d'empêcher ceux qui se trouvaient à l'intérieur de sortir.

« Non, non ! lança Écailles d'un ton agacé quand il arriva derrière le troisième groupe. Dirigez votre magie l'une contre l'autre et unissez-les pour trouver un équilibre, et balancez-vous légèrement pour créer l'ouverture. C'est à croire que plus personne ne fait de bras de fer, de nos jours !

— Ah, je comprends ! s'exclamèrent Blade et Kit. Comme ça !

— Oui, comme ça », grogna Écailles avant de faire demi-tour et de repartir au loin.

Quand le dragon revint en poussant le dernier groupe de soldats épuisés et haletants, Blade et Kit maîtrisaient assez bien le bras de fer magique. Ils se félicitaient l'un l'autre et avaient presque recouvré leur bonne humeur, jusqu'à ce que le dragon tonnât :

« Garçon, oiseau-chat, ne restez pas là à sourire comme des imbéciles ! Vous avez du pain sur la planche. Vous devez vous mettre en marche avant le lever du soleil. »

Ils lui lancèrent un regard sceptique.

« Ah bon ? demanda Kit.

— Je suis épuisé, protesta Blade. On a à peine fermé l'œil.

— Vous devez occuper ces assassins, expliqua Écailles, ou ils vont vous échapper. Ils n'ont plus rien à manger ici, ils sont affamés et ils ont failli vous avoir une fois. Compris ? Et cela ne sert à rien que j'essaye de rassembler vos chevaux et vos vaches. Je leur fais trop peur.

— Mais Don est blessé, objecta Blade, et Shona est…

— Je m'occupe d'eux, maintenant », répondit le dragon.

Il rabattit ses ailes dans un frottement de cuir. Il fit demi-tour et marcha délicatement dans l'herbe piétinée en direction de Don. Kit et Blade virent sa longue queue pointue glisser devant eux et la suivirent des yeux, consternés. On ne contredisait pas un dragon.

« Elles sont foulées, n'est-ce pas ? demanda Écailles à Don. Bouge-les, oiseau-chat jaune. Allez ! »

Le griffon agita piteusement les ailes.

« Ils ont marché dessus !

— C'est ta faute, tu n'aurais pas dû les laisser faire, tonna le dragon. Et ton instinct, alors ? La règle numéro un pour les jeunes est : s'envoler dès que les choses se corsent. On ne t'a pas appris ça ?

— Non, monsieur, répondit Don.

— Ça doit être parce que tu as été élevé par des humains ignorants, grogna Écailles. Souviens-t'en à l'avenir. Et toi aussi, le petit noir. »

Kit le fusilla du regard.

« Oui, monsieur. Je m'appelle Kit.

— Souviens-t'en, c'est tout, grommela le dragon. Et tu pourras être impertinent quand tu feras ma taille, mais pas avant. »

Blade regarda Kit, déconcerté. *Kit ne va pas faire la taille d'Écailles, n'est-ce pas ?!*

« Non, mais il fera une fois et demie son gabarit actuel quand il aura fini sa croissance, lui fit remarquer Écailles. C'est inscrit dans la taille de ses os. Toi aussi tu seras aussi grand, le jaune. Et maintenant, bouge tes ailes. Elles ne sont pas cassées, juste contusionnées. »

Don déploya prudemment ses ailes. Son cou se courba de douleur. Il poussa un cri strident.

« Bats des ailes. Agite-les comme un éventail », lui ordonna le dragon durement.

Don lui lança un regard pitoyable.

« Pour faire circuler le sang, expliqua Écailles à bout de patience. Je ne peux pas t'aider si tu ne t'aides pas. »

Tournant le bec de côté dans un horrible craquement, Don réussit à battre des ailes, lentement, douloureusement. Écailles inclina son immense tête et le regarda. Les ailes de Don se mirent à osciller plus fort et avec plus d'aisance, puis, une seconde plus tard, elles battaient correctement.

« Elles sont réparées ! Qu'avez-vous fait ? demanda-t-il.

— Je ne peux pas te l'expliquer, grogna le dragon. Disons que j'ai encouragé la nature. Continue de battre des ailes pendant que je m'occupe de l'autre. »

Blade n'avait pas l'esprit tranquille d'avoir laissé Shona allongée à côté de la dépouille à moitié dévorée. Mais quand ils la rejoignirent, le corps avait disparu. Il se demanda si Écailles l'avait mangé pendant un moment de répit. Il se sentit mal.

« Ne me touchez pas ! cria Shona quand ils s'approchèrent.

— Redresse-toi ! Regarde-moi ! » tonna le dragon.

Shona se releva comme si le sol était brûlant et leva la tête, avec un mouvement de recul, pour regarder le dragon dans ses immenses yeux. En quelques instants, son corps se redressa tout en se détendant.

« Voilà qui est mieux, s'exclama-t-elle. C'est comme si tout ça était arrivé il y a longtemps.

— J'ai fait ce que j'ai pu », grogna Écailles.

Sa voix trahissait une touche d'excuse.

« Essaye de garder cet épisode dans le passé.

— D'accord ! répondit Shona avec sincérité. Blade, peux-tu m'apporter mes vêtements de rechange ? J'ai des bleus partout… Ah mais non ! Comment est-ce possible ? Je vais aller chercher mes vêtements moi-même. Vous, rassemblez les animaux. »

Blade rayonnait de soulagement. Shona était redevenue aussi despotique qu'avant.

CHAPITRE 13

Il fallut près d'une heure pour regrouper les chevaux. Joli, naturellement, leur donnait plus de fil à retordre que tous les autres réunis. Puis ils durent se mettre à la recherche des gentilles vaches, qui devaient être traites – mais personne n'avait ni le temps ni la force –, puis récupérer les chiens – qui avaient décidé sans qu'on sût trop pourquoi de partir dans la nature en meute –, et enfin rassembler les oies – qui refusaient catégoriquement de rentrer dans la malle : elles avaient décrété que c'était trop dangereux. Personne ne prit la peine de chercher les moutons carnivores.

« Franchement, je ne suis pas mécontente de les voir partis, dit Shona en attachant énergiquement les bagages sur les chevaux. J'ai toujours pensé que c'était l'un des ratés de Papa.

— Cela risque quand même de le contrarier », déclara Don en voûtant les épaules.

Ses ailes lui faisaient encore mal.

« Tant pis, répondit Shona. Et voilà, nous sommes enfin prêts à nous en aller. »

Tous les regards se tournèrent vers Écailles. Il était allongé, le museau sur les pattes avant : il dormait. Deux volutes de fumée s'échappèrent paisiblement de ses narines. *Il est très vieux, même pour un dragon*, se dit Blade, *et peut-être que toute cette agitation était trop pour lui.* Le jeune garçon aurait bien aimé aller dormir, lui aussi. Il était si fatigué. Au lieu de cela, il monta Copine Nancy et s'approcha autant du dragon que celle-ci le lui permit. Il toussa bruyamment. Écailles ouvrit un immense œil vert doré.

« Prêts à partir ?

— Oui, monsieur, répondit Blade.

— Mais quelle déférence, tout à coup ! » gronda le dragon.

Il se releva. Copine Nancy recula et tenta de se cabrer jusqu'à ce que Blade la menât rapidement dans la direction opposée.

« Oiseau-chat noir !

— Oui ? » répondit Kit.

Il n'allait pas l'appeler « monsieur », même si cela lui valait d'être englouti par le dragon.

« Va ouvrir l'entrée du camp dès que les assassins se mettront à bouger », ordonna Écailles.

De mauvaise grâce, Kit partit d'un pas menaçant et s'assit devant l'entrée du dôme. Écailles se positionna de l'autre côté.

Comparé à lui, le camp avait l'air d'un minuscule jouet fragile. À l'intérieur, tous les soldats se pressèrent du côté de Kit, le plus loin possible du dragon.

« Tu sais, je crois que nous en avons perdu quelques-uns, dit Don à Shona. C'était plus plein que ça, hier soir.

— Tant pis ! » s'exclama Shona.

Écailles poussa le dôme du museau, à l'endroit où il touchait le sol. Il réfléchit un instant, avant d'introduire sa tête et ses immenses pattes avant par en dessous, faisant trembler le dôme comme une bulle de savon sur son dos hérissé d'épines.

« DEBOUT, VERMINES ! DEHORS ! EN MARCHE, ET QUE ÇA SAUTE ! »

Des volutes de fumée jaillissaient de sa gueule à chaque ordre.

Avec le dragon à l'intérieur et le camp qui se remplissait de fumée, les soldats n'avaient pas vraiment le choix. Toussant et trébuchant, ils s'attroupèrent devant l'entrée quand Kit l'ouvrit et se précipitèrent dehors en un grand troupeau désordonné. Écailles ressortit la tête et piétina le dôme en hurlant :

« FORMEZ LES RANGS ! MARCHEZ ! GAUCHE, DROITE, GAUCHE, DROITE ! »

Les derniers soldats surgirent devant lui. Kit fit un saut latéral et Écailles gronda :

« Garde-les en rangs de ton côté. MARCHEZ, BANDE DE VERMINES ! hurla-t-il aux soldats. GAUCHE, DROITE, GAUCHE, DROITE ! »

C'est formidable de voir à quelle vitesse et sur quelle distance ces hommes peuvent marcher en rangs serrés, se dit Blade en les suivant, entouré des chiens et des vaches, *lorsqu'un gigantesque dragon se tient derrière eux pour les y obliger.* Ils traversèrent des champs, des landes, un coin aride du désert, puis encore des landes, le tout dans la matinée. Les oies, qui aimaient voir les humains se faire bousculer, restaient à la hauteur d'Écailles, tantôt en volant, tantôt en se dandinant. Don avait reçu pour instruction de garder la ligne opposée à celle de Kit droite. Blade conduisait les vaches avec lassitude. Il poussa un immense soupir de soulagement quand, à la mi-journée, le dragon hurla « HALTE ! ASSIS ! REPOS ! » avant de revenir vers les vaches en planant. Blade était encore plus surpris de voir que les soldats s'asseyaient et surtout restaient assis.

« Tu ferais mieux de traire ces vaches, grogna Écailles, en s'arrêtant à bonne distance des chevaux. Quand tu les auras remplis, donne les seaux aux oiseaux-chats pour qu'ils les fassent passer aux soldats. »

Décidément, il aime donner des ordres ! se dit Blade en descendant de Copine Nancy. Shona mit pied à terre à côté de Beauté en protestant :

« On ne s'est même pas occupés du déjeuner.

— Je sais. Ils s'en sont plaints toute la matinée, répondit Écailles. Ils ont un sacré grief contre vous. Vous avez de la nourriture pour eux ?

— Pas vraiment, expliqua Shona. On s'est servis des vivres qui se trouvaient dans les camps.

— Dans ce cas, nous allons devoir nous débrouiller avec ce que nous avons sous la main », répondit Écailles.

Il s'assit en formant un grand tas vert, à mi-chemin entre les vaches et les soldats, et sembla s'assoupir confortablement pendant que Blade et Shona s'occupaient de la traite et de faire passer des seaux remplis de lait tourbillonnants à Kit et à Don dès qu'ils étaient prêts.

« Ils n'aiment pas le lait. Ils veulent de la bière, leur rapporta Don.

— Ils auront de la bière ce soir au camp », grogna Écailles.

Il n'y eut pas d'autres plaintes, mais quand Kit se posa à côté de Blade, en laissant son seau vide et en tendant ses serres pour réceptionner un seau plein, il déclara :

« Je ne comprends pas. Nous n'avions que quatre seaux, n'est-ce pas ? Et les quatre sont au milieu des soldats, remplis de fromage. Ils sont en train de s'empiffrer. »

Confus, Blade regarda du côté des soldats et vit l'un des grands yeux d'Écailles cligner d'un air complice. Kit eut le temps de le voir aussi.

« Oh, lança-t-il à Blade. Il continue d'encourager la nature. »

Quand la traite fut enfin terminée, il restait assez de lait pour Shona et Blade, mais le liquide au fond du seau de ce dernier s'était transformé en un petit fromage rond.

« Tu préfères ça au lait, n'est-ce pas ? lui demanda Écailles quand Blade le fixa avec étonnement. Et maintenant, je mangerais bien une de ces vaches.

— Mais... protesta Blade.

— Si je la mange devant ces assassins, expliqua Écailles, ils fileront doux la prochaine fois que je leur donnerai un ordre. »

Au milieu de meuglements déchirants, le dragon entreprit de déchiqueter sa proie dans un bain de sang. Pour plus d'effet, il en arracha deux gros morceaux, qu'il jeta à Don et à Kit. Les griffons étaient si affamés qu'ils se ruèrent sur la viande. Le silence le plus total s'abattit sur les soldats. Mais quand Blade compta les vaches, il s'aperçut qu'il y en avait toujours le même nombre. Il se demanda si Kit et Don n'étaient pas plutôt en train de manger du fromage.

« Je n'ai aucune intention de lui poser la question, lança Shona. Mais je ne savais pas que les dragons pouvaient faire ça.

— Maman dit que certains des vieux dragons étaient d'excellents magiciens, lui répondit Blade.

— Et Écailles est vraiment vieux », reconnut Shona.

Elle poussa un soupir.

« Si j'étais allée à l'école des bardes comme prévu, j'aurais certainement étudié la dragonologie à l'heure qu'il est. Et je saurais tout sur Écailles. Si ça se trouve, c'était une légende à son époque. »

Légende ou pas, Écailles leur permit de traverser les landes pour atteindre le camp bien avant la tombée de la nuit ce soir-là, et encore le lendemain. Le surlendemain, ils progressèrent à grand-peine à travers des terres beaucoup plus accidentées, couvertes de bois et de ruisseaux, et arrivèrent au camp bien plus tard. Les soldats poussèrent des cris de joie. À l'intérieur de la brume du dôme se trouvaient les rangées de tonneaux qu'ils attendaient depuis deux nuits.

« Dieu merci ! s'exclama Shona en descendant de Beauté. Nous pouvons nous reposer pendant que Blade s'occupe des volatiles. »

Blade avait utilisé les oies pour animer les trois groupes : c'était le plus simple.

« Pas trop le temps de nous reposer ce soir, rétorqua Kit dans un grognement las. Nous avons les premières Chasses sauvages aujourd'hui.

— Ce soir ? C'est vrai ? demanda Don. On est partis depuis si longtemps que ça ?

— J'en ai bien peur », répondit Kit.

Blade regarda la rangée d'oies. Elles arrêtèrent de picorer quelque chose qui se trouvait dans l'herbe et levèrent la tête, le défiant de les mettre de nouveau dans la malle.

« Je ne peux pas, leur dit-il. Je suis trop fatigué.

— Sottises ! tonna Écailles.

— D'ici là, dînons », soupira Shona.

Ils se restaurèrent. Blade s'endormit sur les restes de son dîner, malgré le chahut des soldats autour des fûts de bière, et se réveilla au coucher du soleil, revigoré. À sa surprise, les oies trônaient dans la malle. Elles l'attendaient. Elles n'allaient pas rater leur chance de persécuter des humains.

« D'accord, leur dit Blade. Je vous parie que vous n'oserez pas intimider de nouveau trois groupes. »

Elles poussèrent des cris sarcastiques. C'était du gâteau.

Blade partit quand Kit agitait les ailes, prêt à créer les illusions pour les Chasses sauvages. Quand il revint à califourchon sur sa malle remplie de volatiles satisfaits – les oies avaient chassé trois sorciers au sommet de trois montagnes différentes en un temps record et Blade n'avait toujours pas vu un seul Pèlerin –, Kit essayait encore de produire les illusions. Il s'était donné des yeux rouges. Il avait transformé les gentilles vaches en grandes créatures noires à cornes et aux yeux ordinaires. Rien n'arrivait à faire naître une flamme dedans, comme le voulait le griffon. Et les chiens n'arrêtaient pas de se secouer rageusement et de perdre leurs manteaux noirs et leur regard de braise dans une pluie de gouttelettes brumeuses. Aucun des chevaux n'avait changé d'un iota. Kit semblait hors de lui.

« Tu as l'air fatigué, Blade. Tu n'es pas obligé de venir, lui dit Shona gentiment.

— Mais je veux venir ! insista Blade, qui brûlait d'envie de se faire passer pour le Seigneur des ténèbres.

— Malédiction ! » hurla Kit quand les chiens retrouvèrent leur aspect normal en s'ébrouant.

Écailles était allongé contre le dôme du camp, comme il en avait pris l'habitude, pour forcer les soldats à filer doux. Il regardait les efforts de Kit du même œil sarcastique que les oies.

« Puis-je faire une suggestion ? tonna-t-il.

— Quoi ? aboya Kit.

— Ces petits joueurs de Pèlerins n'y verront goutte dans l'obscurité, fit remarquer le dragon. Tu es noir. Si tu teins l'oiseau-chat jaune dans ta couleur, tu auras un cheval ailé noir. Le poulain, même s'il est petit, a des ailes qui ressemblent à la cage thoracique d'un squelette. Il ne te reste plus qu'à noircir le cavalier du cheval noir…

— C'est moi, intervint Shona.

— Et à t'élever dans le ciel pour ouvrir la marche en emmenant les chiens en l'état pour faire du bruit, poursuivit Écailles. Je t'assure que ce sera suffisant. Les vaches sont beaucoup trop lentes pour vous suivre.

— Oui, ça doit être vrai, admit Kit.

— Mais, et moi ? s'enquit Blade.

— J'ai besoin que tu restes ici », répondit Écailles.

Il n'y avait rien à répliquer à cela. Blade dut regarder, cruellement déçu et furieux contre Shona pour avoir accaparé le poste de Seigneur des ténèbres, pendant que deux griffons noirs aux yeux de feu – Kit estimait que tout ne devait pas être conforme aux désirs du dragon – et un cavalier à cornes monté sur un cheval ailé s'envolaient doucement vers le nord en compagnie d'une bande de chiens surexcités et d'un poulain volant qui sautait partout. Dès que Kit se trouva à près de deux kilomètres, les monstres noirs à cornes qu'il avait laissés au camp se métamorphosèrent à nouveau en gentilles vaches.

« Pourquoi voulez-vous que je reste ici ? demanda Blade à Écailles d'un ton résigné.

— L'un de vous doit être frais et dispos en cas de problème, lui fit remarquer le dragon. Tu es le plus utile, car tu peux te téléporter. »

Bien que d'une logique implacable, cela n'empêcha pas Blade de se sentir comme Cendrillon – ou pire, comme Lydda.

« Qu'est-ce que vous avez fait du soldat que vous avez croqué ? lui demanda-t-il, plein de rancune. Vous l'avez mangé ?

— Quel soldat ? Ah oui, ça me revient, répondit le dragon. Non, c'était une illusion. Je ne raffole pas vraiment du goût de l'humain.

— Hum ! » s'exclama Blade.

Écailles avait réponse à tout. Blade se recroquevilla devant le feu de camp pour bouder, mais il se retrouva rapidement pris à observer les flammes, et l'instant d'après, il s'était assoupi. Blade dormit pendant au moins trois heures, jusqu'à ce qu'il fût réveillé par le retour de la Chasse : les chiens, épuisés mais surexcités, Beauté et Joli avec de l'écume sous les ailes, et les autres d'humeur joyeuse.

« On s'est bien amusés ! s'écria Don en s'écroulant devant le feu. Ils ont couru tout leur soûl.

— C'était merveilleux ! ajouta Shona en riant. Je vais écrire une chanson dessus.

— Moi aussi, renchérit Kit, immense, drapé dans l'ombre à côté de Beauté, une chanson guerrière ! »

Blade se retrouva à devoir frictionner Beauté et à essayer de passer une couverture sur Joli. D'un air sombre, il distribua des friandises aux chiens haletants et leur donna des gamelles d'eau, se sentant plus que jamais comme Cendrillon.

« Tu pourras y aller demain, lui dit Shona généreusement.

— Trop aimable ! » répondit Blade.

Mais quand il vit combien ils étaient tous fatigués le lendemain, il dut reconnaître – à contrecœur – qu'Écailles avait peut-être eu raison. Les chiens gémissaient et boitaient. Joli laissait pendre sa tête et refusait de manger.

« Trop de bêtises, hier soir », dit-il à Blade.

Shona avait mal aux fesses à cause de la selle, et même Don semblait courbatu. Blade aurait éprouvé une plus grande compassion s'ils n'avaient pas tous été aussi joyeux. Certes, Kit grognait à chaque fois qu'il bougeait une aile, mais ses yeux brillaient et sa crête était dressée prétentieusement quand il alla fièrement ouvrir le camp pour qu'Écailles mît les soldats en marche.

« EN AVANT, VERMINES ! EN MARCHE ! »

Le dragon avait dû mettre quelque chose dans les tonneaux pour que les soldats se tinssent tranquilles. Ils sortirent du camp en traînant des pieds, la mine grise ; de toute évidence, ils avaient tous la gueule de bois.

Shona rit de bon cœur :

« Cela fait du bien de voir autant de personnes en plus mauvais état à l'extérieur que moi à l'intérieur ! »

Blade n'était pas de cet avis. Il sentait la haine des soldats : ils détestaient marcher, ils détestaient Écailles et Kit qui les obligeaient à marcher, ils détestaient ce monde, ils détestaient ceux qui les avaient envoyés dans ce monde. Ils détestaient tout et tout le monde. Ils étaient déterminés à tuer quelqu'un. Cela rendait Blade nerveux. Il les accompagnait, prêt à affronter des problèmes.

Reposé et alerte, Blade fut donc celui qui réagit immédiatement quand, en milieu de matinée, des coups sonores et réguliers retentirent en provenance d'un bouquet d'arbres à gauche de leur procession. Dès qu'il les entendit, il talonna Copine Nancy et partit jeter un coup d'œil. Don ne réagit que quand Écailles hurla :

« Va voir ce qui pose problème ! »

Lorsque Don arriva à hauteur de Copine Nancy en courant d'un pas raide, Blade était déjà à mi-chemin des arbres, d'où s'élevaient des cris, en plus des coups.

« Une bagarre ? » demanda Don d'une voix haletante.

Blade ouvrit la bouche pour approuver, quand un petit poney terrifié portant un grand panier attaché sur le dos jaillit d'entre les arbres et se précipita vers les soldats en marche. Il aperçut Écailles et poussa un hurlement. Il essaya de s'arrêter pour faire demi-tour, mais il fit une embardée et déséquilibra le panier sur son dos. La seconde d'après, il était au sol, se débattant frénétiquement et donnant des coups de pied pour se libérer des liens qui tenaient son chargement en place. Blade et Don partirent au galop. Mais avant qu'ils ne fussent assez proches pour l'aider, le poney se libéra d'un coup de pied, se remit debout tant bien que mal et s'enfuit à toute allure vers le sud. Blade et Don se retrouvèrent devant le panier gisant dans l'herbe, dont débordaient des coupes, des coffrets, des assiettes, des bracelets, des diadèmes et des colliers en or. Tous les objets étaient de facture exquise et ils étaient, pour la plupart, ornés de pierres précieuses.

« Des voleurs, dit Blade. Viens. »

Après avoir donné à Copine Nancy l'ordre de repartir, il galopa en direction du bosquet.

Sous les arbres, il y avait cinq autres poneys portant des paniers. Debout, en cercle, dos aux poneys pour les protéger, se tenaient six petits hommes dont la tête arrivait tout juste à la taille de ceux qui les attaquaient. Les assaillants étaient revêtus de la reluisante armure noire que Blade ne connaissait que trop bien. C'étaient certainement des soldats qu'ils avaient perdus trois jours plus tôt.

« Oh, oh ! » s'exclama Don avant de s'envoler, se souvenant du conseil d'Écailles.

Copine Nancy était difficile à arrêter. Blade fut obligé de foncer jusqu'au beau milieu du combat. Les nains étaient tous armés d'énormes haches, dont ils se servaient pour asséner et parer des coups énergiques – sauf un, qui tambourinait sur un grand plateau en or pour appeler à l'aide –, mais ils étaient en mauvaise posture. Les soldats qui les attaquaient faisaient deux fois leur taille. Blade n'avait même pas d'épée. Quand Copine Nancy arriva comme une fusée au milieu de la mêlée, il n'eut pas d'autre idée que de crier en essayant d'imiter la voix d'un dragon.

Son plan fonctionna en partie. Plusieurs des assaillants se retournèrent vers lui. Cela donna à deux des nains la possibilité de lancer leur hache contre les jambes de leurs ennemis. L'un des soldats s'effondra. Mais deux autres s'élancèrent vers Blade avec des épées. Ce dernier était sûr qu'il allait mourir, quand Don s'abattit en piqué depuis les branches au-dessus de sa tête. Il était assez proche et rapide pour sembler immense et noir dans le contre-jour, battant des ailes de toutes ses forces pour faire du surplace. L'espace d'un instant, Blade crut qu'il s'agissait de Kit. Les soldats commirent la même erreur.

« Sacrebleu ! lança l'un d'eux. C'est ce maudit griffon noir. Attrapez-le ! »

Mais ce fut Don qui l'attrapa. Le griffon était de la taille d'un lion, et sa force, quand il daignait s'en servir, était semblable à celle du fauve, aussi. Il se saisit du soldat et le projeta au sol. Il en lança un autre sur le premier homme quand celui-ci tenta de se relever. Trois assaillants étaient désormais hors d'état de nuire, ce qui suffit pour renverser la bataille. Les nains firent pleuvoir les coups du plat de leurs haches. Celui qui tambourinait sur le plateau se joignit à eux et en une minute les six hommes en armure noire se tordaient sur le sol en grognant. Blade s'empara du rouleau de rênes magiques qu'il gardait toujours accroché à la selle de Copine Nancy, mit pied à terre et entoura chaque soldat d'un jeu de rênes.

« Ouf ! s'exclama Don en atterrissant près de lui. J'ai cru que tu allais y passer. Tu veux que je les traîne jusqu'à Écailles ?

— Ce sera plus simple si tu attends qu'ils puissent tous marcher », répondit Blade.

Aucun des soldats n'était grièvement blessé. Le premier au sol essayait déjà de s'asseoir.

Pendant ce temps, les nains se tenaient autour d'eux en se raclant la gorge comme le font les gens gênés d'avoir à dire merci. Blade comprit pourquoi. C'étaient de petits hommes robustes à l'allure belliqueuse, aux jambes musclées et aux larges épaules. Leurs cheveux et leurs barbes étaient entrelacés de dizaines de fines tresses tissées d'os cliquetants et de morceaux de laine rouge, et ils portaient un casque et un plastron en acier. Leurs haches avaient l'air redoutables. Blade se dit qu'ils étaient bien le genre de personnes à s'estimer capables d'affronter six grands assaillants sans avoir besoin d'aide. Et ils y seraient peut-être parvenus s'ils n'avaient pas dû protéger les poneys.

« J'ai bien peur que votre autre poney n'ait laissé tomber son chargement dans l'herbe avant de prendre la fuite », dit-il pour masquer leur gêne.

Celui qui avait tapé sur le plateau poussa un soupir.

« Classique, lança-t-il. Cette mission est un beau bazar depuis le début. À croire que nous avons offensé l'un des dieux. Nous nous sommes retrouvés dans un glissement de terrain en descendant des montagnes, nous avons passé le lendemain enlisés sous la pluie, hier nous avons été la proie des taons et des moustiques, et maintenant, ça ! Si ce tribut arrive à notre seigneur M. Chesney à temps et en un seul morceau, je serai tellement surpris que vous pourrez me couper la barbe et me traiter de géant. Je ne plaisante pas ! »

Don et Blade échangèrent un regard stupéfait.

« Excusez-moi, l'interpella Don, pourquoi devez-vous apporter un tribut à M. Chesney ?

— Nous le faisons chaque année. Ce sont ses ordres. Il est notre chef suprême, répondit d'un ton bourru un autre nain, étonné.

— Mais alors… euh… d'où venez-vous exactement ? leur demanda Blade.

— De notre forteresse dans les Montagnes moussues. À la frontière des terres du roi Luther, les renseigna un troisième nain. Pourquoi ? Vous en voulez une partie ?

— Bien sûr que non », s'empressa de répondre Blade.

Don et lui échangèrent un regard soucieux, sentant que quelque chose clochait.

« Je… euh… me demandais juste si vous aviez une grande distance à parcourir, expliqua-t-il.

— Oh, jusqu'à l'océan le plus proche, répliqua le premier nain, d'une volubilité agacée. La ville où arrivent les Pèlerinages. Cette année, ils l'appellent Gna'ash ou quelque chose du genre, n'est-ce pas ? Nous sommes censés l'atteindre quand le dernier Pèlerinage prend la route, tant que le démon garde le portail ouvert. Après, les gens du groupe repartent avec le tribut et nous rentrons chez nous à pied. Juste une petite activité qui met un peu de sel dans l'existence. Si nous arrivons jusque-là, bien entendu. Cette fois-ci, je n'en suis pas sûr.

— Mais vous voulez dire que M. Chesney possède les terres où se trouve votre forteresse ? » demanda Blade, perplexe.

Les nains se regardèrent. Certains haussèrent les épaules. Le nain bourru se gratta les tresses en répondant :

« Je ne crois pas. Si nous sommes sur les terres de quelqu'un, c'est sur celles du roi Luther.

— Mais… euh… ne devriez-vous pas apporter le tribut au roi Luther, dans ce cas ? » l'interrogea Blade.

Les nains éclatèrent de rire.

« Bien sûr que non, répondit le bavard du groupe. Le tribut va à M. Chesney, car c'est le Seigneur des ténèbres du monde. Je croyais que tout le monde savait ça. »

Blade acquiesça en se disant que le nain devait avoir raison, mais Don s'exclama, indigné :

« C'est faux ! C'est mon père, le Seigneur des ténèbres ! »

Les nains éclatèrent à nouveau de rire.

« Ah oui ? lança l'un d'eux. C'est vrai qu'il y a un air de famille. »

Furieux, Don ouvrit le bec. Blade lui donna un coup dans la patte avant pour l'empêcher de parler. Par chance, Shona arriva à ce moment-là, montée sur Beauté, entourée des chiens et conduisant le petit poney en sueur qui tremblait comme une feuille. Les nains se raclèrent encore la gorge. Le bavard réussit même à dire « Merci infiniment » avant que Bertha ne se rendît compte que son visage était pile à la hauteur d'une langue de chien.

« Viens », dit Blade à Don.

Les assaillants étaient assis. Ils se tenaient la tête et frottaient leurs jambes en lançant des regards noirs. Blade enfourcha Copine Nancy et ordonna à Don de les emmener.

« Nous sommes heureux d'avoir pu vous aider », dit Shona d'un ton charmeur aux nains tandis que Blade partait à bonne allure vers l'immense tas vert que formait Écailles.

« Qu'est-ce que c'était ? lui demanda le dragon dès que Blade fut assez près.

— Six des soldats qui s'étaient échappés l'autre jour ont essayé de piller des nains, lui rapporta Blade. Nous les avons capturés. Don les amène. Mais vous savez, Écailles, ces nains transportent une fortune en objets en or ! Ils disent que c'est pour M. Chesney et...

— Je me disais bien que ça sentait l'or. »

Le dragon tourna la tête vers les arbres. L'étendue de terre qui les en séparait était désormais parsemée de silhouettes : Shona et Beauté à l'avant, entourées de chiens joyeux, et Don un peu plus loin, tenant les rênes dans son bec et se démenant pour traîner le groupe d'hommes en noir qui résistaient. Mais la tête d'Écailles était rivée sur les trois nains qui s'affairaient à ramasser des coupes, des assiettes et des bracelets pour les remettre dans le panier. Blade avait oublié ce que l'or faisait aux dragons. Il devint nerveux.

« Ils ont dit pourquoi ? demanda Écailles.

— Ils disent que c'est un tribut, car M. Chesney est le Seigneur des ténèbres du monde », répondit Blade.

Le dragon s'immobilisa, d'une immobilité qui suggérait que son corps était prêt à bondir.

« Mais ce n'est pas possible, n'est-ce pas ? » lui demanda Blade d'un ton inquiet.

Perplexe, le dragon remua les ailes.

« Ils ont dû se tromper, grommela-t-il. Il est temps de nourrir les assassins, puisque nous sommes arrêtés. Va traire les vaches. »

Après le déjeuner, ils poursuivirent leur route, laissant les nains partir dans la direction opposée, au grand soulagement de Blade. Il n'était pas sûr qu'Écailles serait capable de laisser l'or tranquille. La gueule de bois des soldats semblait avoir disparu avec un peu d'exercice. Ils traversèrent une prairie où des bouquets d'arbres poussaient au bord de petits ruisseaux, d'un bon pas, avec Écailles fermant la marche, imperturbable, et le soir venu, ils aperçurent des montagnes au loin. Blade avait honte de ne pas avoir fait confiance à Écailles au sujet de l'or. De nos jours, les dragons n'avaient plus de trésor – hormis des choses comme les bidules de Colette pour les voyages organisés – et Écailles semblait s'adapter à la modernité. *En tout cas, ça en a l'air*, se dit Blade, *sinon il ne nous aiderait pas comme ça.*

« Nous aider ?! s'exclama Kit quand Blade lui en toucha deux mots. Je dirais plutôt nous commander ! »

Le camp suivant leur apparut quelques instants plus tard. Barnabas l'avait dressé presque élégamment à côté d'arbres qui commençaient à se parer d'or et de roux. Tous s'y dirigèrent avec gratitude. Dès que les soldats furent à l'intérieur et que Blade eut emmené les animaux boire au ruisseau voisin, Écailles appela Kit et le força à faire le tour du camp avec lui en lui montrant comment fixer la magie du dôme plus solidement dans le sol.

« Les sorciers qui ont dressé ce camp ont bâclé le travail, expliqua-t-il quand ils eurent fini. Mais vous devriez être en sécurité pour la nuit, maintenant. Je vais partir un moment. J'ai faim et j'ai envie de chasser. Je reviens bientôt. »

Il déploya ses ailes, prit trois pas d'élan et décolla dans le ciel du soir. Les soldats, le visage enveloppé dans la brume bleue du dôme magique, se collèrent contre la paroi et le gratifièrent de gestes grossiers. Les autres le regardèrent partir, alarmés.

« Il est allé à la recherche des nains, déclara Don.

— J'en ai bien peur, lui accorda Blade.

— Peut-être pas, les contredit gaiement Shona. Il m'a donné un aperçu après que j'ai… quand je l'ai regardé dans les yeux la dernière fois, et j'ai été très impressionnée de voir qu'il était si civilisé et cultivé.

— De toute façon, nous ne pouvons pas l'en empêcher », souligna Kit.

Blade savait que Shona avait tort. Il était sûr qu'Écailles était parti chasser les nains. Cette certitude lui gâta la Chasse sauvage cette nuit-là, même si c'était diablement amusant. Blade revint avec sa malle remplie de volatiles satisfaits et redécolla avec un griffon noir de chaque côté. Avec le poids des illusions de cornes sur sa tête, Blade monta un cheval ailé noir dans l'air frais d'une nuit d'automne à la lumière jaune de la lune croissante. Joli avait refusé de venir, mais au sol, les chiens aboyaient, jappaient, hurlaient et faisaient un vacarme de tous les diables en traversant les broussailles pour suivre le rythme. Devant eux, à trois reprises, un petit groupe de personnes faisait plus de bruit encore en s'enfuyant pour sauver sa peau. Les Pèlerins n'étaient jamais assez près pour être visibles, au grand dam de Blade, et la Chasse devait faire demi-tour à chaque fois que les touristes traversaient un pont sur l'une des rivières, car d'après Kit, le livre noir indiquait que le Cavalier noir ne devait pas passer au-dessus d'un cours d'eau. C'était tout de même très amusant. Cela l'aurait été encore davantage si Blade avait pu s'enlever de la tête l'image des petits hommes aux tresses se faisant dévorer, comme Écailles avait fait semblant de dévorer le soldat.

CHAPITRE 14

Assise seule dans la salle de conférence de l'université, Querida travaillait sur la longue table. Aujourd'hui, elle avait réussi à sortir de chez elle et à se traîner jusqu'à ce bâtiment en s'appuyant sur une vraie béquille et sur une autre, magique, qu'elle pouvait manier de son bras cassé. Mais cela n'avait pas été une mince affaire, et les escaliers qui conduisaient à son bureau avaient eu raison d'elle. Ses os étaient loin d'être ressoudés. Aussi, le coma de guérison l'avait grandement affaiblie et elle fatiguait vite. À présent, elle regrettait – comme lors de sa dernière fracture – d'avoir demandé le coma. Mais elle supportait si mal la douleur.

Elle aurait voulu trouver un peu de réconfort dans une bonne tasse de thé bien chaud. Le gardien avait dit qu'il ferait ce qu'il pourrait, le pauvre, mais ce n'était pas vraiment son travail et il ne savait pas où se trouvaient les tasses et la bouilloire. Et il n'y avait personne d'autre. Les guérisseurs et les sorciers étaient tous partis s'occuper des Pèlerinages.

Normalement, pendant la saison touristique, les locaux étaient en pleine effervescence, remplis de sorcières qui profitaient de l'occasion pour se servir des équipements, mais cette année, elles étaient parties, elles aussi, s'occuper d'affaires urgentes. En réalité, le silence et le vide qui régnaient dans l'université étaient un excellent signe ; cela voulait dire que les dispositions que Querida avait prises à la hâte avant de demander à être plongée dans le coma s'étaient traduites en actions.

Elle passa son plan en revue. Querida avait toujours été d'avis que les Oracles aidaient ceux qui s'aidaient eux-mêmes. Les voyages organisés n'allaient pas s'arrêter tout seuls. Alors, pour donner un petit coup de pouce aux prophéties, elle avait envoyé toutes les sorcières sur l'ensemble du continent pour orchestrer des erreurs, des ratés et des problèmes sur les Pèlerinages. Elle était sûre que Derk allait être un Seigneur des ténèbres minable, et si les choses devenaient assez cauchemardesques, M. Chesney déciderait peut-être que les Pèlerinages n'étaient plus possibles. Mais il y avait son démon. Le plan de Querida reposait sur le fait que les démons étaient très procéduriers. C'était pourquoi les sorcières étaient, de leur côté, à la recherche de tout ce que les Pèlerinages faisaient et qui n'était pas dans le contrat – même la moindre broutille. Querida pourrait alors se confronter au démon et lui dire que c'était M. Chesney qui avait enfreint la loi et qu'il pouvait partir. Et si Mara jouait son rôle également, alors M. Chesney serait en présence de trois dysfonctionnements des Pèlerinages. Ce serait certainement assez pour faire abandonner même ce dernier.

Quoi qu'il en fût – elle prit un crayon et du papier –, c'était la raison pour laquelle les lieux étaient si étonnamment calmes et vides. Elle ferait mieux de s'y mettre. Les seules personnes encore en ville étaient les bardes. Mais ils avaient purement et simplement refusé de se joindre aux voyages organisés ou d'aider Querida à les faire cesser. Leur école se dressait en bordure de la ville et il y avait fort à parier qu'ils étaient tous dedans à bouder.

« Nous pouvons parfaitement nous passer de leurs caprices artistiques », murmura Querida.

Sa petite voix sèche résonna dans le profond silence qui régnait dans le bâtiment.

« Je ne devrais pas parler toute seule, dit-elle. Je n'arrête pas de me faire sursauter. Haut les cœurs. Au boulot. »

Elle avait plus d'une soixantaine de messages par pigeon à rédiger. Elle espérait que le gardien pourrait les attacher aux pigeons – aux *bons* – et lâcher les oiseaux. Elle n'avait pas grande confiance en lui. Mais pour commencer, elle devait lire au moins certains des messages de l'immense pile que le gardien – après qu'elle lui eut expliqué plusieurs fois – avait rapportée de son bureau et posée sur la longue table.

D'une seule main, Querida passa maladroitement en revue le tas de messages. Il devait forcément y en avoir un d'une sorcière rapportant une rupture de contrat. *Forcément.* De fait, la moitié des messages provenaient de sorcières, mais ils semblaient tous dire : « Nous avons suivi vos ordres. Et maintenant ? » Il n'y en avait pas de Mara, alors qu'il y aurait dû en avoir un de sa part. Cette dernière avait promis de livrer un univers miniature adéquat avant le début des sièges. Elle ferait mieux d'écrire à Mara sur-le-champ. Et à la femme qui se trouvait dans les Émirats. *Oh, un message de Barnabas !*

Querida le déplia à grand-peine. Barnabas lui communiquait son inquiétude. Derk était beaucoup plus efficace que prévu. « C'est pourquoi, écrivait Barnabas, j'ai saboté les volatiles et me suis assuré que les camps qui contenaient l'armée étaient très fragiles. Je suis en train d'installer le camp de base au mauvais endroit et je vais probablement l'ensorceler aussi, mais je dois vous rapporter que pour l'instant, ces mesures n'ont eu que peu d'effet. »

Hmm... Querida s'enfonça dans son grand siège, pensive. *Quelle poisse.* Elle avait compté sur le fait que les Pèlerins se plaindraient du Seigneur des ténèbres. C'était peut-être une bénédiction qu'elle se fût blessée avant de pouvoir aider

Derk en matérialisant un démon ou un dieu – ou c'était peut-être l'œuvre des Oracles, auquel cas, cette douleur en valait sans doute la peine. Elle ferait mieux de faire traîner cette histoire de démons et de dieux – tout en donnant l'impression d'aider, bien sûr – et d'aller harceler et intimider Derk. D'après son expérience, les hommes réagissaient assez mal à l'intimidation. Cela les poussait à commettre des erreurs. Les activités de Mara ne manqueraient pas non plus de le perturber au point de s'emmêler les pinceaux. Derk devait faire des erreurs. Coûte que coûte.

« Maintenant que nous montrons notre jeu, nous devons gagner, murmura-t-elle. Si M. Chesney se rend compte que nous nous rebellons, nous pourrions tous avoir de sérieux ennuis. »

Cette fois, sa voix ne fut pas la seule à briser le silence. Elle fut accompagnée de bruits étouffés venant de l'extérieur de la salle. Le gardien avait peut-être trouvé une bouilloire et lui apportait enfin du thé. Mais si c'était cela, vu le bruit, il en faisait toute une montagne.

Querida dirigea un regard inquisiteur vers la porte, quand un loup gris rachitique, avec les poils hérissés tout le long du dos, fit son entrée.

« Mais bon sang, Wilkie, lui dit-elle, essayez de vous maîtriser. Quel est le problème ? »

Le gardien étant un lycanthrope, il avait tendance à se métamorphoser dans les moments de stress.

« Reprenez votre forme ! lui aboya Querida. Je ne peux pas parler à un loup. »

L'animal se dressa humblement sur ses pattes arrière et se transforma en homme, un individu hirsute qui n'avait pas l'air très malin. Wilkie remonta son pantalon – la taille d'un loup étant plus basse que celle d'un humain – avant de répondre d'un ton indigné :

« Je lui ai dit que vous étiez souffrante, m'dame, je lui ai dit que vous étiez occupée, je lui ai dit de partir, mais il refuse de m'écouter !

— Qui refuse de vous écouter ? » s'enquit Querida.

Wilkie signala la porte. Une énorme tête d'oiseau brune se baissa pour passer sous le linteau, et un gros œil brun brillant se braqua sur Querida. *Ça alors !* se dit Querida. *L'un des griffons de Derk le sorcier. Mon griffon. La grosse femelle.*

« Laissez-le entrer, ordonna-t-elle. Après quoi vous pourrez disposer, Wilkie. »

Lorsque la griffonne s'abaissa et tendit ses ailes jointes devant elle pour essayer de passer la porte, Querida ne prêta plus attention au gardien, qui contourna prudemment l'animal d'un pas lent pour partir. Elle n'avait d'yeux que pour cette créature aussi immense que magnifique. Elle s'en était entichée le jour de la visite de M. Chesney. Elle adorait les duveteuses plumes brunes de sa tête et les traits blanc cassé sur ses grandes ailes. Elle apercevait maintenant du gris dans ces traits, du vert-de-gris, et le même ton mêlé au brun des plumes de son cou et autour de ses yeux vifs. Mais ce qu'il y avait de plus beau chez elle, c'était la façon dont la partie aigle laissait si gracieusement place à la partie lion couleur sable – une moitié lion des plus élégantes, munie d'un large poitrail et d'un arrière-train svelte et musclé –, c'était que cette créature n'apparaissait pas comme un mélange, mais comme un tout. Elle devait reconnaître que Derk le sorcier avait créé une bête fabuleuse. Elle était encore plus remarquable que le petit poulain ailé. Querida mourait d'envie d'avoir sa propre créature, de pouvoir plonger les mains dans ses plumes aux tons pastel, peut-être même de voler sur son dos.

« Pas il, mais elle, objecta la griffonne. Je m'appelle Colette.

— Oh ! s'exclama Querida. Je ne savais pas que tu pouvais parler.

— Bien sûr que si, répondit Colette. Comment croyiez-vous que j'allais vous donner le message de Maman, sinon ? »

Elle baissa la tête et prit le sac en cuir qui était accroché à son cou. Surprise, Querida était heureuse de la voir retirer le sac. Il gâchait les superbes lignes de la griffonne.

« Dans mes souvenirs… euh… tu avais fait tout ton possible pour te faire passer pour une idiote, répliqua-t-elle. Et je me disais que le message devait se trouver dans ce sac. »

Colette enveloppa ses serres dans les lanières de son sac et le garda entre ses pattes avant.

« Voici l'univers miniature que vous vouliez, dit-elle. C'était Kit qui m'avait convaincue de faire semblant de ne pas savoir parler. Il a souvent des idées stupides. Il a appris la leçon quand il est tombé à travers le toit. Mais j'ai aussi un message de la part de Maman. Vous voulez l'entendre, oui ou non ? »

Querida l'observa. Colette était assise digne comme un grand chat avec sa queue touffue enveloppée autour du sac entre ses serres et ses ailes rayées soigneusement repliées. La présidente aurait fait n'importe quoi pour la posséder.

« Bien sûr, j'ai très envie de l'entendre. »

Colette observa Querida à son tour, prudemment, en tournant la tête pour mieux voir la présidente, d'un œil d'abord, puis de l'autre. Les griffons n'avaient aucun besoin de faire ça, mais Colette tenait cette habitude de ses ancêtres oiseaux et s'en servait pour vérifier à deux fois les choses qui lui inspiraient de la méfiance.

« Maman m'a dit de ne pas vous donner le message tout de suite.

— Tu veux parler de Mara, je suppose, lança Querida d'un ton agacé. Pourquoi pas tout de suite ? »

Colette acquiesça.

« Papa m'a ordonné d'emmener Elda jusqu'au repaire de Maman, mais il était pressé et il m'a dit de réfléchir au message, parce que Maman allait sûrement me demander de vous le faire passer. Alors j'y ai pensé et j'ai posé la question à Maman. Et elle m'a dit que si vous essayiez de devenir ma propriétaire ou de me garder, par un sort ou de toute autre manière, elle ne ferait rien de ce que vous lui aviez demandé. Et l'univers dans ce sac s'évanouirait. »

La déception rendait Querida furieuse. Mara la tenait à sa merci. Et elle avait besoin d'elle. *Quelle enquiquineuse !* Elle allait devoir passer du temps à ruser et à rassurer Mara.

« Je vois, répondit-elle sèchement. Tu es très prudente, Colette. Mais je suis surprise que tu considères deux sorciers humains comme tes parents. Comment peuvent-ils l'être ?

— Parce qu'ils ont mis de leurs propres cellules dans chacun de nous, répliqua Colette. Papa dit que c'était pour nous donner une part d'humanité. »

Oui, Derk avait pris soin de le lui expliquer, se souvint Querida. Dommage que Colette fût au courant. Très bien. Elle allait devoir user de ses dons de sorcière pour lui mettre la pression. Se concentrant sur l'esprit de Colette, Querida aboya :

« Très bien. Quel est donc ce message ? »

La queue de Colette se redressa et battit doucement le sol.

« Vous n'avez pas encore promis de me laisser partir.

— Je le promets, s'empressa de répondre Querida. Le message ? »

Colette battit de nouveau les dalles de sa queue.

« Là, vous promettez juste de me laisser partir. Vous devez promettre de ne pas devenir ma propriétaire ni de me garder de quelque manière que ce soit. »

Malédiction ! se dit Querida. Échec et mat. Cette créature était loin d'être stupide.

« Ah la barbe ! Très bien. Je promets de ne pas essayer de devenir ta propriétaire ni de te garder par la magie ou de toute autre manière. Et maintenant, puis-je avoir l'univers au moins, si ce n'est le message ? »

Colette inclina la tête une seconde, analysant les mots de Querida.

« Cela fera l'affaire. Le message dit que les nains des Montagnes moussues payent chaque année à M. Chesney un tribut de six boisseaux d'objets en or ouvragés. Papa a des témoins qui le confirment. Maman dit que vous devez être mise au courant. »

Eurêka ! Cela doit forcément être illégal, se dit Querida. Cela compensa dans une certaine mesure le fait de ne pas pouvoir être la propriétaire de Colette. Mais à quoi était occupé Derk quand il avait fait cette découverte ?

« Ces nains ont-ils un contrat pour fournir ce trésor ? demanda-t-elle de sa voix la plus perçante et roublarde.

— Non, répondit Colette. J'ai accompagné Papa et je l'ai entendu le leur demander. Ils ont dit que M. Chesney leur avait simplement ordonné de lui payer un tribut pendant 40 ans, car il était le Seigneur des ténèbres du monde. Et quand les nains avaient protesté, M. Chesney leur avait répondu que c'était pour empêcher les dragons de devenir trop avides. Le chef a ajouté qu'il avait cru à une blague. »

Ah ! Je le tiens ! Le sourire ophidien de Querida envahit la moitié de son visage.

« Je ne pense pas, commenta-t-elle, que M. Chesney fasse des blagues. C'était certainement la vraie raison. Les nains ont-ils ajouté quelque chose ?

— Oui, ils ont dit que tous les autres clans de nains devaient payer un tribut, eux aussi », répondit Colette.

Rien d'étonnant à cela. M. Chesney était toujours rigoureux. Querida rayonnait en réfléchissant à toute allure. Alors c'était le mode opératoire de M. Chesney : il prenait soin de s'approprier toutes les choses les plus puissantes du monde ! *Bien vu !* Elle se demanda comment il avait une emprise sur les démons ou s'il avait conclu un marché avec les dieux. C'était un point sur lequel elle devait envoyer les sorcières enquêter au plus vite. Elle se demanda aussi si Derk avait la moindre idée de ce que signifiait sa découverte. Mara avait certainement compris, sinon elle n'aurait pas envoyé Colette jusqu'ici.

« Et que Derk allait-il faire avec les nains après les avoir interrogés ? » chercha-t-elle à savoir.

Colette haussa légèrement les ailes.

« Je ne sais pas. Probablement rien. Après leur avoir parlé, il était pressé et m'a ordonné de rentrer à la maison et de conduire Elda chez Maman.

— Et tu vas revoir Derk bientôt ? lui demanda Querida.

— Oui, il veut que j'aille au camp de base. »

Elle lui faisait comprendre qu'elle manquerait à Derk autant qu'à Mara, se dit Querida. La seule chose à faire était d'essayer de convaincre cette adorable griffonne de rester ici de son plein gré. C'était faisable.

« Alors dis-lui, suggéra-t-elle comme si elle s'était résignée à voir Colette partir, d'être attentif à toutes les bizarreries que M. Chesney a pu organiser et de me prévenir à la seconde où il trouve quelque chose. Dis-lui que c'est de la plus haute importance.

— D'accord, répondit Colette avant de se dresser sur ses quatre pattes, de libérer délicatement le sac de ses serres et de le placer à l'autre extrémité de la table. Voici l'univers. Je dois partir, maintenant. »

Querida y jeta un coup d'œil, satisfaite. Il était fort peu probable que le sort qui le ferait disparaître fonctionnât une fois que Colette avait lâché le sac.

« Tu sais, ma chère, dit-elle, tu as illuminé ma journée. Dis à Mara et à Derk que je leur suis hautement reconnaissante. Cela m'a en grande partie consolée d'avoir à laisser partir une créature aussi belle que toi. »

Colette s'arrêta avant d'avoir atteint la porte et regarda Querida par-dessus une aile rayée luisante.

« Belle ? l'interrogea-t-elle. Je ne suis pas belle. »

Ah ! se dit Querida. *Elle a mordu à l'hameçon.*

« Je t'assure que tu l'es, poursuivit-elle avec ferveur. Tu es l'une des créatures les plus charmantes et les plus magnifiques que j'aie jamais vues.

— Mais je suis marron, objecta Colette. Elda, Don et Lydda sont dorés.

— Le jaune me donne mal à la tête, prétexta la présidente. Tes couleurs sont infiniment plus subtiles. »

Les plumes au-dessus du bec de Colette se froncèrent.

« Je crois que je vais demander à Shona, dit-elle après une pause pensive. Sauf qu'elle est peut-être trop habituée à me voir pour avoir un avis. »

Elle réfléchit encore un peu.

« Mais je croyais que vous étiez comme M. Chesney et que vous ne plaisantiez jamais.

— Et moi qui étais fière de mon humour pince-sans-rire ! » s'exclama Querida.

Colette continua de la regarder d'un œil méfiant par-dessus son aile. Puis sa moue disparut dans le reste de ses plumes.

« Vous trichez, déclara-t-elle. Vous m'appâtez pour essayer de me faire rester, comme Maman appâte les touristes.

— Juste un petit peu, protesta Querida, avec une pointe de désespoir, comprenant que c'était sa dernière chance. Mais principalement, je te donnais mon avis impartial. Pour moi, tu incarnes le griffon parfait.

— Alors j'en parlerai à Shona. Merci », répondit Colette.

Elle baissa la tête et se comprima pour passer la porte de la salle de conférence.

Querida poussa un soupir chuintant en fixant la table. Battue par un griffon ! Elle se sentait malade, vieille et démoralisée. Elle ne s'était pas sentie aussi mal depuis le jour où le père de Mara l'avait quittée pour la mère de celle-ci. Cela s'était passé il y a très, très longtemps. Mais elle avait fait face à l'époque et elle pourrait faire face aujourd'hui. Elle redressa les épaules et s'empara des bouts de papier pour les pigeons voyageurs. Maintenant qu'elle savait quoi dire aux sorcières de chercher, elle devait les en informer sur-le-champ.

Son message pour Mara dut être transporté par trois pigeons.

Quand les oiseaux arrivèrent épuisés dans leur pigeonnier chez la tante de Mara, cette dernière se dépêchait de traverser la cour en contrebas en trottant dans des sandales compensées dorées, enveloppée dans une robe de chambre, une liste à la main. Le maire du village se pressait pour rester à son niveau, vêtu d'une sorte de chape en satin bleu et argent. Greta, la cousine de Fran la maigrichonne trébuchait derrière, en essayant d'apporter la dernière touche à l'éblouissante coiffure de Mara, pendant qu'Elda les suivait à une distance prudente, fascinée.

« De la farine, de la viande, des légumes, dit Mara, tous livrés en bonne et due forme, Dieu merci ! Où sont les fruits qui sont arrivés ce matin ?

— Par ici », répondit le maire.

Le groupe passa en trombe devant les nouvelles étables et s'arrêta, impressionné, devant une petite montagne de pêches, de pommes et de poires. Sentant les effluves qui s'en dégageaient, Elda ouvrit goulûment le bec.

« Il y en a des charrettes entières ! s'exclama Greta.

— Où est-ce que je mets tout ça ? » s'enquit le maire.

Le front de Mara se plissa même à travers l'épaisse couche de séduction qu'elle avait sur elle.

« C'est un problème, reconnut-elle. Des vivres pour notre équipe de 300 personnes, plus une vingtaine de Pèlerins par jour, cela fait beaucoup. »

Elle se dirigea à petits pas jusqu'à l'immense tas et lança un sort de stase.

« Et voilà, cela devrait les garder frais. »

Elle soupira et jeta un coup d'œil à sa liste.

« Il va falloir que je me remette à niveau sur les apparitions de festins. J'étais plutôt douée, mais la véritable provenance de la nourriture m'a toujours dérangée. Bière, on a. Le vin de Chell est arrivé, n'est-ce pas ?

— Pas que je sache, répondit Greta, profitant de l'occasion pour arranger une longue anglaise de Mara de façon à la faire tomber judicieusement sur l'une de ses épaules.

— Non, toujours pas, répliqua le maire d'un ton brusque.

— Zut ! La duchesse de Chell m'avait promis ! s'exclama Mara. Nous allons devoir utiliser de l'eau ensorcelée jusqu'à ce que le vin arrive, alors. »

Elle ajouta une note sur sa liste et retourna dans la maison en trottinant, semant le maire en route. Elda suivit

Mara et Greta qui gravissaient dans un cliquetis de talons l'escalier de service jusqu'à la lingerie.

« Des nappes, des serviettes, murmura Mara. Ça fait 20 uniformes bleu et argent de rechange. Tu crois que c'est suffisant, Greta ? Ne me réponds pas. Nous n'avons pas le temps d'en faire plus. Ce sont mes robes de rechange ? J'en ai assez ?

— Si on peut appeler ça des robes, répondit sèchement Greta. Moi j'appelle ça des bouts de dentelle.

— Et quelqu'un a pensé à apporter des vêtements pour Blade, n'est-ce pas ? demanda Mara d'un ton nerveux.

— Vous n'arrêtez pas de poser des questions. Je n'arrête pas de vous dire oui. Tenez-vous tranquille, lui intima Greta. Ces boucles ne vont pas du tout. »

Quand Mara s'immobilisa impatiemment dans l'encadrement de la porte, Greta ajouta :

« Et Elda ? Maintenant qu'elle est là, vous allez la déguiser aussi ? »

Elda fusilla Greta du regard pour avoir attiré l'attention de Mara sur elle.

« Je veux des paillettes sur mes ailes, dit-elle. De toutes les couleurs.

— Non, décréta Mara. Je te connais, Elda. Si on te mettait des paillettes, tu ne te lisserais plus les plumes, et ta toilette, je n'en parle même pas. Tu auras un diadème sur ta crête.

— Alors des fils pailletés accrochés au diadème, insista Elda.

— D'accord, mais à condition que tu ailles prendre un bain maintenant, répondit Mara.

— Dans une minute. Je veux te parler de Papa d'abord, expliqua Elda.

— Va prendre ton bain maintenant, riposta Mara avant de se replonger dans sa liste. Greta, c'est vrai que nous n'avons que 20 jeux de draps de rechange ?

— Nous n'aurons qu'à les laver, dit Greta.

— Il nous faut plus de lessive, alors. »

Mara appuya sa liste contre le montant de la porte et y ajouta une note.

« M. Chesney ou ceux qui ont inventé ce truc d'Enchanteresse n'ont pas idée de l'effort que ça demande de recevoir un groupe de Pèlerins dans des lits fraîchement changés tous les jours. »

Les deux femmes se hâtèrent vers l'imposante façade de la maison, avec Elda qui les suivait dans un silence révolté.

« La musique, dit Mara devant l'escalier doré. Les membres du chœur ont eu le temps de répéter, n'est-ce pas ?

— Entre leurs différents travaux dans la laverie, oui, répondit Greta. Ce sera mieux, cette fois, c'est sûr.

— Ce qui est sûr, c'est qu'ils ne peuvent pas faire pire qu'hier, répliqua Mara en soupirant. Si seulement Shona n'était pas partie avec les garçons !

— Elle était obligée, répondit Elda, oubliant qu'elle voulait passer inaperçue. Papa a autant besoin d'aide que toi. »

Mara se retourna vers elle calmement, mais à ce moment, le maire gravit en trombe le bel escalier avec les trois bouts de papier pelure des pigeons de Querida.

« On vient de recevoir ça, dit-il à bout de souffle.

— Voilà une chose en plus. Merci. »

Mara s'assit sur la banquette dorée la plus proche et se pencha sur les pages recouvertes d'une belle écriture minuscule.

« Ne partez pas, lui dit-elle d'un ton absent. Ils attendent peut-être une réponse. »

Greta en profita pour retoucher à nouveau la coiffure de Mara. Elda s'allongea sur un tapis à fleurs moelleux et échangea un regard parlant avec le maire, qui s'appuyait, haletant, sur la rampe dorée.

« Oh, écoutez-moi ça ! s'écria Mara. Mais pour qui me prend Querida ? Elle veut que j'aille vers le nord et que je m'assure que les pirates exigent plus d'argent, et après elle souhaite que je me rende dans les Émirats et que je me coordonne avec Lucia au sujet de la grève des esclaves, et elle veut aussi que j'aille expliquer aux habitants de Chell et des autres villes comment accéder au micro-univers. Je croyais que c'était elle qui devait se charger de tout ça ! Et, ajouta-t-elle en arrivant à la troisième minuscule page, comme si cela ne suffisait pas, elle m'envoie à Billingham, Sleane et Greynash pour persuader les femmes de ne pas travailler dans les auberges. Je croyais que quelqu'un s'en était déjà occupé. Qu'est-ce qu'elle imagine, que je peux me diviser en six ? Elle sait bien que nous ne savons pas où donner de la tête ! »

Le maire toussota.

« Nous connaissons le programme. Nous pourrions nous débrouiller pendant votre absence.

— Et, ajouta Greta en tirant l'anglaise un peu plus bas sur l'épaule de Mara, vous pouvez nous laisser une cloche ou autre chose pour que nous puissions vous dire de rentrer quand un Pèlerinage arrive.

— C'est pour une bonne cause », fit remarquer le maire.

Mara soupira.

« Je suppose. C'est juste que… oh, Elda, Colette a réussi à repartir ! C'est déjà ça. Querida écrit que la belle griffonne l'a battue sur tous les points et que Colette a une tête bien faite et qu'elle l'admire plus que jamais.

— Elle ne l'aurait pas vraiment gardée, n'est-ce pas ? lui demanda Elda.

— Bien sûr que si, répondit Mara. Querida a presque aussi peu de scrupules que M. Chesney. Et je suis censée être assez reconnaissante qu'elle ait laissé partir Colette pour parcourir la moitié de la planète pour elle ! »

Elle resta assise avec les bouts de papier sur les genoux, le regard perdu le long de l'élégant couloir de l'étage.

« Mais d'un autre côté, finit-elle par dire, si je vais aux Émirats, je peux y laisser un message pour Blade, et je pourrais même y trouver Lydda si je pars sans tarder. Et quand je serai à Chell, je pourrai m'assurer qu'ils envoient le vin. »

Voyant que Mara semblait accepter l'idée de voyager, Greta se risqua à disposer la dernière boucle de façon avantageuse sur son front, et Elda décida de ne plus attendre pour dire ce qu'elle avait sur le cœur.

« Maman, tu dois empêcher Papa d'aller retrouver Shona et les garçons. Il ne va pas mieux. Il est tout blanc et il tremble.

— Elda, lui répondit Mara d'une voix menaçante en relevant le menton. Il me semblait t'avoir dit d'aller prendre un bain.

— Oui, riposta la griffonne en se redressant pour faire montre de bonne volonté. Je prendrai un bain quand tu t'inquiéteras pour Papa.

— Et pourquoi devrais-je m'inquiéter ? lui demanda Mara froidement.

— Parce qu'il est malade ! s'écria Elda. Mais qu'est-ce qui t'arrive, Maman ? Avant, tu t'inquiétais toujours pour lui ! »

Un étrange mélange d'émotions traversa le visage apprêté de Mara. De la tristesse et de l'agacement, mêlés à une sorte de dureté qu'Elda ne lui avait encore jamais vue, ainsi qu'à une touche d'inquiétude instantanément camouflée par du mépris, et à ce qui pouvait être de la tendresse se débattant sous un amusement sarcastique. Toutes ces expressions furent vite submergées par une espèce de gentille exaspération. Elda, Greta et le maire virent Mara pencher la tête et laisser l'énervement l'emporter. Elle s'adressa à Elda de la voix sèche qu'elle utilisait quand un membre de la famille avait fait un truc stupide.

« Elda, tu dois savoir ce qu'on ressent quand on est devenu trop grand pour quelque chose. Tu es trop grande pour jouer à la poupée.

— Je joue encore avec l'antre des griffons que Kit m'a fabriqué, riposta Elda sur la défensive.

— Oui, mais tu ne te sers plus de tes jouets de bébé, lui fit remarquer Mara. C'est la même chose avec Derk et moi, Elda. »

La griffonne en resta bec bé. Elle aurait poussé un cri de déni si deux filles du chœur n'avaient pas gravi les escaliers au pas de course, presque trop essoufflées pour parler.

« Pèlerinage ! haleta l'une d'elles.

— Au bout de la vallée ! lança l'autre, pantelante.

— Dans ce cas, pourquoi n'êtes-vous pas en uniforme ? » aboya Mara, tandis que le maire marmonna « Alors je dois y aller » avant de dévaler les escaliers.

En l'espace d'une seconde, la maison de Tantine résonna d'une effervescence de voix et se remplit de pas frénétiques quand la population du village tout entier fut prise de son trac habituel.

« J'ai perdu les partitions ! » s'écria quelqu'un, pendant qu'un autre hurlait « Mais où est passé le talc ? »

Mara, comme si elle était prise de trac elle aussi, se leva d'un bond et retira son peignoir, révélant une robe qui était à peine plus couvrante qu'un gros ruban rouge entouré en spirale autour d'elle.

« Va te changer, lança-t-elle à Greta, qui avait ramassé la robe de chambre. Elda. Au bain. Tout de suite ! Et, ajouta-t-elle en trottinant vers les escaliers, si tu mentionnes ton père encore une fois, tu seras privée de paillettes. Je dois sauver le monde à moi toute seule, je n'ai pas le temps de penser à Derk ! Compris ? »

Elda se tourna vers les salles de bains.

« Je comprends, répondit-elle par-dessus son aile gauche. Les bains, les draps et le vin ont plus d'importance que les gens ! »

Elle partit au galop avant que Mara eût le temps de l'approcher, en marchant sur ses talons dorés. Cela n'empêcha pas sa mère de lui crier :

« Et peigne la touffe de poils de ta queue, pour une fois ! »

CHAPITRE 15

Écailles revint le lendemain, avec deux malles remplies d'oies indignées qui pendaient de sa gueule et une armée neigeuse de chouettes diurnes qui planait à ses côtés. Perché entre les sommets de ses épaules, et en piteux état, se tenait Derk. Shona poussa un cri de plaisir et quitta le bosquet en courant. Dès que le dragon eut largué les malles – coin, cancan, INJURES ! – et atterri un peu plus lourdement qu'à son habitude, Shona s'empressa d'aider délicatement son père à descendre.

« Oh, Papa ! Tu as maigri ! Et tu as l'air mort de froid !

— J'ai juste failli me faire couper en deux. Je ne recommande pas les vols à dos de dragon, répondit Derk. Merci, Écailles. Tu prendras bien une gentille vache ?

— Non merci, grogna le dragon. Je te l'ai dit. J'ai chassé en route, pour la première fois depuis 300 ans. J'avais oublié le plaisir que cela procurait et le talent que cela requérait. »

Derk se retourna au moment où Kit et Don se joignaient à eux, suivis de près par Blade. Tous trois avaient un peu traîné, car ils étaient sûrs de se faire réprimander. Mais Derk leur sourit à tous.

« On dirait que vous vous êtes plutôt bien débrouillés. Bravo. Et celui d'entre vous qui a demandé à ces nains ce qu'ils faisaient a eu le nez creux.

— C'était moi, déclara Don. Mais Blade leur a demandé aussi. N'importe qui l'aurait fait. C'était vraiment bizarre.

— Tu as raison, répondit Derk. C'était vraiment bizarre. Écailles est venu me prévenir et nous sommes partis leur poser quelques questions. Puis nous avons dû rentrer et envoyer Elda et Colette rejoindre Mara. La nuit a été longue. Pourquoi Barnabas n'est pas là ? Je croyais qu'il était censé vous aider.

— On ne lui a pas dit que tu étais malade », confessa Shona.

Blade se tenait là, souriant de plus belle lorsqu'il comprit qu'Écailles n'avait finalement pas mangé les nains, pas si son père était là. Derk le regarda en se demandant pourquoi il était aussi silencieux.

« Et qu'est-ce qui est arrivé aux nains, finalement ? » s'enquit Blade pour en avoir le cœur net.

Derk éclata de rire.

« Nous leur avons donné une nouvelle destination – une idée d'Écailles – et les avons envoyés à Derkham. Nous leur avons dit, à juste titre, que c'était là que se trouvait la citadelle du Seigneur des ténèbres. Ils étaient ravis, car c'était beaucoup plus près. »

Ces paroles tranquillisèrent plus ou moins Blade, même s'il eut un doute quand Derk se tourna vers Écailles en lui disant :

« Et maintenant, je suppose que tu vas partir à la recherche des autres nains transportant un tribut ?

— D'abord je vais vous aider à faire rentrer ces assassins dans leurs quartiers, répondit Écailles. Je ne vois pas comment vous y arriveriez sans un dragon pour les y pousser.

— J'aurais bien trouvé quelque chose, répondit Derk avec assurance. Mais je serais très reconnaissant de ton aide. »

Ils se préparèrent à se mettre en marche, désormais accompagnés des oies au grand complet et des chouettes, posées sur les paquets empilés sur les chevaux de réserve. Shona avait décidé de ne pas monter Beauté. Joli et elle étaient si heureux de revoir Derk qu'ils se blottissaient contre lui et freinaient la marche.

« Tu ne serais pas aussi content de me voir si tu savais ce que j'ai prévu pour toi, dit Derk au poulain en frottant son toupet. Tes ailes ont poussé, n'est-ce pas ? »

Le problème était qu'avec les nouveaux arrivants, il leur manquait un cheval, et ils devaient transporter trois malles vides. Derk réfléchit un instant avant d'ordonner à Blade de mettre tous les paquets restants dans les malles et de se téléporter jusqu'au camp suivant en les emportant avec lui. Blade, qui fourrait les affaires dans les malles en osier grinçantes, reconnut bien là l'une des astucieuses solutions dont son père avait le secret. Mais à cause de cela, il allait passer une journée bien ennuyeuse à les attendre dans le camp suivant.

D'un autre côté, se dit-il au moment où Écailles passait son gros museau sous le dôme magique et forçait les soldats à avancer en rugissant comme à son habitude « EN MARCHE, VERMINES ! », *cela me fera du bien de m'éloigner des soldats.* Pendant qu'ils sortaient du dôme en un flux ininterrompu, Blade sentit qu'ils détestaient et craignaient son père encore plus qu'ils ne détestaient et craignaient Kit. Ils étaient purement et simplement terrifiés par Écailles, et partaient du principe qu'un sorcier qui montait si allègrement sur le dos du dragon devait être encore plus effroyable que lui. Sentir autant de haine dirigée contre Derk n'était pas agréable.

Blade s'allongea sur le ventre au-dessus des trois malles. Il était très doué pour la téléportation, mais il devait toucher tout ce qu'il voulait déplacer. Et, comme Kit l'avait découvert un an plus tôt lors d'une expérience, si l'objet que touchait Blade était en fer, ce dernier ne pouvait ni le déplacer ni se téléporter. Blade était content que Kit s'en fût rendu compte : il y avait deux lances dans les paquets. Le garçon s'était assuré qu'elles étaient complètement enveloppées à l'intérieur de tout le reste avant de s'allonger sur les malles.

Il s'élança en avant et disparut. Les rugissements d'Écailles, les cris de Kit et le vacarme des chiens, des vaches et des pieds des soldats s'arrêtèrent, comme si Blade était devenu sourd. Ils furent remplacés par le bruit d'un cours d'eau non loin de lui. Blade leva les yeux.

À sa surprise, il s'agissait de toute évidence des quartiers permanents. Au-dessus de sa tête, au sommet d'une colline argileuse grise, se dressait un dôme de brume beaucoup plus grand que ceux qu'il avait vus jusqu'à présent. Au pied de la colline, une grande rivière grise coulait dans un lit d'ardoise peu profond. Des sapins poussaient à flanc de coteau, au bord de la rivière, et derrière eux, Blade apercevait les montagnes, à bonne distance. L'espace d'un instant, il se demanda s'il avait commis une erreur de téléportation. Mais quand il interrogea la partie de son esprit douée de magie, il sut que c'était bel et bien le camp suivant sur leur axe de progression. Il devait donc être au bon endroit. Enfin, c'était Kit qui avait la carte, pas Blade. Ce dernier n'avait pas prêté grande attention au chemin qu'ils avaient parcouru. Il descendit des malles et se dirigea jusqu'à la rivière, devant laquelle il se tint un bon moment à jeter des pierres qui faisaient de gros « ploufs », en essayant de comprendre ce qu'il éprouvait maintenant que son père semblait à nouveau être aux commandes.

D'un côté, c'était un immense soulagement. Blade n'avait plus à se sentir débordé ou à s'inquiéter. Il n'avait plus besoin d'anticiper tout ce qui pouvait mal tourner. Derk pouvait s'en charger, à présent. Mais Blade n'était pas aussi insouciant qu'il l'aurait cru. L'impression de liberté et d'aisance qu'il ressentait à jeter des pierres lui sembla puérile. Et son père l'avait fait sentir encore plus immature en lui ordonnant de partir avec les malles. Blade détestait qu'on lui dît quoi faire. Il préférait réfléchir par lui-même et agir en conséquence. Il se demanda si Kit éprouvait la même chose. Il était très silencieux quand ils avaient vu Derk arriver.

Blade repartit en direction des malles en faisant claquer les galets sous ses pieds. Puis, voyant une grande ouverture dans le dôme magique, il gravit la colline jusqu'au baraquement. On était toujours parcouru d'une étrange sensation à l'intérieur de la bulle de brume, chaude, protégée du vent, coupée du monde. Blade trouvait l'endroit assez déprimant avec ses rangées de cabanes en bois brut, toutes vides. Mais il devait y avoir quelqu'un. Un cheval était attaché à une rambarde à l'extérieur de la grande baraque au loin et Blade en apercevait un autre, qui remuait les sabots nerveusement, au fond. L'une des montures devait appartenir à Barnabas.

Blade grimpa jusqu'à la grande baraque – où le cheval lui lança un regard morose – et passa la tête par la porte ouverte. Tout était encore en chantier. L'endroit devait servir de cuisines et de réfectoire, mais la cheminée en fer de l'immense poêle était posée sur la gazinière, pas encore reliée au trou dans le plafond, et les tables et les chaises étaient empilées comme des rondins de bois au fond de la pièce. Entre les deux se trouvaient de grandes caisses que Blade supposa remplies de gobelets, d'assiettes et de nourriture. Le propriétaire du cheval était assis sur l'une de ces grosses caisses en bois, occupé à manger son petit-déjeuner, ou son déjeuner peut-être, sur un mouchoir en soie posé sur les genoux de son pantalon côtelé vert. C'était un grand homme à la peau mate, à l'apparence impeccable, que Blade n'avait jamais vu de sa vie.

« Qui êtes-vous ? » s'exclama le garçon.

L'homme leva les yeux.

« Je te retourne la même question, dit-il d'une voix calme et hostile.

— Je suis Blade, le fils de Derk, répondit Blade.

— Conrad le Barde, rétorqua l'homme. Ta présence veut-elle dire que le Seigneur des ténèbres est arrivé ?

— Tout le monde sera là ce soir. Et, ajouta Blade, je vous conseille de ne pas être dans le camp quand les soldats arriveront. Ils vous tueraient.

— Je le sais. Ce n'est pas avec eux que j'ai affaire, répondit Conrad froidement. Et toi, que fais-tu ici ?

— Je cherche le sorcier Barnabas », expliqua Blade.

Conrad haussa les épaules.

« Je ne connais personne de ce nom. Il y a un ivrogne dans une cabane au fond. Il saura peut-être. Il a l'air d'être là depuis un bon moment.

— Je vais aller lui demander », répondit Blade.

Il fit demi-tour, prêt à partir, quand le barde le rappela :

« Ce camp est au mauvais endroit. Tu le savais ? Il est plusieurs kilomètres trop au sud. J'ai eu du mal à le trouver.

— Je n'y suis pour rien », objecta Blade.

Mais cela explique pourquoi j'étais aussi perplexe, se dit-il. Il se dirigea à nouveau vers l'arrière des cuisines.

Le cheval qui était attaché à l'extérieur de l'une des rangées de petites cabanes faisait peine à voir. La cabane servait, de toute évidence, de latrines, mais quand Blade ouvrit la porte, il n'y avait pas de trou dans le sol ou autre dispositif. Par terre, allongé dans un sac de couchage, Barnabas ronflait.

À côté de lui se trouvait un tonneau qui, quand Blade l'inclina, semblait vide. L'intérieur de la petite cabane sentait comme dans une brasserie.

« Pouah ! »

Blade secoua Barnabas du bout de l'orteil, presque comme s'il lui donnait un coup de pied. Il dut s'y reprendre à plusieurs fois avant que le sorcier ne roulât sur le côté, se redressât et posât sur Blade un regard perdu dans le vide. Les boucles et la barbe de Barnabas semblaient mouillées. Ses yeux étaient injectés de sang. Son air affable habituel avait été remplacé par un sourire vide.

« Barnabas ! s'exclama Blade. Debout ! Les soldats vont arriver et le camp est loin d'être terminé.

— Les bâtiments sont debout, répondit Barnabas avec entrain. Les soldats peuvent s'occuper du reste. »

Il se rallongea, se tourna et se rendormit.

De l'eau froide lui ferait du bien, se dit Blade. Il doutait néanmoins qu'il y eût de l'eau plus proche que la rivière. Mais il y avait une autre chose pour laquelle Blade était doué à part la téléportation. Et c'était plus facile encore. Il se concentra. Au bout d'un très court instant, Barnabas se mit à grelotter dans son sommeil.

« Hé ! Arrête-moi ça ! » murmura-t-il.

Blade se concentra encore davantage.

Tout à coup, Barnabas se retourna et fixa Blade en claquant des dents. Son visage était bleu, mais cette fois, ses yeux rougis regardaient droit dans ceux de Blade.

« Barnabas, l'interpella le garçon, depuis combien de temps ton cheval se trouve-t-il à l'extérieur de cette cabane ?

— Bonté divine ! s'exclama Barnabas. L'armée est déjà là ? Dis à ton père – sois un gentil garçon et explique-lui, Blade ! – que je ne bois jamais comme ça quand je travaille. J'ai craqué sous la pression, cette fois-ci !

— Papa n'arrivera que ce soir, lui répondit Blade. Tu as six heures pour terminer le camp. Tu ferais mieux de te lever et de t'y mettre.

— Oui, il faut que je m'y mette, reconnut volontiers Barnabas. Si tu veux bien arrêter de me congeler, jeune Blade, je me lèverai et m'occuperai de tout. Je te le promets. »

Blade n'en crut pas un mot. C'était difficile de ne pas faire confiance à un ami de son père qui était comme un oncle pour lui, mais Blade se souvint que Barnabas ne les avait absolument pas aidés avec les soldats, même en l'absence de Derk, et il lui dit sévèrement :

« J'arrêterai quand tu seras debout.

— Espèce de petit sadique ! » grogna Barnabas avant de s'extirper de son sac de couchage, grelottant.

Il se releva en s'appuyant contre le mur rempli d'éclats de bois.

« Te voilà satisfait ?

— Sors d'ici », poursuivit Blade.

Chancelant, Barnabas arriva à passer la porte en tirant sur les côtés à deux mains. Il se cramponna à l'extérieur de la cabane en gémissant.

« Tu ne comprends pas, Blade. Si tu savais à quel point M. Chesney nous exploite, tu aurais un peu de compassion pour…

— Oh, je le sais, maintenant, répondit Blade. »

Il réchauffa un peu Barnabas, mais pas complètement. Il espérait qu'un peu de fraîcheur aiderait le sorcier à dessaouler.

« Il n'y a ni lits dans les dortoirs ni trous dans les latrines, lui dit-il, et les cuisines ne sont qu'à moitié terminées. Je viens t'aider dans une minute. »

Il détacha le malheureux cheval et le conduisit jusqu'à la rivière. Sur le chemin, il se sentit à nouveau débordé et inquiet. Il était tellement habitué à cette sensation et à penser à tout ce qui pouvait aller de travers qu'il ne prit pas la peine de se retourner quand il sortit du dôme et vit un groupe de jeunes guerriers munis de capes et de chapeaux à plume qui attendait à côté des trois malles. *Ouah !* se dit-il. *Ils ont fière allure !* Et il poursuivit sa route vers la rivière avec le cheval.

« L'Empereur du Sud, pour parler à Derk le sorcier ! » s'écria l'un des guerriers dès que Blade fut assez près.

Commençons par le commencement, se dit Blade. Le cheval de Barnabas était à moitié mort de soif. Il l'emmena jusqu'à la rivière et attendit que l'animal commençât à boire avant de se retourner et de répondre avec déférence :

« Malheureusement, mon père ne sera pas là avant ce soir. »

Entre-temps, les guerriers avaient déployé l'étendard de l'Empire. Il battait au vent sur un mât à côté des malles, une immense bannière officielle violet et blanc. *Ouah !* pensa à nouveau Blade en se dirigeant vers les malles.

« Excusez-moi, dit-il aussi poliment que possible. Je dois attraper une musette. Ce cheval est affamé. Et auriez-vous du café, par hasard ? Le sorcier qui est censé construire le camp a bu plus que de raison. »

Lui lançant un regard perplexe, les guerriers s'écartèrent légèrement des malles, en faisant crisser le sol argileux sous leurs bottes rutilantes. Du coin de l'œil, Blade vit le scintillement des plastrons dorés en récupérant une musette. Puisque personne ne semblait dire un mot, Blade garda le silence. Il apporta la musette au cheval, le sortit de la rivière avant qu'il n'eût trop bu et lui enfila la musette. Quand l'animal commença à manger, Blade se retourna.

Le plus jeune des guerriers, enveloppé dans une grande cape violette, se tenait à un mètre environ. Blade et lui échangèrent un regard. *De l'âge de Shona*, se dit Blade. *Il a plutôt belle allure.*

« J'ai... euh... envoyé un coursier chercher du café, lui dit le guerrier.

— Merci, répondit Blade avec gratitude.

— Ce n'est rien, assura le jeune guerrier. Notre camp est à moins de deux kilomètres d'ici. Beaucoup trop près, en fait. Votre sorcier ivre a dû installer le vôtre au mauvais endroit.

— Je me disais bien que quelque chose ne tournait pas rond. C'est un peu tard pour le déplacer, maintenant, ajouta Blade nerveusement.

— J'entends bien, déclara le guerrier. Mais cela nous permet de nous entretenir plus facilement au sujet des plans de bataille. Je ne veux pas que ton père frappe mes légions trop durement. Mes hommes sont presque tous de nouvelles recrues. La plupart des vétérans ont été tués lors des voyages organisés de l'année dernière. Je suis Titus, l'Empereur, tu sais.

— Je m'appelle Blade, répondit le garçon, surpris de serrer chaleureusement la main de l'Empereur du Sud.

— Ça me plaît que tu te sois d'abord occupé du cheval, lui dit Titus.

— Barnabas a dû le laisser attaché à cette baraque pendant plusieurs jours ! avança Blade, furieux. Je mourais d'envie de lui donner un coup de pied. Ce que j'ai plus ou moins fait. Mais il était tellement saoul qu'il ne s'en est même pas rendu compte.

— Je ne sais pas si j'oserais donner un coup de pied à un sorcier, même saoul, déclara l'Empereur.

— Après la semaine que je viens de vivre, se défendit Blade, je n'ai même pas réfléchi. »

L'Empereur et lui s'assirent sur les malles, pendant que Blade décrivait la tentative d'évasion des soldats et l'arrivée opportune d'Écailles pour les arrêter (presque tous). Après un signe de tête de Titus, les autres guerriers s'assirent avec raideur sur le sol argileux autour d'eux. Titus expliqua qu'ils avaient eu leur lot de difficultés, eux aussi. Les Légions impériales s'étaient perdues et avaient passé près de deux jours dans un marécage.

« Et les habitants des marécages se sont contentés de rester là à rire ! lui dit Titus. Je croyais qu'ils étaient censés être de notre côté, mais... Oh, tu as de la compagnie. »

Blade tourna la tête pour voir un petit groupe de cavaliers qui traversaient la rivière en se dirigeant vers eux. Il reconnut le grand homme lugubre à leur tête de la fois où son père et lui étaient allés consulter l'Oracle blanc. Le roi Luther. Aucun doute. Il se leva. Les guerriers autour de lui se redressèrent comme un seul homme.

Le roi Luther descendit lestement de son grand cheval sinistre et vint dans leur direction en faisant crisser les pierres qui recouvraient le sol.

« Je me demandais si je te trouverais ici, Titus », lança-t-il d'un ton affable.

L'Empereur et lui se firent la révérence, comme des amis, mais aussi comme des chefs de royaumes, se dit Blade en les regardant avec intérêt. Puis le roi Luther se tourna vers lui.

« Et n'essaie pas de me congeler cette fois-ci, mon garçon. »

Blade vit Titus réprimer un rire.

« Où est ton père ? demanda le roi. Mais qu'est-ce qui lui a pris de monter le camp au mauvais endroit ? D'ici, mon armée ne va pas avoir le temps de rentrer à la maison entre deux batailles.

— Malheureusement, Barnabas a bu plus que de raison et il a dû commettre une erreur, expliqua Blade.

— Mais alors qu'est-ce qui a pris à Derk de faire confiance à cet ivrogne… ? commença le roi Luther.

— Ah, voici le café », l'interrompit Titus.

Il se trouvait dans des paniers à pique-nique dorés de chaque côté d'un cheval, lequel était suivi d'un fier majordome sur une monture. Il y avait là un vrai festin, constata Blade lorsque le majordome souleva le couvercle des paniers d'un geste majestueux.

« Je suggère que nous déjeunions ensemble », proposa Titus de bonne grâce.

Blade emporta d'abord du café fumant – dans une bouteille dorée conservant la chaleur – jusqu'au camp, où il trouva Barnabas qui s'évertuait tant bien que mal à faire apparaître des lits superposés dans les baraques.

« Il faut vraiment que j'arrête de boire, dit-il à Blade d'un ton morose. J'ai une tremblote terrible cette fois-ci. Je n'arrive pas à me réchauffer. C'est du café ? Tant mieux ! »

Blade eut pitié de lui et baissa à nouveau son sort de réfrigération de moitié. Mais il prit soin d'apporter une chaise des cuisines sur le terrain de manœuvres et d'y faire asseoir Barnabas avant de lui donner la bouteille de café. Il ne voulait pas que le sorcier se rendormît.

Barnabas prit le récipient et but de grandes lampées du breuvage. Il reprit son souffle, s'essuya la bouche et rebut goulûment.

« Voilà qui est mieux ! Il y a encore beaucoup à faire. Et tu ne m'aides pas du tout !

— Je sais, répondit Blade. Le roi Luther et l'Empereur Titus sont arrivés.

— Oh, alors vas-y, s'exclama Barnabas. Mais laisse-les s'échanger leurs mondanités de souverains ou nous n'arriverons jamais à creuser les latrines. »

Blade eut une idée.

« Dans un petit moment. Je m'occuperai de les creuser pour toi. Toi, finis les lits et arrange les cuisines.

— Un crâneur de barde est allé s'y installer, se plaignit Barnabas. Qu'est-ce qu'il est censé faire ?

— Aucune idée. Fais-le partir », répondit Blade avant de quitter de nouveau le camp au pas de course.

Au bord de la rivière, tout le monde pique-niquait, malgré quelques averses. Le majordome s'inclina devant Blade avant de lui donner une assiette en bois dorée remplie de saumon fumé, de pain de maïs et d'olives.

« Merci », dit Blade.

Cela sembla surprendre l'homme, comme si l'on n'était pas censé le remercier.

Tant pis. Blade prit son assiette jusqu'à la malle sur laquelle était assis l'Empereur.

« Pourrais-tu me prêter quelques légionnaires pour creuser des latrines ? »

Titus lui sourit.

« Oui, bien sûr. Ils devraient faire ça bien. Cela fait deux semaines maintenant qu'ils en creusent tous les jours. Et pour l'instant, ils sont assis à ne rien faire. »

Il dit un mot à l'un de ses guerriers, qui réquisitionna le cheval du majordome et partit au galop.

Le roi Luther faillit s'étouffer de rire en entendant l'idée de Blade. Pendant ce temps, Barnabas devait avoir commencé à travailler dans les cuisines. Conrad le Barde sortit du dôme d'un pas arrogant et se tint les bras croisés sur la colline au-dessus d'eux, l'air beaucoup plus princier que les deux souverains en train de déjeuner. Blade se demandait encore pourquoi cet homme était là quand Titus lui donna un petit coup de coude.

« Tu vas avoir encore plus de compagnie. Voilà le grand prêtre Umru. »

Ce dernier s'avançait le long de la rivière, monté sur un robuste cheval blanc sur lequel il était assis comme si l'animal était un banc, avec les jambes pendant d'un seul côté. Il était accompagné d'un groupe de prêtres vêtus d'habits colorés.

« Salutations », lui dit Umru en levant les mains en signe de bénédiction.

Cela devait être la version sacerdotale d'une révérence. Quoi qu'il en fût, Titus, Luther et leurs hommes accueillirent son geste en s'inclinant, ce à quoi les autres prêtres renvoyèrent des signes de bénédiction. Tout le monde fit de nouveau une révérence. Umru interpella Blade d'un doigt potelé :

« Je dois m'entretenir avec toi, mon garçon. »

Blade rejoignit le groupe de prêtres. Pendant qu'il se rapprochait d'eux, deux prêtres vêtus de noir mirent pied à terre et aidèrent Umru à descendre de son cheval blanc. Voyant son gabarit, Blade se demanda comment le grand prêtre allait bien pouvoir remonter dessus.

« Oui, monsieur ? s'enquit-il poliment.

— Tu m'as fait grelotter pendant trois heures, la dernière fois que nous nous sommes vus, lui fit remarquer Umru. Ton sorcier de père est-il arrivé ? »

Blade lui expliqua que Derk serait là le soir même.

« Alors, nous l'attendrons, déclara Umru. Je lui dois bien cette courtoisie pour avoir installé le camp si loin de ce côté des montagnes. Cela veut dire que les batailles auront lieu ici aussi, n'est-ce pas ?

— Je n'en sais rien, répondit Blade.

— Alors je dois lui poser la question, poursuivit Umru. Mais j'ai bien peur que les prêtres qui m'accompagnent soient là pour se plaindre. Tu devrais peut-être prévenir ton père. »

Blade leva la tête pour les regarder dans leurs habits colorés, tête baissée, les yeux rivés sur leurs chevaux.

« Ils viennent d'autres temples à la gloire d'autres dieux, lui expliqua Umru. Et ils n'aiment pas l'idée qu'une divinité doive se manifester devant les Pèlerins.

— C'est l'idée de M. Chesney, protesta Blade. Mon père n'a rien à voir avec ça. »

Umru se retourna pour regarder les sinistres prêtres.

« Vous entendez, Vos Révérences. C'est ce que je vous ai dit. Pouvez-vous croire le garçon sur parole et rentrer chez vous ?

— Nous attendrons pour parler au sorcier », rétorqua un prêtre renfrogné dans un habit rouge.

Umru soupira.

« Dans ce cas, peux-tu nous indiquer un endroit où attendre, mon garçon ?

— Vous feriez mieux de venir vous asseoir sur les malles, répondit Blade.

— Les malles ? s'enquit le prêtre renfrogné.

— Tout à fait, répliqua Umru. Je vois un empereur et un roi assis sur ces malles. Ravalez votre fierté, Cartebras, si vous insistez pour rester, et asseyez-vous sur une malle, vous aussi.

— Euh… juste un moment », leur dit Blade.

Il gravit la colline au pas de course jusqu'au camp, en passant devant le barde hautain, traversa le terrain d'entraînement et pénétra dans les cuisines, où Barnabas installait les tables et les bancs. Blade se jeta sur autant de bancs que son corps pouvait couvrir.

« Mais qu'est-ce que tu fais ? lui demanda Barnabas.

— Il y a 16 grands prêtres, maintenant », répondit Blade avant de se téléporter au bord de la rivière avec les bancs.

Les prêtres s'y assirent dédaigneusement, tellement sinistres que les joyeuses conversations autour des malles s'interrompirent.

« Pardonnez-nous, mes amis », soupira Umru en s'asseyant, très précautionneusement, sur la troisième malle.

Celle-ci grinça, mais par chance, supporta son poids.

Blade se rendit compte que la journée allait de mal en pis. Et lui qui pensait passer son temps à ne rien faire ! La personne suivante arriva si soudainement et silencieusement derrière lui que Blade en conclut qu'elle avait dû se téléporter. Mais cela n'était pas le cas. C'était un homme émacié intégralement vêtu de cuir, qui avait l'air presque aussi sinistre que les prêtres.

« Loup-garou en chef, lança-t-il brusquement. Ce camp est au mauvais…

— Je sais, le coupa Blade. Et j'ai bien peur que mon père n'arrive pas avant ce soir.

— Alors j'attendrai, répondit le lycanthrope. Ce camp doit être déplacé, sinon les loups-garous n'y parviendront jamais.

Nous devons attaquer les Pèlerinages à 100 kilomètres de là entre les batailles.

— Et moi, je dois tenir ma cour maléfique à 130 kilomètres, s'exclama le roi Luther. C'est impossible. Viens te joindre à moi, mon ami. »

Le lycanthrope fusilla Blade du regard en se dirigeant vers les malles. Blade fut heureux de constater que les suivants à arriver n'étaient qu'une escouade de légionnaires, chacun armé d'une lance et courant d'un pas cadencé, pendant qu'un féroce officier les accompagnait en scandant « Un, deux, un, deux, un, deux ! » Blade se releva d'un bond et leur indiqua l'emplacement des cabanes dans le camp.

« Pas de problème, dit l'officier. Ces hommes font ça deux fois par jour avant le petit-déjeuner. N'est-ce pas, soldats ?

— Plutôt trois, corrigea un légionnaire avec rancœur.

— Alors, allez-y, qu'est-ce que vous attendez !? » cria l'officier.

Nous aurions bien besoin de quelques hommes comme lui, se dit Blade en traversant à nouveau le camp. Il se prit à penser que Titus pourrait lui en prêter quelques-uns – bien que cela n'eût pas l'air d'être compatible avec le règlement. Blade se demanda s'il y avait quelque chose à ce sujet dans son livre noir – qu'il espérait que Kit avait toujours – quand il leva les yeux pour voir la nouvelle arrivée descendre du plus splendide cheval qu'il eût jamais vu. Même le barde daigna émettre un léger sifflement assorti d'un commentaire lorsque Blade passa devant lui :

« Ça, c'est du cheval. »

Cette personne, comme put le constater Blade en s'approchant, était de sexe féminin. Elle était assez grande pour être une elfe, mais elle devait appartenir à une autre race. Ses cheveux étaient châtains et ses yeux légèrement bridés. Son teint était mat et elle était vêtue de pied en cap d'une peau de daim blanche, qui était sa seule note de douceur. Elle était dure, osseuse et féroce comme de la viande au curry séchée. Il la vit poser les mains sur ses fines hanches et regarder farouchement en direction du groupe rassemblé autour des malles.

« Lequel d'entre vous est Derk le sorcier ? » aboya-t-elle.

Blade resta prudemment à bonne distance, hors de danger.

« Aucun de nous, madame, répondit poliment le roi Luther. Nous l'attendons, nous aussi.

— Je suis Wendela Chevaline et j'exige de voir Derk le sorcier immédiatement, riposta la jeune femme. Il est peut-être le Seigneur des ténèbres, mais d'après ce que je vois, personne en ce monde n'a moins de considération que lui envers les animaux. Je dois lui parler de mes chevaux. J'en ai plus qu'assez !

— Mais Derk le sorcier n'est pas encore là, ma fille », lui assura Umru.

Wendela balaya lentement du regard la zone à côté de la rivière. Il y avait désormais une foule de personnes, mais aussi deux douzaines de chevaux.

« Vous utilisez tous mes chevaux, dit-elle. Je vous parlerai d'abord à vous, puis à Derk le sorcier lorsqu'il arrivera. J'ai eu assez de mal à trouver ce camp – quelqu'un l'a mis au mauvais endroit : autant rentabiliser mon déplacement. Et maintenant, écoutez. Le nombre de mes chevaux tués l'année dernière était tel que j'ai eu du mal à atteindre mon quota cette année. J'ai dû en prendre sur mon stock d'étalons. Cela veut dire moins de poulains l'année prochaine – beaucoup moins, car ces satanés Pèlerins sont très négligents. Six groupes ont déjà perdu tous leurs chevaux et il est hors de question que je leur en fournisse d'autres pour qu'ils soient mis hors service…

— Madame, réussit à l'interrompre Umru, je vous assure que je chéris mes chevaux, et particulièrement celui qui peut me porter.

— … par des imbéciles qui les prennent pour des chaises ambulantes, poursuivit Wendela Chevaline. Et maintenant, vous arrivez tous pour ces batailles ridicules et cela va encore faire un carnage parmi les chevaux, parce que c'est toujours comme ça, et je n'en aurai pratiquement plus, et ceux qui me resteront seront tous blessés d'une manière ou d'une autre. C'est incroyable que vous ne puissiez pas faire attention…

— Cela ne nous concerne pas, riposta Titus d'un ton sévère. Nos légions se déplacent principalement à pied.

— Oui, je le sais ! rétorqua Wendela. Vous êtes les pires de tous. Vos ignobles légions visent les chevaux à chaque fois pour désarçonner les cavaliers. Eh bien, je vous préviens, si vous recommencez ça cette année, si un seul cheval se fait blesser ou tuer…

— Écoutez, intervint le roi Luther, ce n'est pas possible d'avoir une bataille sans nuire aux chevaux…

— Bien sûr que si, si vous vous battez à pied ! le contreditelle. Et c'est ce que vous allez faire, parce que, comme je l'ai dit, si un seul cheval est blessé, je les récupère tous.

— C'est plus facile à dire qu'à faire, répondit le roi Luther. Pour commencer, vous devriez…

— Je n'ai qu'une chose à faire. »

Wendela Chevaline posa les doigts contre ses lèvres et émit un long sifflement ponctué de trilles. Tous les chevaux tournèrent la tête vers elle. Puis tous, même ceux de Barnabas et Umru, et ceux qui avaient été attachés à des poteaux par les hommes du roi Luther, trottèrent avec enthousiasme vers elle. Le cheval du barde émergea du dôme au galop et fut le premier à l'atteindre. L'espace d'un instant, le bruit des sabots cavalant sur les pierres fut insupportable.

« Vous voyez ? leur fit remarquer Wendela au milieu du troupeau de chevaux. Un véritable jeu d'enfant. »

Elle leur caressa le cou et leur frotta les naseaux.

« C'est bien, mes amours. Et maintenant, retournez à vos emprunteurs. Je vous rappellerai quand j'aurai besoin de vous. »

Tous les chevaux firent demi-tour docilement et repartirent d'où ils étaient venus, à l'exception de celui du barde, que ce dernier rattrapa au moment où il gravissait la colline et fit se tenir à côté de lui.

Blade commençait à se rendre compte qu'il devait aller prévenir son père qu'une montagne de problèmes l'attendrait à son arrivée. Mais à cet instant, un chameau longea le dôme qui abritait le camp. L'homme qui le chevauchait demanda quelque chose au barde, qui lui indiqua Blade du doigt. Le chameau, les pieds évasés et les genoux cagneux, descendit la colline et s'arrêta à côté de Blade dans un grognement.

Le garçon eut beaucoup de mal à comprendre le nouvel arrivant, mais il en déduisit que l'homme était un serviteur personnel d'un vizir, et son message disait plus ou moins que l'Émir se comportait bizarrement. Blade lui suggéra de se diriger vers les malles et d'attendre. Au moins, Wendela Chevaline, qui allait maintenant de-ci, de-là et interpellait tout le monde autour d'elle, ne s'inquiéterait pas au sujet d'un chameau. Du moins l'espérait-il. Et elle n'allait pas non plus avoir son mot à dire au sujet des deux autres personnes qui approchaient en remontant la rivière à pied au milieu de gerbes d'eau.

Les deux nouveaux arrivants escaladèrent la rive et accostèrent Blade.

« Ce camp est au mauvais endroit », lui dit le premier à l'atteindre.

Blade réprima l'envie de hurler.

« Donnez-moi votre doléance ou votre message et j'en informerai mon père dès qu'il sera là.

— Nous ne sommes pas vraiment ensemble, répondit le second. Je viens de la Cité de Chell. Nous avons un gros problème avec l'organisation du siège.

— Et je suis du nord, répondit celui qui se tenait devant. Je viens au sujet de ce maudit dragon mauve. Qui lui a donné la permission de s'installer en plein milieu de notre réserve de peaux et de fourrures ? »

Blade les persuada tous les deux d'aller s'asseoir avec les prêtres sinistres.

« Utilisez-vous des chevaux ? » les interrogea Wendela, surgissant derrière eux.

Blade courut vers la rivière dans un fracas de graviers, pour se téléporter avant qu'il se passât quoi que ce fût d'autre. Une grande ombre noire passa au-dessus de sa tête. Il regarda en l'air et eut la surprise et la joie de voir Colette atterrir élégamment au bord de la rivière.

« Hé ! cria-t-il en courant gaiement vers elle. Je croyais que tu étais allée chez Tantine ! »

Colette baissa les ailes et but dans le courant.

« J'y suis allée, répondit-elle, puis je me suis rendue à l'université. Je peux voler plus vite si je fais une pause tous les 15 kilomètres. Papa m'a dit de le retrouver ici, mais je suis arrivée avant lui. Il est à moins d'un kilomètre à présent. Ils pourchassaient des soldats qui essayaient de s'enfuir quand je les ai survolés. Ils n'en ont plus pour longtemps.

— Merci, mon Dieu ! s'exclama Blade. Tu n'imagines même pas le nombre de personnes qui l'attendent pour se plaindre ! »

Il fut tenté de continuer et de raconter à Colette tous les événements de la journée, mais il s'arrêta, car il voyait que quelque chose la tracassait. Ses ailes ne cessaient de s'élever et sa queue battait le gravier.

« Qu'est-ce qui ne va pas ? »

Colette leva les yeux, regarda autour d'elle et ébouriffa les plumes de sa crête.

« Blade, tu peux me rendre un service ? Tu peux aller chercher deux personnes qui ne m'ont jamais vue et les ramener ici ? Je dois leur demander quelque chose. »

C'était une requête étrange, mais Blade supposa que Colette avait ses raisons. Elle agissait *toujours* avec une bonne raison. Il acquiesça et partit en direction des bancs et des malles. Pour la plupart, ceux qui s'y trouvaient n'avaient jamais vu de griffon de leur vie. Ils s'étaient tous retournés pour observer Colette.

« Des personnes honnêtes ! » lui cria Colette.

Cela en éliminait à peu près la moitié, se dit Blade. Et le roi Luther avait déjà rencontré Kit, quand son père et lui avaient emmené les cochons faire une démonstration dans son palais l'année dernière, et même si le loup-garou en chef semblait honnête, Blade ne l'aimait pas du tout. Il en était de même du barde, debout au sommet de la colline. Blade choisit Wendela Chevaline, principalement pour l'empêcher d'importuner l'homme de la Cité de Chell, et Titus, car il appréciait ce dernier.

Il fut étonné de leur réaction. Quand il interrompit Wendela en saisissant les franges en daim qui pendaient de son coude, elle répondit en toute sincérité : « Vraiment ?!

Je suis très honorée ! » Titus, quant à lui, s'exclama : « Oh, formidable ! J'ai toujours voulu rencontrer un griffon ! »

Tous deux l'accompagnèrent jusqu'à Colette, comme s'il leur avait promis une belle surprise.

Colette les observa d'un œil, puis de l'autre.

« Excellent choix, dit-elle à Blade.

— En quoi pouvons-nous t'aider ? demanda Titus.

— J'aimerais savoir si vous me trouvez belle, expliqua Colette.

— Tu l'es ! Tu es magnifique ! répondit Wendela, encore plus fougueusement que d'habitude.

— Tu es de loin la plus belle créature que j'ai eu le privilège de rencontrer, renchérit Titus.

— Et tes mouvements sont très gracieux ! Crois-moi ! ajouta Wendela.

— Merci à tous les deux », répondit la griffonne, aux anges.

Blade était abasourdi. Pour lui, elle était juste la Colette marron qu'il connaissait, sa plus ou moins sœur jumelle, qui avait éclos pendant qu'il était en train de naître. Mara disait toujours qu'elle n'aurait su dire lequel des deux mangeait le plus ou pleurait le plus fort. Mais Wendela Chevaline semblait sûre d'elle et Titus avait dû passer sa vie entouré de belles choses. Colette était donc belle. Qui l'eût cru ?!

Il dut les laisser tous les trois en pleine conversation au bord de la rivière, car les premiers soldats commençaient à arriver. Ils se déversaient entre les arbres qui séparaient la rive et la lande dans une cacophonie de craquements et de claquements. Blade dut déplacer les bancs, les malles et les gens, et demander à certains d'entre eux de pousser les chevaux et le chameau, pour laisser les soldats accéder au camp. Ces derniers avaient tout l'air d'être d'encore plus mauvaise disposition que le matin même. Blade avait peur que quelqu'un fût blessé. Mais avant qu'un accident eût le temps de survenir, Kit apparut au-dessus des arbres pour s'assurer que les premiers rangs se tenaient à carreau. Tous les regards se braquèrent sur Kit, puis sur Don, qui faisait des allers-retours pour rassembler les soldats suivants. L'air était rempli de battements d'ailes et des bruits de bottes sur les pierres tandis que les soldats rentraient dans le camp, que Kit scella derrière eux. Puis vinrent les vaches, les oies et les chiens, conduits par Shona, qui menait aussi les chevaux, notamment Beauté et Joli, avec les chouettes au-dessus de leurs têtes. La troupe attira tous les regards. Quand il arriva enfin, ce fut Derk qui causa le plus d'émois, car il chevauchait de nouveau Écailles. Le spectacle était impressionnant, même pour Blade qui savait que Derk le faisait dans le seul but d'effrayer les soldats.

Mais il ne fit pas sensation longtemps. Quelques instants plus tard, tous se précipitèrent vers lui, criant pour se faire entendre. Barnabas dépassa Blade au grand galop en s'époumonant « Je peux expliquer ! Je peux tout expliquer ! » Sur son cheval lui aussi, le barde avançait dans la même direction, mais au lieu de se joindre à la foule qui entourait Écailles, il prit un virage et se dirigea vers Shona. Au moment où celle-ci descendit de Copine Nancy, il lui remit un parchemin orné d'un énorme sceau, puis partit sans dire un mot.

Shona cala les rênes de la jument sous son bras et déroula le parchemin, abasourdie. Elle lut ce qu'il contenait. Elle blêmit, laissa tomber les rênes de Copine Nancy et se jeta sur le sol argileux, en larmes, en poussant des hurlements.

À SUIVRE...

DÉCOUVREZ AUSSI

Le Château de Hurle et *Le Château des nuages*
Diana Wynne Jones

Aya et la Sorcière
Diana Wynne Jones

Kiki la petite sorcière
(vol. 1, 2 et 3)
Eiko Kadono

Dark Crystal
A. C. H. Smith, Brian Froud et Jim Henson

Labyrinthe
A. C. H. Smith, Brian Froud et Jim Henson

Gôshu le violoncelliste
Kenji Miyazawa

Le Mystère des pingouins
Tomihiko Morimi

ET PROCHAINEMENT

Le Terrible Seigneur des ténèbres
Livre second
Diana Wynne Jones
La conclusion sera disponible fin 2021

Comment survivre dans un film d'horreur ?
Seth Grahame-Smith

Star Trek : Jean-Luc Picard
Autobiographie officielle
David A. Goodman

Ico : le Château de la brume
(vol. 1)
Miyuki Miyabe

... et la conclusion de la saga de *Hurle*
par Diana Wynne Jones !

Dépôt légal : juin 2021
ISBN : 978-2-37697-221-1

Imprimé par L.E.G.O. S.p.A. en Italie